定年物語

新井素子

Motoko Arai

中央公論新社

定年物語　目次

装画　南波タケ
装幀　中央公論新社デザイン室

定年物語

OPENING

二〇二〇年、六月三十日。

この日、このお話の主人公である大島正彦さんと陽子さん夫妻は、夕御飯を食べた後、ほぼ家中の花瓶を並べたてた、花まみれの食卓の上に、二つ、ワイングラスを置き、ゆっくりワイングラスに白ワインを注ぎ込む。それから、二人共にグラスを掲げて、かちんと二つのグラスを打ち合わせる。どちらからともなく、「乾杯」って言いながら。

こくん、と、ひとくち、グラスの中身を口にして。まず、陽子さんの方が。

「うん、おいしい……。あなたが選んだ白ワインって、ほんとになんでこんなに当たりが多いんだろう」

「任せなさい」

えっへん。なんか、そんなこと言いそうな感じで正彦さんはこう胸をはり……でも。

「でも、これを酒屋さんで選んだ時には、理由も何もなかったんでしょ？　産地がどうの、葡萄《ぶどう》の品種がどうのなんて見もしなくて、ただ、カンで選んだだけ」

「いや。エチケットが可愛かった」

エチケットっていうのは、ワインについているラベルである。

「その選び方をカンって言う」

それ以外の何だって言うんだ、って、陽子さんは思う。

「けど、俺が選んだ白ワインがおいしくなかったことって、まず、ないだろう？」

「それが不思議なんだよね……。まさか、エチケットの可愛さとワインの味に関連があるとは思えないし……大体、あなたが可愛いと思うエチケットと、世間一般で言う〝可愛さ〟が同じとは思えないし……」

ある意味、正彦さんの趣味って、どっか変、というか変わっているって、陽子さんは思っている。

「けど、俺が選んだワインはおいしい」

「本当にそのとおりなんで、何て言葉を返していいのか、今、私は悩んでる」

陽子さん、こう言うと眉をひそめ……でも、今はこんなことを言っている場合ではないって、ふいに思い当たって。

そして、慌《あわ》てて。

「とにかく……えっと、今まで、本当にお疲れさまでした」

まず、こう言うと、軽くぺこってお辞儀をする。

「はい」

正彦さんの方は、ゆっくりとこの陽子さんの言葉を受けて、頷《うなず》いて。

「明日っからは、ゆっくりしてください。……その……ある、程度」

「うん」

正彦さんは、こう言うと、ひとくちワインを飲んで……そしてそれから。ちょっと慌てて、気がついたように。

「〝ある程度〟っていうのは、何なんだ」

「いや、その……前にも言ったよね、これからあなたにやって欲しいことが沢山ある訳で……だから……その……ある程度」

この陽子さんの台詞《せりふ》には、文句がもう山のようにある。正彦さんはそう思ったのだが、この局面でそれを口にするのはいささか無粋だって憚られて……だから、自分の台詞を飲み込む。

そして、それと一緒に、もうひとくち、ワインを飲んで。

「まあ、本当にこれは、〝当たり〟だったな。このワインはおいしい」

陽子さんのこの台詞を追及しないあたり、正彦さんは、結構、大人である。

☆

さて。

ここで、登場人物紹介をしよう。

今、話しているこの二人は、大島正彦さん、陽子さん夫妻である。昭和の終わり頃に結婚して、すでに銀婚式も過ぎた夫婦。正彦さんは広告代理店勤務であり、陽子さんの方は小説家。残念ながら子供はできなかったのだが、まあ、今の処《ところ》、夫婦二人、仲むつまじく結婚生活を営んでいる、そんな夫婦である。

そして、今日。夫である正彦さんが、定年を迎えたのだ。

そう。つまり、今日は、正彦さんの退職の日なのだ。

この状況ならば。普通だったら、この二人、こんなにゆっくりワインを楽しめていない。定年まで勤めあげたのだ、いつもの社会だったら正彦さん、今日は会社のみなさまに送別会を催してもらっていた筈《はず》。（そして、帰宅するのは間違いなく翌日になる筈だった。）でも、只今の社会には新型コロナウイルスっていうものがはびこっていて、それができなかった。だから、今、この二人が囲む食卓は花だらけになっている。今日、正彦さんが会社で貰《もら》ってきた花束、昨日、お得意先で正彦さんが貰ってきた花束、一昨日、正彦さんがお得意先で貰ってきた花束、今日、お得意先で貰ってきた花籠。

いや、正確に言うならば、一九五九年生まれの正彦さんは、実は、去年、六十歳になっていた。正彦さんの会社の規定では、六十になった人間は定年になる筈で、実は去年、正彦さんは定年になったのである。

けれど、会社の方から慰留《いりゅう》して貰えて。正彦さんは、一年間、嘱託《しょくたく》として勤務を続けていた。今年だって、そのまま、嘱託としての勤務を続けることができたかも知れない。会社の方からはそういう打診も受けていた。だが……。

実は、去年一年、嘱託として正彦さんが仕事を続けた結果、陽子さんがこれを嫌がったのだ。

というのは。二〇一九年末から、日本には（というか、これは世界全体なんだけれど）コロナウイルスというものが蔓延《まんえん》しだしていて、これが陽子さん、本当に嫌だったのだ。

日本の企業のある程度のものは、このコロナ問題に対処する為《ため》に、テレワークやら何やら、ひとが出社しなくて済むような勤務形態を選択した。だが、正彦さんの会社は、あまりそういうことが得意ではなかったらしくて……正彦さん、嘱託になった後も、週に四、五日、出社していたのだ。時差出勤もなし。（これは、のち、正彦さんが退職した後、改善されることになる。というか、コロナが流行《はや》りだした当初は、どの企業も、なかなか即座にこれに対応ができなかったのだ。だが、時がたつにつれ、大体の企業はこれに対応しだした。）

そして、何より問題なのは、正彦さんには、コロナに感染した場合、問題になる基礎疾患《しっかん》が、二つもあるという事実だ。（もともと、正彦さんには、コロナが問題になる基礎疾患があって、もう何年も定期的に病院に通っている。ここで、毎月定期的に血液検査をして、薬を飲み続ける、という対応をとっている。これが〝問題になっている基礎疾患〟その一なんだが、去年からは、もうひとつ別の病気を患い、基礎疾患が増えた為、そしてその専門病院が違う為、二つの病院に、定期的に通って検査を受けている。只今現在では、その病気って、〝ただ、そこにあるだけ〟なんだけれど、毎月検査を受けて、これが悪くなったらただちに闘病に走るんだけれど、悪くなっていない以上は、検査でおしまい、という状態を繰り返している……まあ、これが、基礎疾患その二。）そしてその上、定年になったのだ、六十越してる。

つまり正彦さんって……基礎疾患が二つもある、老人なんである。

これはもう。絶対に、正彦さんに満員電車になんか乗って欲しくない。陽子さんはそう思ったのだが、通勤している社員に満員電車を避ける自由は、ない。

（それに、実は、陽子さんの方にも正彦さんとは違う基礎疾患がある。陽子さんも定期的に病院へ通って、血液検査をして、薬を飲んでいるのだ。正彦さんと違って、病院通いは、二、三カ月に一回なんだけれど。とは言うものの、正彦さんとひとつしか年が違わない陽子さんも、今年、六十になる。つまりは、こちらも、基礎疾患があって、今度の誕生日を迎えれば老人になるひとなのだ。）

つまり。

今の大島夫妻って、双方ともに基礎疾患がある、コロナに感染してはいけない……老人世帯、なのだ。

この状況で、正彦さんが通常の勤務を続けて出社するって……なんか、怖い。（陽子さんの方は、仕事が仕事なんで、忙しくなればなる程、家にこもり、ひとがいる処には出ていかないんだが。）


また。

もうひとつ、ずっと前から、陽子さんが思っていることがあった。

陽子さんと正彦さんは、共稼ぎである。

〝共稼ぎ〟。つまり、二人共が働いて稼いでいる状態。

にもかかわらず。

結婚してから今まで、家事は、ほぼすべて、陽子さんがひとりでやっていたのだ。(というか、朝、ゴミ箱を出す以外の家事を、正彦さんはやっていなかった。言い換えれば、正彦さんがやっていたのは、朝、ゴミ箱をゴミの集積所に出すだけの家事。これは、正彦さんが眠った後から仕事をしている陽子さんが、朝、ゴミ出しの時間に起きられないからだ。ちなみに、ゴミ箱にゴミをいれるまでのゴミの分別とリサイクルゴミの洗浄は、陽子さんの分担。)

いや、これはしょうがないと、陽子さんも納得していた。だって、正彦さんのお仕事は広告代理店の営業。嘱託になる前の正彦さんの勤務状況は、朝、七時に家を出て、帰ってくるのが夜の七時ならめっけもの、普通は九時や十時や十一時や翌日が正彦さんの帰宅時間。これでは正彦さん、家事の殆《ほとん》どを、やりようがない。(昭和、そして平成の最初の頃には、ブラック企業っていう概念、それ自体がなかったのだ。だから、当たり前に、こういう勤務形態になってしまった。そして、入社した時からこういう勤務形態をとっていた正彦さんは、自分の勤務形態に問題をまったく感じていなかった。)

で。

正彦さんがこんな勤務形態をとっていると。

個別の家事を問題にするのなら。

洗濯は……こりゃ、何時だってできるんだが。(アパートなんかで、夜中に洗濯機を回すのがご近所に対してはばかられる場合を除く。)洗濯物を干すということを考慮するのなら、どうあっても、日があるうちに洗濯すべてを済ませなきゃいけない。朝、洗濯機を回したひとが夜中に帰ってきて洗濯物を干すって、これはもう、効率が悪いにも程がある。(というか、これ、乾かないいんじゃないのか？　夜、寝てる間に雨降ったらどうするんだよ。)

庭仕事なんかできる訳がない。家の前の道の落ち葉を掃くんだって、草むしりだって、どうしたって日があるうちにやらなければならない。夜中に家の庭の草をむしっているひとがいたのなら、そのひとは、〝怪しい〟。これに尽きる。日が暮れた後、家の前の道を掃くって……そもそも、日が落ちていたら、落ち葉が見えない。(まあ、夜、七時や八時なら、落ち葉が見えなくても何とかなるかも知れない。街灯ってものがあるからね。けれど、夜中一時や二時に落ち葉を掃いているひとがいたら……これは、〝怪しい〟どころの話じゃないよね。下手したら110番に通報されてしまうような事態である。)

御飯作りは、御飯を食べる時間の前にやらなきゃ意味がないでしょう。そして、正彦さんの帰宅時間から夕飯を作り出したら、夕飯が翌日になってしまう(ことが多い)。

つまり。

朝早く家を出て、夜遅くまで帰ってこないひとは、普通の家事の大半が、どうやったってできないのである。

これは、陽子さんも、納得した。というか……納得せざるを得ない。

ただ、どうしても納得できなかったのが……。

うちは、共稼ぎなのに。

二人共、仕事をしている筈なのに。

なのに、何故。何故、家事の殆どを陽子さんがやらなきゃいけないの？

これは、とんでもなくどうしようもない、しかも絶対的な……でも、許せない、事実だった。

いや。

ここまでずっと会社に拘束されているひとに、家事の分担をして欲しいだなんて、これはひととして言ってはいけないことのような気がする。そもそも、家には帰ってきて寝るだけ、そんな生活を送っているひとに、家事をやって欲しいだなんて、言ってはいけないことなんじゃないのか？

だから陽子さん、言わなかったんだけど……とはいうものの、陽子さんだって仕事しているのに。締め切りが近くなれば、徹夜になったりしているのに。なのに、昼間家にいるのが陽子さんだけだからって、陽子さんしか昼間に家にいないからって、「今日二時間しか寝てないのに……」って思いながら、それでも、洗濯物を干している陽子さんって、何？

いや、まあ、御飯は。陽子さんがほんとに辛《つら》くなると、正彦さんの方から、「作らなくていいよ、お弁当でも買ってこよう」って言ってくれるんだが……洗濯は、やらないとほんとに家が滞る。けど、正彦さんは、これに気がついていない。このひと、多分、すべての洗濯物はクリーニングに出せばいいと思っているふしがある。

日常の買い物は、正彦さん、その必要性に気がついていない可能性がある。「ほんとに忙しいなら御飯なんて作らなくてお弁当を買ってくればいい」って思っている正彦さんには……食材の他に、洗剤だのゴミ袋だのトイレットペーパーだの、日常生活を送っている以上、絶対に買わなければいけないものが、日々、家庭では発生しているってこと、理解できていない可能性が高い。

一回。

本当に忙しくて、買い物にでる暇がなかった陽子さん、会社から帰ってくる正彦さんから電話があって、「何か買って帰るもの、ない？」って聞かれた時。こう言ったことがあったのだ。

「あ、トイレットペーパー、買って帰ってきてくれると嬉《うれ》しいな」

で、これに対する正彦さんの返事が。

「おいっ！　俺は仕事から帰ってくるんだぞ」

はい、それは判《わか》っているんですけどね。けど、仕事帰りに何か買って帰るものないかって、そもそもあなたが聞いてくれたんですけど……で、何で私が、怒られるの。

と、こんなことを陽子さんが思ったら。これに対する、正彦さんの返事は、こんなものだったのだ。

「仕事帰りのスーツ着た男が、トイレットペーパーなんて、買えるかっ！」

……え……そうなの？

「そんな、スーツ着た男がトイレットペーパーを持って歩くだなんて、そんなみっともないこと……」

……。

…………。

…………。

この瞬間、陽子さんは思ってしまった。

ふーん、そうなの。

仕事帰りのスーツ着た男は、みっともなくてトイレットペーパー、買えないのか。でも、仕事帰りのスーツ着た女は、トイレットペーパーを買うんだよね。じゃないと、家のトイレが使えなくなるんだもん。じゃあ、あんたは、二度とうちのトイレで大便をするなよ。みっともないからトイレットペーパーが買えないんだ、あんたにはうちのトイレで大便をする資格がない。(ほんとは、うちのトイレを使うなって思ったんだけれど、男性の場合、小さい方で用を足す時、トイレットペーパー、使わないのかなって思ったので、こういう思いになった。)

この陽子さんの思いは。かなり長いこと、思い出すだに頭にくるっていう形で、続いた。

だが。

正彦さんが嘱託になり、ある程度家事を手伝ってくれるようになったある日、正彦さんの方からこう言って貰えたので、解消された。

「……あー、陽子。だいぶん前だけど、俺、みっともなくてトイレットペーパー、買って帰れないって言ったこと、あった、だろ?」

あ。陽子さんはもう忘れようがなく、死ぬまでこれを覚えていようって思っていたんだけれど……正彦さんの方も、こんなこと、覚えていてくれたのか。

「……あれは……申し訳、なかった」

　おやまあ。

「長時間、家にいるようになって判った。トイレットペーパーは、絶対に必要だ」

　そうだよ。

「あれを買って帰ることをみっともないって思っちまったのは、俺の不見識だった。あの言葉は、悪かった」

「ん」

　ここで、陽子さん、にっこり。

　こういうことを言ってくれるから、陽子さんは、正彦さんのことが好きなのだ。


　ただ。

　まあ。

　そういうことは、おいておいて。


　家事、というものは、やらないと家庭生活が回らない。そして、すべての家事は、これをやるひとがいないと、滞る。そして、家事が滞ってしまうと、いきなり家庭生活も滞ってしまうのだ。

　だから、陽子さんはそれまで、しょうがないからずっと、黙って家事をやっていた。やるしかなかった。

（いや。これは、どっちかが悪いという話ではなくて、とにかく家事というものは、昼間家にいるひとにしかできないものが多い、そういう話なんだが。そして、広告代理店の営業職はまず昼間家にいないし、小説家という業種は、ほぼずっと家にいる、忙しくなればなる程、むしろずっと家にいる、家にい続けることになる、そういう職業特性の話なんだが。）

だから。

陽子さんには野望があった。

正彦さんが定年になったなら。

家事の殆どを正彦さんに押しつけようっていう。

いや、ね。これは、正しい言葉でいうならば、陽子さん、家事の殆どを正彦さんに分担して貰おうと思ったたっていうのが、正しいよね。押しつけようっていうのは、ちょっと、言葉として問題があるよね。でも、今までずっと、なんだか家事を押しつけられていたような気分でいる陽子さんにしてみれば……これはもう、〝押しつけよう〟としか、言いようがない。

とは言うものの。

ひとにはできることとできないことがある。

今度は、能力の問題として。

御飯作りは……正彦さんに押しつけてしまったら、なんかあんまりおいしくないものが食卓に並びそうな気がするので、これは、陽子さん、自分でやろうと思った。(……いや、だって、おいしくない御飯を食べるのは嫌だ。)

庭仕事も……あんまり、このひと、得意ではないような気がするし、そもそも、どの草をむしっていいのか判らないだろうし……(栽培している植物と雑草の区別が、絶対にこのひとにはできないって、陽子さんは確信していた)、それを説明する手間を考えたら……えーと、落ち葉を掃く以外のことは、自分でやろう。

お買い物は、やって貰えたら嬉しいんだけれど、何を買っていいのかまったく判らないこのひとに、いちいち指示することを考えたら……自分でやった方が楽なような気がする。

ということは、押しつけられる家事は、御飯の後の洗い物と、洗濯……くらい、かな。いや、これじゃ、家事の大半は、まだ陽子さんがやることになる。あと、押しつけられる家事って言えば……えーと、トイレ掃除とか、お風呂掃除とか……。


あ、掃除、だっ！


そうだ。掃除。

これは大島家の一番の弱点である。

御飯作りとその前提である買い物、洗濯、それを干すこと、そしてそれを取り込んで畳むこと。これらは、滞ったりやらなかったりしたら、いきなり家庭生活が崩壊してしまうんだけれど、掃除だけは。やらなくたって、家が汚くなるだけなんである。だから、陽子さん、今までそれの手をできるだけ抜いてきていた。(というか、忙しい時は、しょうがない御飯作りと洗濯はするけど、掃除をやるのはほんとに暇になった時だけ、だったのだ。お客さまが来る時だけ、大島家では掃除をする、それ以外の時はほんとに掃除の手を抜いている。そんな状況が続いていたのだった。)

という訳で、大島家は常に掃除が行き届いていない、なんか散らかっている家だったのだけれど、これに対して正彦さんには絶対に文句を言わせない、自信を持って陽子さんはこう思っていた。

この、掃除を。正彦さんに、やって貰おう。

……でも。

落ち着いて考えてみたら……「掃除して」って正彦さんに言ったとして……正彦さんがどんなに掃除をしてくれるつもりになったとしても……それで、どの程度の効果が期待できるんだろうか。

大体。

正彦さんの〝掃除〟の期待値って、どの程度のものなんだろうか。

そもそも、このひとは〝掃除〟をどんなものだと思っているのだろうか。

まず、ここの処が陽子さんには謎だった。

というのは。

これは、この二人が結婚する前の話なんだけれど。

正彦さんの大学時代、正彦さんのお母さんが、上京して正彦さんの下宿に来たことがあった。その、三日前に正彦さんからこの話を聞いた陽子さんは、パニックに陥《おちい》りそうになった。というのは、この時正彦さん、お母さんに、「俺にはつきあっている彼女がいる」って話をしていたそうで……で……その時の正彦さんのアパートは、まさに魔窟。汚いというレベルを超えていた。

ま、今にして思えば、これは陽子さんが焦る事態ではないような気がするんだが、「つきあっている彼女がいる」ってお母さんに宣言した上で、あの、汚いというレベルを超えた正彦さんのアパートをお母さんに見られたら……。彼女がいるって断言しているのに、この部屋。

自分が正彦さんの〝彼女〟であるって思っていたから、プライドの問題として、陽子さんはこれが許せないと思ってしまった。だから、この部屋を掃除しようと思った。そうしたら……。

幸いなことに正彦さんは調理の類を一切しない。(できない。能力がない。)だから、生ゴミだけはない。けれど……床が……ほぼ、見えない。雑誌とかコンビニ弁当の容器とか……洗濯物で、覆い尽くされている。

……え……洗濯物？　そうだ、これ何？　下着とか靴下とかが、やたら部屋中に散らばっている。

ゴミが散らばっているのならともかく。洗濯物が散らばっているって……これは、何でだ？　こいつには洗濯をするという文化がないのか？(いや、独身の時の正彦さんには、どうやらほんとにそれが殆どなかったらしい。稀《まれ》には洗濯することもあったらしいんだけれど、基本的に、脱いだ下着は、全部その辺にほっぽっておくひとだったのだ。ちなみに、就職してしばらくは、新たに穿く靴下や下着が必要になった時は、それ、買ってきてしのいでいたみたい。あ、ただ、正彦さんはそれでも結構おしゃれなひとだったので。下着以外の服は、全部クリーニングに出して、ちゃんと管理をしていた。)

そこで、まず、陽子さんはすべての洗濯物を集めてコインランドリーに走った。正彦さんに対して、「私が洗濯やるから、とにかくあなたは、ゴミを拾ってゴミ袋にいれて！　こっちの袋が空き缶や空き瓶をいれる奴、こっちはその他のゴミ！」。

で、コインランドリーで一回目の洗濯機をまわし、それが終わった処で洗濯物を乾燥機に突っ込み、二回目の洗濯機をまわし、ちょっと缶コーヒーなんか飲んでほっとして、一回目の乾燥が終わった処でそれを紙袋に突っ込み、その頃、二回目の洗濯が終わったのでそれを乾燥機にまわし、三回目の洗濯機をまわしながら、回収した洗濯物を持って正彦さんのアパートに帰った陽子さんが見たのは……陽子さんが渡したゴミ袋に、三つ程、空き缶がはいっている奴だった。

と言うか……陽子さんが渡したゴミ袋に、三つしか、空き缶がはいっていない、そういう奴だったのだ。

「何！　何やってたのあんた！　どうして何も部屋の掃除が進んでいないいっ！」

「あ……いや……空き缶を……捨てた、よ」

三つ、ね。私はもう三回目の洗濯機を回しているのに。この洗い物を置いたら、そろそろコインランドリーに戻らないとまずいのに。あんたは、三つ、空き缶を捨てていただけかよっ！

そう怒鳴《どな》りそうになった陽子さんなんだけれど、事情は、正彦さんの手元を見た瞬間に判った。古い雑誌が正彦さんの手の中にある。ああ、掃除中に、古い雑誌を発見しちゃって、ついついそれを読んじゃったのね。それは判る。いや、陽子さんだって、掃除中にそんなことしてしまうことは結構ある。けど、それって、彼女を呼びつけて家の掃除をさせといて、それでやることなのか？

いや。多分、正彦さんには、〝彼女呼びつけて家の掃除をさせていた〟っていう認識はないんだろうと思う。正彦さんにしてみれば、この程度の汚い家は普通なのであって、陽子さんが焦って掃除を始めた理由が、そもそも、判っていない。と、そんなことが、この時の陽子さんには判らなかった。

本当に。

この程度の正彦さんの〝汚さ〟って、正彦さんのお母さんには織り込み済みのことで、お母さんはこれを何の問題にもしなかった。〝彼女〟がいるのにこの汚さって何？　って、お母さんはまったく思いもしなかったようだ。

むしろ、正彦さんの家で、まな板と包丁が出ていることに驚いたみたい。（たまに陽子さんが料理をしていたので。）

うん。正彦さんのアパートには、包丁とまな板があったんだけれど、何故か、これは、厳重に新聞紙に包まれて、天袋に押し込まれていたのだ。これが、陽子さんにはほんとに謎だったんだけれど、後になって判った。この二つを解禁したら、生ゴミが出てしまう可能性がある。そして、生ゴミが出てしまったら、家の中のいろんな処で腐ってしまうものが発生する可能性がある。お母さんは、それをさせないように、こういうことをしたみたい。……なら、そもそも、上京してゆく正彦さんに、まな板と包丁を持たせるなよって後で陽子さんは思ったんだが……確かに、この二つがまったくないアパート住まいの人間っていうのは……謎だって言えば、謎だ。


ちなみに。

この日、陽子さんは、四回洗濯機を回して、四回、洗濯が終わった洗濯物を乾燥機にいれた。そして、それが終わったあと、陽子さんがやったのは……〝悪夢の靴下あわせ〟。今でも陽子さん、たまにあの時の夢をみる。

そうなんだ、パンツや下シャツやTシャツは、洗濯が終わればそのまま畳んで収納ボックスにいれればいい。けれど、靴下は……。

そもそも、この日の正彦さんのアパートには、もの凄《すご》い数の洗濯物が散らばっていて、それが層になっていたものだから、どの靴下とどの靴下が組み合わさるのか、洗濯前の陽子さんにはまったく判らなかった。だから、適当に洗濯してしまった。そして、それが乾燥されてあがってきた。これらの靴下を、靴下として収納ボックスにいれる為には、ペアの靴下を揃《そろ》えなければいけない。また、正彦さんの靴下って、同じものばっかりだったらまだよかったんだけれど、適当に買ったせいか、ワンポイントの模様が違ったり長さが微妙に違ったり、本当に色々とあったんだよね。だから、〝悪夢の靴下あわせ〟。

……まあ。この経験があったから、陽子さん、掃除の手だけは抜いていたんだよね。うん、こんな男に掃除の不備を指摘されるのだけは許せない、それだけは陽子さん、心の底から思っていたので。

でも。逆に言うのなら。

これから先。

〝掃除〟を。

この〝男〟に任せたとして。

どれだけのことが、期待できるんだろうか……。

いや、期待できない。期待できる訳がない。

(いや。この状況が成り立つ為には、もうひとつ、条件があるよね。その条件って……つまりは、陽子さんの方も、あんまり綺麗《きれい》好きではないっていう。

陽子さん自身、「御飯を食べないとひとは死ぬ、おしゃれなんてどうでもいいけれど、清潔な服を着ていないのはまずいし嫌だ、でも、部屋は……ま……汚れていても別にそれで死ぬ訳じゃないし、それはまあ、どうでもいいかなあ」っていうのが、基本的なスタンスだった。だから、家が汚くても陽子さんは正彦さんはあんまり気にしないし、正彦さんがそれに文句を言ったら、その瞬間、陽子さんは、正彦さんを殴り倒す気満々だった。故に、まったく掃除が行き届かない家で、この二人は、仲良く暮らしてくることができたのだった。

うん。これにはまったく笑えない傍証もある。

以前、陽子さんは、とある女流作家と対談をしたことがあった。その方は、『掃除が行き届かないのは嫌だけれど、食事はまあ、食べられれば何でもいい』ってスタンスの方で、陽子さんはその逆。で、結果としてこの二人は、ほんとに訳判らない対談をしてしまった。小説の話なんか放っといて、「食事なんてほんとに忙しくなったらりんごを齧《かじ》ってればいいじゃない」「りんごは完全栄養食じゃないってば！　もっと御飯に気を遣って。その前に、おいしくなきゃ、御飯食べるの嫌じゃない？」「でも、その前に家に埃《ほこり》があったらそれだけで嫌じゃない。御飯がおいしいかおいしくないかは主観的な問題であって、埃があるのは客観的な問題なんだよ」「埃で人間は死にません！　でも、御飯食べないと人間は死ぬんだよ」「埃だってある程度あったら、呼吸器に障害がでたりするでしょうが。呼吸器に障害がでれば、死ぬひとだっている筈」……って……女流作家の対談って……小説についての対談って……多分、こういうものではない。これでいい訳がないんだけれど……双方共に、自分の主張はまったく譲らなかったので……対談は、こういうものになってしまった。）

と、言う訳で。

考えてみればみる程。

陽子さんの野望はしゅるしゅる小さくなってゆく。

とはいうものの。もし、できるのなら。

食事の後の食器を洗うこと、洗濯をすること、トイレの掃除をすること、お風呂の掃除をすること……これを正彦さんに全部押しつけることができるのなら。

陽子さんの家事負担、ある程度は少なくなる！（半減……まで、していないのが、問題なんだが。でも、随分楽にはなるんだ。）

……もはや、野望とは言えない規模の話になってしまってはいるんだが。

陽子さんはこう思い、これが陽子さんの新たな〝野望〟になったのだ。


そして。

コロナ問題が発生し、これ以上正彦さんに会社に行って欲しくなく、そして、しゅるしゅる縮小した野望を抱いていた陽子さんは、正彦さんに言う。

「もし、できれば……あなたがそれでいいと思ってくれるのなら……嘱託……やめて、うちにずっといて、家事、やって欲しい」

って。

そして、正彦さんは、これを肯《うべな》ってくれた。


また。

正彦さんの方にも、〝野望〟というか……思うことがあった。

正彦さんだって莫迦《ばか》じゃないのである、結婚してから今までずっと、家事を殆ど陽子さんに任せていること、これに忸怩《じくじ》たるものがなかった訳じゃない。ただ、物理的にどうやっても家事をやってる時間がなかっただけなのだ。だから、「自分が定年になったら、少しは家事をやらないと……」って思ってはいた。

それにまた。会社勤めを続けるっていうのは、それなりにストレスがたまったり苦労が多かったりもしたので……定年になって、会社に行かなくていい毎日が過ごせれば、それはそれで楽かなって思いも、あった。それから勿論《もちろん》……この状況で通勤を続けていて、コロナに感染してしまう恐怖も。

また。

実は、正彦さんは、非常に多趣味なひとだったので……この時、正彦さんには、新たに始めた〝俳句〟という趣味があった。（他にも沢山趣味がある。）

仕事を辞めて。趣味に没頭できる時間が持てたのなら、それはちょっといいかも知れない。

こんな二人の〝野望〟が重なり合って。

結果として、この日、正彦さんは退職。

かちんと、二人で、ワイングラスをぶつけあう、こんな日に至ったのだ。

ただ。

正彦さんの誕生日は、五月五日。

会社の方に、どういう基準があるんだか判らないけれど、会社が認めている正彦さんの退社日は、六月三十日。（六月末で前半期が終わるらしい。だから、誕生日がいつであっても、退職はこの日、というのが、正彦さんの会社の希望。これは、会社によって結構違うらしいのだが。）

と、言う訳で。

二〇二〇年、六月三十日。

正彦さんと陽子さんは、二人で乾杯をした訳である。


今日で正彦さんの、会社員人生が終わる。

うん。

正彦さん。

本当に長いこと、お疲れ様でした。


「で……会社を辞めた場合、その関係で何かやらなきゃいけないことって、ある？」

陽子さんがこんなことを聞いてみる。

「あ……ああ、健康保険が。うちの会社ではいってる奴が、今日で切れるんだな」

「で、それはどうするの？　そもそもあなた、定期的に毎月病院へ行くじゃない、しかも二つも。万一これで健康保険利《き》かなくなると……」

「ああ、それは大丈夫。うちの会社の経理やってる奴に聞いといたから。国民健康保険に切り換えればいいみたいなんだよ。その手続きもちゃんと聞いといた。で、それは、ま、次の病院の予約前にはやっとくから」

「ん……そうか。じゃ、その手続きは、よろしくね」

こんなことを言うと、陽子さんは、また、手にしたワイングラスをそのまま正彦さんのワイングラスにぶつける。

かちん。

ちょっと、音がする。

二人は、お互いにお互いのことを見やる。

そして、そのまま。

何となく、二人は笑いあい……そして、その日は、終わった。

第一章　いきなり死ぬのはあんまりだ

「……うこ……」

翌朝。

陽子さんは、なんか、声が聞こえた気がして、目が覚めた。

とは言うものの……最初のうちは、何が何だかよく判らなかった。

「……ようこ。ようこ」

どうも、自分が呼ばれているような気がするんだが、よく聞こえない。

「えと、あの？」

ぶるんって頭を振ってみる。すると、聞こえた。

「ようこ……ようこ……」

あ。何か言っているのは、正彦さんだ。小声で、ほんとに聞こえない程度の音量で。だから、陽子さん、隣のベッドにいる筈の正彦さんの方に、視線を送ってみる。

「あの、旦那？　なんか、言ってる？」

「言ってる。……俺、もう、駄目だ。もう死ぬかも知れない」

って。

って、それは、何だ？

「気分が悪くて、吐きそうで……」

え。それは、何なんだ。

えっと、昨日、陽子さんと正彦さんは、夕飯を食べたあと、二人して仲良くワインを楽しんだんだよね？　んで、そんな正彦さんが、いきなり今、ベッドの中で陽子さんのことを呼んでいる。

「何があったの、旦那」

二日酔いにしては、言ってる台詞が酷《ひど》すぎる。正彦さんだって結構な年だ（何たって定年になっている）、今まで最悪の二日酔いを経験したことだってある、だから二日酔いではありえない。十代で、初めてお酒を呑《の》んで初めて二日酔いを経験した高校生ならともかく、二日酔いになった程度で〝いきなり死んでしまう宣言をする〟六十男はないだろう。（それに、昨日は正彦さん、二日酔いになる程呑んでいなかったことを、陽子さんは知っている。……あと……陽子さんや正彦さんが高校生だった時代は、こういう高校生はよくいたんだけれど……現在ではこれ、いたらまずい……よ……ね……。）

「俺はもう、気分が悪くて目眩《めまい》がして、死にそうなんだっ！」

って……ええええ？

「駄目だ。俺は、もう、死ぬ」

「い、いや、死なないで旦那！　と言うか、昨日までまったく元気だったのにいきなり死にそうにならないで旦那」

「駄目だ。もう死にそうだ。そのうち死ぬ」

……考えようによっては、非常に困ったことになるかも知れないこの事態……実は、陽子さんには、既視感があった。

数年前。

殆ど同じような内容の電話を……陽子さんは、受けたことがあったので。

☆

数年前のその日。

昼頃、陽子さんは、家の電話が鳴っているのを聞き、受話器をとった。電話の相手は、正彦さん。

「はい、もしもし」

陽子さんがこう言った途端、相手の声がそれを遮《さえぎ》る。

「陽子か？　俺だ」

「あ、旦那。どーした？」

「俺は死ぬ」

……え？

……え、へ、えっとあの……。

瞬時、陽子さんは、硬直した。いや、だってそれはそうでしょう。いきなり自分の夫から電話が掛かってきて、第一声が「俺は死ぬ」だったら、これは硬直しない方がおかしい。

「何があったの」

交通事故に遇《あ》ったのか？　あるいは、いきなりその辺を歩いているひとに刺されでもしたのか？　いきなりの、『俺は死ぬ』って言葉には、陽子さん、このくらいのことしか想像ができなくて……でも、そういう状況なら、そもそも電話なんて掛けてこられないよね。電話してきている段階で、それは違うよね。

「気分が悪い。すっげえ悪い。目眩がして目眩がしてたまらない。あんまり目眩がするんで、吐いた。もの凄く吐いた。救急車呼んだ」

あ。病気関係なんだ。

「このまま、おまえに連絡ができずに、俺が死んでしまったらまずいと思ったから、電話した」

「い、いやいや、いやいやいやいやいや、私に連絡ができたって、それで死んでしまったらまずいって。死なないで」

……って言いながらも。陽子さんは、悩む。……一体全体、旦那、今、どんな状況に陥っているんだ。救急車を呼んだってことは、単に旦那の気分ではなく、ほんとに旦那の状況が悪いんだよね。けど……それまで持病はあっても一応健康体だった旦那が、いきなり病気で危篤になってしまう状況って、何？

いや、これは。よく考えてみたら、沢山ある。いきなり心筋梗塞の発作を起こしたとか、いきなり脳卒中の発作を起こしたとか、何とか。

でも、そんな場合は、そもそも電話なんかできる訳がない……ような、気がする。なのに、旦那は電話をしている。

とは言うものの、〝救急車を呼んだ〟ってことは、客観的にも旦那、救急車を呼ぶべき状況に陥っている訳で、いや、でも、そんな状況に陥っているひとは、普通、家族に電話なんかできない訳で……。

それに。

電話を受けたその時から思っていたんだけれど、正彦さんの台詞はとても明瞭で、言葉も全部、はきはきと判った。（普段の正彦さんは、結構〝もごもごさん〟であり、言葉がよく聞こえないことは割とありがち。それに比べると、今日の正彦さんの台詞は、とっても明瞭であり……いや、これが最期の言葉だから、意図的に明瞭に発音しているって可能性はあるんだけれど……それよりも、むしろ、正彦さん、普段よりは元気なのではないかと、陽子さんは思った。）

あの、こりゃ。

確かに正彦さんは病院に行くことになったんだろうけれど……救急車で搬送されることになったんだろうけれど……でも、『もう死ぬ』だの何だのは正彦さんの誤解で、実際にはそんなこと、ないんではないのか？

とは言うものの。

勝手に陽子さんがそんなことを思ってしまって、実際に正彦さんが死んでしまったらどうしよう。

と、まあ。そんなことをぐちゃぐちゃに陽子さんが悩んでいるうちに。

「あ、救急車が来た。俺は乗るから電話切るね」

で、電話は切れた。

この状況。なんか……すっごい……変。

そもそも、救急搬送されるひとって、「あ、救急車が来た、俺は乗る」って……言えるもの、なのか？

でも、とにかく救急車は来ているらしくて、つまり正彦さんは〝そんな〟状況ではあるらしくて……結果として、今の状況って、一体全体、どんなものなの。

慌てて、陽子さんがまた電話をしようとしたら、今度は、大島家の家の電話ではなくて、陽子さんの携帯電話に着信があった。正彦さんの会社のひとから。

「只今救急車が来まして、大島部長は救急搬送されました。搬送先は、○○病院です。私も、今からすぐに病院へ行きます。御家族の方も、その病院へ行ってくださればと……」

え……あ……は？

「あ、はい、判りました」

とにかく、正彦さんが搬送されたのは、○○病院なんだよね。とにかく、私はそこへ行けばいいんだよね。

　そう思った陽子さんが、その病院へ行ってみたら……。

病院の入り口には、正彦さんの部下である、電話をくださった方がいた。

陽子さんは、できるだけ急いでこの病院へ駆けつけたんだけれど、練馬在住の陽子さんが、山手線の内側にあるこの病院へたどり着くまで、どうやっても一時間半はかかる。（普通に電車を乗り継ぐと、絶対このくらいかかるのだ。タクシーなんて拾ってしまった場合は、道路状況によるんだけれど、もっと時間がかかる可能性が高い。だから、これは、多分最短の時間。そして、正彦さんの会社と、この病院の位置関係はかなり近く……だから、電話をくださった方、かなり長い間、病院の入り口前で、陽子さんのことを待っていてくれたんだなあって思って、陽子さんとしては恐縮した。）

「あ、大島部長の奥様ですね。大島部長が搬送されたのは」

って。この方の案内で、病院の中にはいり、脳外科とか、なんか恐ろしい名前がついている〝科〟の前へゆき……。

そこにいた旦那が、まったくいつもの普通の旦那だったので、陽子さん、ほんとに脱力する。

だって。

「ああ、陽子、悪い」

とか何とか言いながら、正彦さん、にこにこ笑いながら、手を左右に振っているんだもん。

これは、多分、今から死ぬひとじゃ、ないよね。

「俺、着替えが欲しいんだけど……着替えなんて、持ってきてくれてない……よね？」

って！　って、着替えって、何なんだ！　あんたは、「今、死ぬ」筈だったんだよね、〝今、死ぬ〟ひとが欲しい着替えって、それは何なんだ。死に装束なのか。

あまりにも安心したので、その瞬間、陽子さん、こういうことを言い募りそうになってしまい、今、自分がいるのは病院だってことを認識して、慌ててこの台詞を飲み込む。

すると。今度は脇の方から。

「あ、大島さんの奥様、ですか？」

お医者さまと思えるひとが、陽子さんにこう声を掛けてきてくれる。

「すみません、大島さんの着替えの服があるといいんですが……」

え。

お医者さまからも、着替えの服を要求されるのか。ということは、とにかく陽子さん、正彦さんの着替えを持ってこなきゃいけない訳？　でも、何で。

「大島さん、ほんとに吐き続けたので、着ていらっしゃったスーツやワイシャツが、みんな、もう、どろどろなんです。……これはもう、着られる感じではないんですので」

え。何なんだ、それ。

「あ。大島さんの病気は、〝良性発作性頭位目眩〟です」

いきなり先生に、病気のことを言われても、陽子さん、これが何だか判らない。ただ、頭に〝良性〟って言葉がついている以上、そんなに悪い病気ではないのかなって思って、それで陽子さん、ちょっとほっとする。

こんな陽子さんの状態を見て、お医者さま、本当に優しいことを言ってくださる。

「この病気、〝良性〟って言葉がついていることでお判りのように、生死にかかわるものではありませんので御安心ください。ただ、とにかくただごとではない感じで、目眩がする病気なんです」

「あ……ありがとうございます」

「これ、基本的には、耳鼻科の病気であって、脳外科に来るものではないんですけれどね。まあ、救急搬送されてしまったので、症状から言って、最悪脳の病気という可能性もあったんですから、これはしょうがないんですが。ただ、最初から脳外科に来てくださったので、検査は全部やりました。今までの検査で、大島さんの脳に異常はありません」

……ああ、よかった。いや、そもそも、正彦さんの脳に何か異常があるとは、陽子さん、思っていなかったんだけれど。

けど……こうなってしまうと、何故、そもそも正彦さんは、救急搬送されてしまったのだ？

「この病気、基本的には耳石《じせき》が動いてしまっただけ、っていうものなんですね。耳鼻科の領域です。ただ、症状は、場合によっては激烈です。とにかく、目眩が酷くて、大島さんの場合、ひたすら吐きまくったようですね。ですので、救急車を呼んでしまったのもしょうがないかと」

「……はあ」

「耳鼻科では、これを治す為の積極的な治療法があると思うのですが、うちでは、自然に耳石が落ち着くのを待つだけ、もとに戻るのを待つだけという方法をとります」

「……と……言います、と？」

「放っておきます」

　はい？

「放っておけば、そのうち治りますから」

　はいい？　救急搬送されて……で……その治療が、放っておきます？

「いや、もう、すでに、治っている感じでもありますけれど。ただ、救急搬送された患者さんですから、念の為、経過観察をする為にも、今日は入院していただきますが」

　ほ。

　ほ、ほ、ほう。

　今度こそ陽子さんは本当に安心して……すると、なんだか、今度は申し訳なくなってきてしまって。

「すみません、うちの夫が下手に騒ぎ立てしまして……」

　そうしたら。お医者さまは、本当に優しいことに、こう言ってくださった。

「あ、大島さんが必要以上に騒ぎ立てた、そういう話ではないんですよ、これ」

「え……と、言いますのは……？」

「ご本人は、本当に辛かったと思うんですよ。何たってこの病気、ひとによっては本当に目眩が酷いですから。そのせいで、吐きます。この状況だと、脳の異常を疑う方も多いと思います」

　まあ、そういうことだったんだろうな。

　そう思って、改めて陽子さん、正彦さんが脱いだスーツやワイシャツを手にとってみた。

そして、驚いた。

正彦さんが吐きまくっていた。そういう話は聞いていた。だから、スーツやワイシャツには、吐き跡があるんだろうなあって思っていたのだが……ここにあったのは、そういうものとはまったく違う。

吐き跡があるんじゃない。吐き跡まみれ。スーツもワイシャツも、もう、嘔吐物に塗《まみ》れている。というか……手にもった感じだけで判る、びしょびしょ。

ひとが、吐いた時。それは確かに吐瀉物《としゃぶつ》があるんだ、吐いた時に着ていた衣服は濡れるだろう。けれど、それは、あくまで、〝濡れる〟だけ。そして、今、陽子さんの手の中にある衣服は、まったく違う。濡れているんじゃなくて、吐かれた量があまりにも多いから、水を吸って、びしょびしょになっている。有体《ありてい》に言って、重いのだ。

……確かに。

確かにここまで吐瀉物に塗れていたのなら、これはもう、着替えを持って来るしかない。というか、これだけスーツがびしょびしょになるって……それは、どんなに、吐いたのだ。吐きまくるって言葉だけでは、きっと、足らない。

これは。これは……旦那、本当に辛かったんじゃないのか？　これはもう、〝吐いた〟っていうレベルではない。吐き続けて、信じられない程吐いて……そして、今の状況になっているのだ。

うん。これはもう、救急車呼んだってしょうがないレベルかも知れない。

と、この時は、陽子さん、思ったのだが……。

だから、慌てて陽子さんは家に帰り、正彦さんの着替えを持って来て（パジャマと、あとは楽な服と下着をいくつか。それから、念の為に、新たなワイシャツとスーツも）、そして、正彦さんを労《ねぎら》おうと思い……。

けれど。

着替えを持って、入院することになった正彦さんの病室を訪れた瞬間、陽子さんのこんな思いは粉砕された。

だって。

「あ、陽子、悪い。……俺……喉《のど》が渇《かわ》いているから、水が欲しいんだけど」

すっごい、軽々と、正彦さんがこんなことを言ったから。

ああ、はいはい、水、ね、水。じゃあすぐに……って思った陽子さん、ここで硬直。えっと……入院患者に……勝手に水って、あげていいのか？　いや、普通だったらいいような気がするんだけれど……病状として、とにかく吐いた、吐いたあまり水分があんまりなくなっている、そんなひとに、水って、素人判断で、勝手にあげていいのか？

「病院の一階にコンビニがあったと思うから。そこでペットボトルの水を買ってきてくれれば」

するすると旦那は言うんだけれど。

「ああ、はい、了解」

するすると自分も言うんだけれど。けれど。いいんだろうか、ほんとにこれでいいんだろうか。私は、旦那に、水買ってあげていいんだろうか。ひっかかるって言えば……微妙に、ひっかかる。

「で、そん時にね、一緒になんか食べるものを買ってきてくれたら嬉しいんだけれど。病院のコンビニにあるかどうか判らないけど、カレーパンとか、いいな」

「ああ、はい、食べるもの……って……って……えええ？」

はい。ここで、陽子さんは、やっと。微妙じゃなくて……おおいに、ひっかかる。

そもそも。

目眩が酷くてひたすら吐きまくって吐き続けて入院した筈なのだ、このひとは。だとすると……。

正彦さんは、只今、勝手に水を飲んでいい状況なのか？

まず、それが陽子さんには判らない。

それに、食べ物って……。

「あの、さあ。あなたは入院している訳で、そろそろ夕飯の時間なんだけど、あなたの夕飯は、どうなってるの。そろそろ配膳される時間なんじゃないの？　んで、その時に、水とかお茶とかがついてくるんじゃないかと思うんだけれど……」

「今日は夕飯はなしなんだって。だから、夕飯は来ないし、水も来ない」

……じゃ、駄目じゃん！

陽子さん、怒鳴りそうになった。

「あんた、すぐ死ぬって言って私のこと呼んだんだよね？　すぐ死ぬ人間がカレーパンなんか欲しがるなっ！」

いや。すぐ死ぬ筈のひとが、カレーパンを欲しがっている段階で、陽子さんにしては嬉しくて嬉しくてしょうがなくなったんだけれど。でも、だからって、これを許してはいけないような気がする。

「水のことは、ナースステーションに行って、ナースさんに聞いてみます。カレーパンも同じく聞いてみます」

「い、いや、そんなことされたら、まず許可されないいんじゃないかと」

「ナースさんが許可してくれないことは、私も許可しません」

「い、いや、陽子、もうちょっと柔軟に考えを……」

「どんなに柔軟に考えたって、駄目なものは駄目！」

　こう言い切ったもののの。

　陽子さんは、一応、ナースステーションへ行って、正彦さんの要求を伝えてはみた。結果、水はOKという話になった。だが、カレーパンは、当たり前だが許可が出なくて……。

「あれだけ吐きまくったのに、カレーパンですか」

「凄いなー、大島さん。あの状況で、もう、すでに何か食べたくなるっていうのが凄い。まして、それがカレーパンだっていうのが、凄すぎる」

　ナースさんに感心されたんだけれど……これは、〝感心されて嬉しい〟とはとても言えない状況だとしか言いようがない。

（あと。一件落着したのち、正彦さんが言うことには。

「だって俺、昼前にいきなり目眩がして……結局、昼御飯、食べていないんだよ。この状況で吐きまくったら、もう胃は空っぽで。……したら、腹減るだろう」

……まあ……それはそうだと、陽子さんも思いはするが。思いはするが、とは言うものの。しかしカレーパンはないだろう。)


と、まあ。

こんなことがあったので。

(結果として。勿論、正彦さんは、翌日に無事退院した。これまで何の問題も後遺症も無かった。)


正彦さんの声で起こされた瞬間、陽子さんは思った。

思い出した。

これは……あの時の再現か？

そうとしか思いようがない。

☆

「えーと。只今午前七時七分。……ま、早朝、だ、よ、ねえ」

「おまえにしては早朝かも知らんが、世間では普通に朝だ」

「……ま……それはいいとして。この場合、選択肢が二つ。ひとつは、すぐに救急車呼ぶ」

「呼んでくれ。俺は死ぬ」

　ここで陽子さん、念の為、正彦さんの額に手を当ててみて、体温を何となく計り、ついでに脈もとってみる。……あー……その……どっちも……普通だ。

「で……えーと……今、救急車呼ぶのって、119番になっちゃうんですけど」

「呼んでくれ。俺は死ぬ」

「……あの。できれば、それは止《や》めて欲しいと。元気なひとが119番するのって、すっごいはた迷惑だと思うんだけれど」

「いや、だって、俺は死にそうなんだよ？」

「だから、ぜひとも、死ぬのを止めて欲しいって言ってる」

「誰が死にたくて死ぬかよっ！　死ぬのを止めて欲しいって、そもそもおまえは何言ってるんだ」

「……いや……その……私が思うに……あなた、自分で思えば、死ぬの止めることができるんじゃないかと」

「……おい？」

「はい」

　ここで陽子さん、とにかく大声で。

「大きく息を吸って……はい、ラジオ体操第一。やってみましょう」

「できるかよっ！」

　正彦さん。無茶苦茶大声。そして、元気。これを確認した処で、陽子さん。

「あのね、良性発作性頭位目眩。この病気のこと、覚えてる？　二、三年前にあなたが救急搬送された奴」

「……あ……」

どうやら、正彦さんも、思い出したらしい。

「今の処、どうもあなたの今の状態って、そんなもののような気が、私はするんだよね……」

「……いや……ま……そんな気が……俺も、しないでも……ない……か、な？」

「なら、救急車止めて耳鼻科に行かない？　御近所に、私も行ったことがある、ちゃんとした耳鼻科のお医者さまがいるから。救急車、呼ぶのを止めて、まず、その耳鼻科へ行ってみない？」

「いや、だって、死にそうなのに耳鼻科へ行ったって……耳鼻科って死にそうな人間を診る処じゃないって気が……」

気がつくと正彦さんの声、なんだかとても普通になっている。その上、段々、小声になってきている。

だから、陽子さん。

「……えーと、有体に言って、あなた、私に声を掛けた時より、元気になっていない？　少なくとも私はそんな気がするんだけれど」

「……なってる。どうしたんだろう、もう、目眩もしなくなってる」

「おおお、よかったじゃない」

「でも、気分は悪いんだ！」

「判った、だから、お医者さまには、行こ。耳鼻科に。で、御近所の耳鼻科がやっているのは、午前十時からだと思うから、えーと、後、三時間。我慢できそう？」

「…………」

ぶつぶつぶつ。

正彦さんは文句を言っていたんだけれど、文句を言いながらも、何たって時間が朝で、正彦さんがいるのはベッドの中だ。気がつくと正彦さん、また眠ってしまったようで……。

隣のベッドで。陽子さんは、ひたすら正彦さんの寝息を窺《うかが》う。

こんなこと言っちゃったけれど、実の処陽子さんはお医者さまでも何でもない訳で……ただ、今までの経験から言って、正彦さんの現在の状況は、〝死にそう〟なものではないって確信しているだけで……ほんとの処はまったく判らない訳で。

これでもし。これでもし、本当に正彦さんが死んでしまったらどうしよう。

そう思うと、ぐうぐう寝ている正彦さんよりも、むしろ、陽子さんの方が心配で心配で、まさか眠ることもできずに。（それに。まあ、絶対ないとは思ったんだけれど……万一。この、ぐうぐう眠っている正彦さん……眠っているんじゃなくて、昏睡《こんすい》しているんならどうしようって、思わない訳でもなかった。）

時間がたって、朝、九時になった処で。

まだ、正彦さんは気持ちよさげに眠っていたんだけれど、陽子さんはそんな正彦さんをたたき起こす。自分も起きて（それまでは、隣のベッドでずっと正彦さんの寝息を確認していた）、顔を洗って着替えると、ただちにタクシー会社へ電話。家にタクシーを呼んで、そのまま、近所の耳鼻科へ正彦さんを連れてゆく。

そして、耳鼻科にて。

いろんな検査をされた正彦さんは、お医者さまに聞かれる。

「……どこも……問題はありません、ね。でも、あなたには吐き気があった……んですね？と、言うか、気分が悪くて死にそう？　そんな感じになったんですね。で、吐き気は、今？」

「はい。……いや、気分が悪くなった覚えはあるんですが……今にして思ってみれば、吐き気はあんまりなかったと思います。ただ、目眩がしてました。そんな気がします」

「それは、今もしていますか？」

「あ……ああ、そう言われれば、今はまったくしていません。……というか……あの時は寝てたんで……そう言えば、何で横になっているのに目眩がした気がしたんだろう。もはやよく判らないです」

この旦那の台詞を受けて。耳鼻科の先生。

「検査の結果。できるだけの検査をしてみたのですが……器質的な問題は何もないと思われます。もし、あなたが目眩を覚えたり、気分が悪くなったりしたのなら……それは……」

お医者さま。なんか、すっごく、言いたくなさそう。でも、しょうがないから、言う。言ってしまう。

「えー……老化、でしょうか、ね」

え。良性発作性頭位目眩でも、なくて？　単なる老化？

「多分、病気的なものではないと思われます。少なくともどこにも異常はありません。これで問題があるとすれば……お年を召したこと、としか、言いようがありません」

「あの、前に良性発作性頭位目眩って……」

「そういうものでもないです。これは、病気ではなくて、ほんとに単に、お年を召したからとしか言いようがないんであって……。えーと、年をとると、結構、目眩がすることがあったりします。朝、くらくらしたり、気分が悪くなったりすることもあるでしょう。けれど、それは病気ではありません。単に、お年を召してしまったから、としか言いようがありません」

……。

「これはねえ。そういうことなんじゃないかと思いますよ。……えーと……だから……まあ、これは病気ではない訳で」

よかったですね。

先生。

まさに、そう言おうとしたらしいんだけれど……正彦さんの表情を見て、この台詞を飲み込む。

けれど。

場の空気というものをまったく読まない陽子さんが、いきなり明るく。

「旦那、それ、オールＯＫってことじゃん」

……って？

それでいいのか?

いや。

これでいいと、思うしかないんだよね。


まあ。実際の処、正彦さんの病状は、これで落ち着いた。(そして、その後。少なくとも二年以上。まったく正彦さんには症状がなかったので、ずっと元気に生活を続けられたのでで……。まあ、〝これで落ち着いた〟と言って、いいのではないかと思う。――というか、それより前に、〝そもそも病気ではなかった〟と、言ってもいいのではないかと思われる――。)

まあ。

病気であるのよりは、病気でない方が、いいに決まっている。

だから、これで、オールOK。

正彦さんも陽子さんも、瞬時、そう思いそうになり、これでこのエピソードは閉じてしまってもいいって思ったんだけれど……話は、そう簡単には、いかなかった。

というのは。


このエピソードの反動。

これは、まったくこの二人が想定していなかった角度から、きた。

それは、何かって言えば。

はい、正彦さんの、〝健康保険証〟である。

耳鼻科の診察が終わって。

会計という話になり。

正彦さんが、自分の健康保険証を会計に出した処で、この問題が顕在化した。というのは。

「あ、すみません、大島さん……この健康保険証ですが……あの……失効しています」

……え？

あ、いや。

考えてみれば、確かにそれはそうなのだ。

昨日正彦さんは、「今日でうちの会社でやっている健康保険が切れるから、とにかく国民健康保険に変えなければ」って話を、した筈だ。

「ということは……あの、全額、お金をいただくことになってしまうのですが……」

これはもう。肯うしか、ない。

……耳鼻科で、よかった。

この時、正彦さんが思ったのは、こんなこと。

ああ、耳鼻科で、よかったよなあ。

耳鼻科なら。

もともとの治療単価が、他の科に比べれば、ある程度安いから、ちょっと、〝ほっ〟。（あ、これは、耳鼻科を莫迦《ばか》にしている訳でも、耳鼻科を低く見ている訳でもなくて……他の処と比べた場合、絶対に単価が安いと思われるからだった。

うん。これが、正彦さんがいつも基礎疾患の治療で通っている病院の内科だったら……十割負担したら、単位は確実に〝万〟になる。――保険がある状態で、数千円になっていたのだ。それも、とても〝万〟に近い、そんな、数〝千〟円。だから……これが全額自費になってしまったら……あの病院で全額自費負担で会計をしたら……単位は万になり、しかも、最初に来る数字は、絶対に〝一〟ではない。〝二〟でもないような気がする。これをやらなくて済んで……本当に、ありがたいとしか、言いようがない。まあ、そちらの病院の場合は、薬を処方して貰っているので、その金額もはいってはいるのだが。――)

そしてその上。

救急車を呼ばなくて……よかった。

いや、多分。

救急車自体は、呼んだって特別にお金がかかる訳ではないと思うのだが。

救急搬送されてしまったERか何かの治療費は、どのくらいのものになるんだろう。そしてこれが、健康保険がないから全額自費だってことになったのなら……それは、いくらくらいになるんだろう。

判らない。

いや、ものはERだ。

基本、救急搬送されるのが前提だから、特別な料金はかからないっていう可能性も、ある？

けど、これは本当に判らない。

結局、何もかも、よく判らないので……。

で。

こうなると。

とにかく、一日でも早く、国民健康保険の手続きをするしかない。

だって、今の正彦さんは、二つの病院に定期的に通っているのだ。もし、これが全額自費負担になったのなら……毎月の医療費、凄いことになってしまう。

（あ、とは言うものの。健康保険が利かない状態で診療を受けた場合も、のち、その病院へ、新たに発行された健康保険証を持ってゆけば、それはちゃんと精算して貰える。だから、これは、〝その時に大変〟なだけであって、長い目でみれば、何の問題もないとも言えるんだが。）

で。

当たり前だけれど、とにかくすぐに、正彦さんは国民健康保険の手続きをした。受理された。

で……。

で！

ここから先が、本当に驚き！

☆

手続きをしたら、結構すぐに、国民健康保険の保険証が来た。同時に、これから毎月、正彦さんが振り込まなきゃいけない国民健康保険料の振込票が来た。（それまではお給料から天引きされていたので、こういう通知はなかったのだ。）

それを見た瞬間、陽子さんは、あまりにも驚きすぎたので、何だか硬直してしまう。

何なんだ、この金額。

高い。

もはや、高いとしか言いようがない。

高い、高すぎる！

何でこんなに高いんだ！

そこで、陽子さんは、思い出す。

そうだ。国民健康保険は、かなり高いのだ（……そうだ）。

今、陽子さんは、日本推理作家協会に所属している。陽子さんは、自分の意識の中ではSF作家であり、推理作家ではないにもかかわらず、この協会に所属している。それは、何故か。ある程度の収入がある人間が、国民健康保険にはいると、その金額がかなり高くなってしまうからだ。そして、日本推理作家協会の会員は、〝文芸美術国民健康保険組合〟という団体に所属することができ、こういう団体に所属していると、健康保険料の額が安くなるのだ。(陽子さんの世代では、その為だけに、日本推理作家協会に所属することを希望する作家は、かなりの数、いた。そのくらい、個人ではいる国民健康保険は高額だったのだ。また、逆に言えば……会社を含め、何らかの〝団体〟に所属しているひとは、まったく個人で営業をしているひとに比べて、かなり社会的に優遇されている、という話でもある。うん、サラリーマンのひとって——こんなこと言うと文句がきちゃいそうな気もするんだけれど——でも、いろんな意味で、個人事業主である〝小説家〟なんかに比べると、本当に優遇されているのである。)

だから。

この、国民健康保険の高さは、納得した。納得せざるを得なかった。

けれど、これは、〝ある程度の収入があるひと〟に対しての話ではないのか？　んでもって、正彦さんは、今、正に、定年になった処。これから先、正彦さんの年収は、ほぼ、ゼロであることが予測できる。年収がゼロであるひとに対して、この保険料って、この金額って、何？

……。

ま。これも、陽子さん、判ってしまった。

この保険料は、あくまで、去年の納税額で算定されているんだよね、きっと。

去年までは正彦さん、嘱託とはいえ普通の会社員だったし、それなりの収入があった。その収入に対して、掛けられているのが、この、保険料。けれど、年収がゼロである予定の正彦さんにとってみては、もう、貯金を崩して払うしかない金額。毎月何万も、とにかく払い続けるしかない金額。

ま。

来年になったら。

正彦さんの年収がほぼゼロであるってことが税務署やその他の機関にもきっと判ってもらえて、だから、こんな額にはならなくなるんだろうと思うんだけれど。でも、それまでは。

毎月、何万も。

とにかく、貯金を切り崩して、払うしかないのか。

これはほんとに予想外だったので……陽子さんは、大きく、ため息を、ついた。

それから。

なんか、「あああ……」って思ってしまったのだ、陽子さん。

これ、変な話なんだけれど……「あああ、なんか、また、だよ」って。

以前、陽子さんは、『結婚物語』というお話を書いた。これはまあ……陽子さんと正彦さんが、結婚をするだけのお話。どう考えても小説になるような内容はまったくなかったんだけれど、それまで、社会経験が殆どなかった二十代の陽子さんが、実際に〝結婚〟という社会経験をしてみて、そして初めて知ったこと、驚いたことをそのまま書いてみたら……これが、何故か、〝お話〟になってしまったのだ。

ただ、これが〝お話〟になってしまったのには、絶対に正彦さんの関与があった。正彦さんが、要所要所で〝なんか変なこと〟をやってくれるから……だから、〝ただ、結婚をする〟だけのエピソードが、〝お話〟になってしまったのだ。

そして。

そういう意味では。

定年になった翌日。最初の日。まさに、正彦さんの健康保険が失効した、その日に。

正彦さんが救急車を要求するのって……絶対に、これは、〝変なこと〟だよね。

もし、これをそのまま〝お話〟にしたら、これは〝作りすぎ〟って言われるだろうなあって、陽子さんは思う。というか、もしこれが新人賞応募作だったら、「このエピソードのせいでむしろリアリティがなくなっている」とか言われそう。いや、その前に、「もうちょっと真面目に作者は作品に取り組むように」って言われたって文句言えない。（だって、この〝作りすぎ〟による効果がまったく望めないんだもの。なのに、マイナスの効果だけはあるんだもの。――読んでるひとが〝作りすぎ〟って思ってしまったら、それにはマイナスの効果しかない――。）

けれど……現実が、こうだったのなら。これはもう、どうしたらいいのだ。

現実がこうだったんだもの、もし、陽子さんが将来、『定年物語』ってお話を書くことになったのなら。

ファーストエピソードは、これでゆくしかないよね。

でも、そういうお話の作り方をしたのなら。

言われる……だろう……なあ……。

作りすぎだって。いくら何でもこれはないだろうって。

でも、現実なのだ。事実、なのだ。

……どうしよう。


つまり、ここでいう陽子さんの「あああ……」は、そういう意味での「あああ」。

あああ。なんか、また、こういうことになってしまったっていう。


なんだって正彦さんというひとは、要所要所で、〝まさに作りすぎ〟としか思えないようなエピソードを起こすんだ。これはこのひとの特殊能力なのか？

でも、これが現実なんだから、しょうがない。

と、いう訳で。

（何が〝という訳〟なのかよく判らないのだが。）

これは、大島正彦さんと陽子さんという夫婦の物語である。
六十一で、会社をやめ、無職になった大島正彦さん。
その妻であり、小説家である、陽子さん。
この二人の、〝あーだこーだ〟に、おつきあい頂ければと思っております……。

第二章　そもそもこの頃コロナがあって

ここでいきなりお話の時間軸をちょっと過去に飛ばさせていただく。

正彦さんが定年になったのが、そして、死にそうになって（いる訳ではないんだが、正彦さんの主観的には）耳鼻科に駆け込んだのが、二〇二〇年七月一日。

そして、この前の年。

二〇一九年の年末に、中国で、今では〝新型コロナウイルス感染症〟って呼ばれている病気が発生した。そしてこれは、もの凄い勢いで全世界に広がり……二〇二〇年一月、ＷＨＯ（世界保健機関）は緊急事態宣言を出した。

ただ、これは、この時の陽子さんと正彦さんにとって、まったくの対岸の火事。まあ、お隣の国で、なんか大変なことが起きているみたいだなあっていう程度の認識。

けれど。

二〇二〇年二月に、日本でもダイヤモンド・プリンセス号事件というものが起きる。これは、豪華客船の中でこの病気が発生してしまったってもので……。（日本に寄港することになった、患者さんがいる、この船の乗客をどうするのかっていう話になったのだ。)

ここで。初めて。

コロナウイルスっていうものが話題になり……陽子さんは、とても、嫌な気持ちになる。だって、コロナウイルスって、基本、風邪のウイルスだっていうじゃない。

ものが、〝風邪〟だ。

最悪だ。


いや、風邪って、誰だってひいたことがある、ま、寝てりゃ治る病気なんだよね。陽子さんだって正彦さんだって、今までの人生で、風邪をひいたこと、一回や二回や三回じゃなく……桁《けた》が違う数で、あったよね。

だから、嫌だ。

だって。逆説的に言うのなら……寝てりゃ治る病気だってことは、風邪には積極的な治療法がないってことになるじゃない。(積極的な治療法があれば、〝寝てりゃ治る〟ってことにならないだろうから。)

そして。風邪は、令和、平成、昭和だけじゃなく、大正も、明治も、江戸も……もっとずっと前から、日本にはあった病気なんだよね。というか、いつだって日本の普通のひとが普通に生活していると、普通にかかる、そんな病気。なのに、治療法が、〝寝なさい〟。

そんな、〝風邪〟。

今までは。たいしたことがない病気だからって無視していたんだけれど……もし、これが、

〝たいしたことがある〟病気になってしまったら……これ、どうしたらいいの。もし。もし、この病気が、本気でひとを殺すつもりになったのなら……これ、すっごく……嫌だ。

で。

実際に、コロナウイルスは、ひとを殺すつもりになったらしい。（いや、ウイルスを擬人化してはいけないとは思うんだが。）

結果として、おそろしい数の死者が出た。

日本でも、緊急事態宣言が出た。

それが、二〇二〇年四月七日。

ただ。

この頃は、まだ、日本ではそんなにこのウイルス、おそろしいことになっていなかった。

（とんでもない数の死者が出たのは、この時は、まだ、外国のこと。）

それより前に。

日本のひとは、まだ、まったく、この事態に対応ができていなかった。

☆

とにかく。

緊急事態宣言が出た。

緊急、なんである。

こんな宣言。

多分、陽子さんは、それまでに聞いたことがなかった。

だから、本気で対応しようと思った。（そして、日本のひとは、おそらくは、みんな、そう思った。）

建物は換気しろって言われた。窓を開けろ、と。

それから、ソーシャルディスタンスをとれ、とも、言われた。ひとと、二メートルの距離をとれ、と。

また、〝密〟になってはいけないって言われた。四、五人以上、集まるな、と。

とはいうものの。

言われたひとは……これ、どうしたらいいの。

換気は、まあ、できる。家の窓を開けることはできるし、お店やオフィスの窓を開けることもできる。

ただ。これにも問題があった。正彦さんは、もう十年以上花粉症をやっており（それも、一回入院して鼻腔《びこう》を焼くような手術をして、それでもまだ花粉症の症状がちょっとはあるっていう状態だ）……花粉が飛んでいる時期には、そもそも、大島家では窓を開けないのがデフォルトになっていたのである。

けれど。緊急事態宣言が出た。換気しなきゃいけない。だが、時期は、まさに花粉まっさかりであり、大島家では、それまで何年も、「この時期は絶対に窓を開けない」を実行していたのだ。洗濯物だって外には干さない。

だから……この状況下で「窓を開ける」って方策はどーかなーって、陽子さんとしては思わずにはいられなかった。実際、窓、開けてみたら、花粉的な問題ですぐに正彦さんから抗議がきた。まあ、それは、「緊急事態宣言だから」って陽子さんはいなしたのだが……正彦さんのような、花粉症を患っているひとにしてみれば、この時、何がどうなるのかまったく判らないコロナなんてウイルスの為に、窓を開けて換気をするのは辛かったんじゃないかと思う。(けれど、花粉的な意味で、正彦さんがあんまり辛そうだったので……なし崩しに、これは、やらないことになった。今でも、花粉の時期は、大島家、換気をしていない。だって……無理、なんだもん。それに、家の総人口二人だ、どっちかが感染したら、もう片方も運命共同体になってるだろうって気もしていた……。)


そして、それ以外は。

確かに。やってやれないことでは……ない。

物理的に可能か不可能かって聞かれれば、可能ではある。

ただ。それが、常識的に可能かって言われると、そこの処がまた謎な訳で……。

まず。

ソーシャルディスタンスを、とること。

これは不可能ではない。というか、やればできる。

けど……常識的に言って、他人と二メートルの距離をおいて、そして、ひとづきあいをしろっていうのは……えー……無理、である。

いや。やってできない訳ではないんだけれど……その……常識的に言って無理。


翌年。子供が遊ぶ公園なんかには、二メートルを示す表示が出た。

片方に表示があって、二メートル離れた処に、もう一つの表示。そして、その間に、「お友達と遊ぶ時にはこれだけ離れてね」っていう表示が出ている。

これはもう。

言葉で〝ソーシャルディスタンス〟って言われていた時にはよく判らなかったんだけれど、実際に二メートルを目で見て判る距離で示されてしまえば。

こ……こ……これは、凄い。二メートルって、こんな距離か。いや、他人同士がこの距離をとることは別に不可能ではないんだが……友達関係で、これは？　特に、子供にとって、これは？

無理、で、ある。

……こんだけ離れると、それはもう、子供にとって、一緒に遊んでいると言える状況ではないのではないかと……。陽子さんにしてみれば、そう思うしかない。うん、こんだけ離れてしまえば、この二人、どうやって一緒に遊ぶんだ？　というか、遊んでいるのか、それ？　まず間違いなく、この距離では普通の会話での意思疎通はできない。怒鳴りあうしかない。内緒話も、いろいろ話しながらくすくす笑いあうことも、しゃべりながらお互いをつっつきあうことも、お互いの表情を見あうことも、この距離ではできる訳がない。

そして、距離的に〝怒鳴りあう〟以外では意志疎通ができない二人の子供が、ぽつんぽつんとそこにいたのなら、これは、〝一緒に遊んでいる〟とは言えないと思う。

それにまた、これは、子供でなくとも、世間話なんかまったくできない距離なんである。中学生や高校生の女の子が遊んでいる時は、ま、大体おしゃべりをしているケースが多いので……二メートル離れたら、それは、無理。大人はもっと無理な訳で……いや、まさか、怒鳴りながら世間話する訳にもいかないし……。

本気で、この時の日本政府は、これを推奨していたんだろうか？　これは、〝人づきあいは基本的にやめましょう〟っていう距離だとしか思えない。

〝密〟になってはいけない。

これはもう、四、五人以上、集まってはいけないっていうことだよね。

ソーシャルディスタンスをちゃんと守れば、子供達がおしゃべりすることはできない、大人だって普通の世間話なんてできない、ここに、〝四、五人以上集まってはいけない〟って文言が加わるとなると……ああ、もう、これは。

かんっぺきに。

この時、日本政府は、〝人づきあいをやってはいけない〟って言っているんだと、陽子さんは思った。実際に……それ以外の解釈なんて、できないんじゃないの？

まあ、でも。

緊急事態宣言である。

それまで聞いたことがない宣言である。

だから、大抵の日本人は、これを守ろう……って思ったのかどうか判らないけれど……何とか、これに準拠しようと、思った……らしい。

結果。

凄いことが起こった。

☆

陽子さんと正彦さんの家は、かなり大きな公園の近くにある。そして、大島家の寝室の窓は、その公園の飛び地のような、ちょっと小さな公園に面していて……。

二〇二〇年、四月末。まだ正彦さんは会社に通っている、そして、緊急事態宣言が出た後の、そんなゴールデンウィークのある日。


ばすん、ばすん、ばすん……って音で、陽子さんは目をさました。

え……あれ、何？

あれ。

どう考えても……〝誰かが何かを殴《なぐ》っている〟、そんな音……だよ、ね？（意外なことに。ひとが何かを殴っている音って、聞いただけで〝それ〟と判るのだった。初めて聞いた音だったんだけれど、陽子さんはそれが判ってしまって、むしろそれで驚いた。）

陽子さんが隣のベッドにいる正彦さんに視線を送ると。

すでに、ベッドから出ていて、窓のそばにいた正彦さん、陽子さんにちょいちょいって手を振る。そして。

「見てみろよ、陽子、キックボクシングだよ」

「……はい？」

「凄い音がしてるなーって思ったら、これ、キックボクシングの練習なんだ」

「……って、何だって、こんな処で」

窓から見てみたら。確かに、両手にプロテクターを嵌《は》めたひとが、攻撃しているひとのパンチやキックをプロテクターで受けていた。その音が、ばすん、ばすん、ばすん。

「多分、換気の問題や密を避ける問題で、それまでの練習場ではこれができなくなったんだろ。で、公園で練習をやっている。……ま、公園なら、野外なんだから、換気は問題がないだろうし、二人で練習しているんだから密になる訳でもない」

……ま……そりゃ……公園で散歩や何かをしている普通のひとは、キックボクシングやっているひとの側には近づかないだろうから……密にはならない、だろうけどね。

「だからって……いや、このひと達が悪いとはまったく思わないんだけれど……けど……」

けど、ね。

だからって、何で私、人が人を殴る音で起こされなきゃいけないのだ。これは……ちょっとあんまりだって気も……しないでもないんだけれど。

と、言うか。キックボクシングの練習って、普通、公園でやっていいものなのか？　それはなんかちょっと違うような気がしないでもないんだけれど……でも、屋内でできないのなら、屋外でやるしかないのか。

まあ、でも。

真面目にキックボクシングをやっている方が、あの〝緊急事態宣言〟を真面目に受けたら……それは、こういう手段にでるしかないよな。

そう思うと、陽子さんは、軽くため息をついた。

この状況は、正彦さんと陽子さんが散歩に出た瞬間、もっと凄いことになった。

正彦さんも陽子さんも、持病がある身。で、どちらの病気も、お医者様から定期的にちゃんと運動することを推奨されていて……だから。今までは、スポーツクラブに通って運動をしていたんだけれど……さて、只今の状況で、スポーツクラブって、どうなんだろう。

換気をしてくれているかどうかは、利用者である正彦さん達には判らない話なんだけれど（当たり前だが換気はしていてくれたらしい、いや、もっと積極的に、新しい換気システムを導入したり、いろいろやってくれていたらしい……ということを、あとから、しばらくぶりにこのスポーツクラブへ行った陽子さんは、掲示なんかで知った）、他人と二メートル離れろっていうのはなあ……これは、マシンを使う時でも、クラスに出る時でも、無理、だよね。（かなりのち。このスポーツクラブに行ってみた時、ランニングマシンの間には、パーティションが作られていて、しかも、並んでいるランニングマシンは、一つおきに使用不可になっていた。できるだけ隣接しないように、スポーツクラブの方でも考えてくれていたらしいんだよね。……でも、二メートル離れるのは……物理的に無理。ランニングマシンを一個おきにしか使えない、そういう状況にしても、ここまでやっても、まだ、ランニングマシンは、二メートル離れていない。それに、大体、すべての筋トレをやっているマシンは、そもそも一メートルも離れた処に設置されていない。もっとずっと接近している。）

だから。

とりあえず、暫定的《ざんていてき》に、スポーツクラブへ行くのは、なし、でしょう。（と、利用者のみなさまが思ったせいか、あるいは、国か都の要請に従ったのか、このあとしばらく、このスポーツクラブは休業した。）

とすると。

とにかく、歩くしか、ない。

ということは、散歩か？

そう思った正彦さんと陽子さんが散歩に出た瞬間……。
「おおおおおっ！」
と、言うしか、ない。
正彦さんと陽子さんの家は、大きな公園の近所にある。
だから、散歩しようと思った時、正彦さん達は素直にこの公園を目指したのだが……。
「何だってこんなにひとがいるんだ！」
と、しか、言いようがない。
緊急事態宣言が出された時。
誰もがみな、どうしていいのか判らなかったらしい。
だからか。
みんな、多分、思ったんだよね。
運動はしたい。
ソーシャルディスタンスはとるべき。
密は避けなければいけない。
と、なると。歩くのなら、ひとがそんなにいないであろう公園を。
みんながそう思ったなら。結果として、どうなったのか。
公園が、もの凄い人だかりになってしまったんだよおっ！

「……凄いな」

　こうとしか正彦さん、言いようがない。

「こりゃ……はっきり言って駅前の商店街より、ひと、いないか？」

「いる。どう考えても普段の商店街よりこっちの方がひとが多い」

「……じゃ……他のとこに、行く？」


　で、正彦さんと陽子さんが行ったのは、自宅からちょっと遠くを流れている川。こっちも、普通だったらまずひとがいない筈の処だったんだけれど……。


「何だってこんなにひとがいる訳？　しかも、殆どのひとが走ってる」

　呆然としている正彦さんをよそに、陽子さんは、カウントを始める。

「一、二、三、四五、六、七……」

　おお、カウント、続く続く。四五とか、カウントが連続しているのは、二人が一緒に走っている時。

「八、九十、十一、十二……凄いな、あっという間に二桁にいっちゃった。マラソン大会やってる訳でもないのに、多分、まだ、一分もたっていないのに。なのに、何だってこんなに走っているひとがいる訳？　数えるの、途切れもしない」

「んー……じゃ、やっぱり、川辺もやめとこう」

で、二人は逆に、むしろ駅を目指してみる。すると。

「……どういうことだ、駅に向かう道の方が、はるかにひとがいない……」

そんな事態になっていたんだよね。

「ここから商店街が始まるんだけれど……なんということでしょう、公園の中や川辺より……はるかにひとがいない……」

おそろしく閑散《かんさん》としている商店街。これで、店はやっていけるのか？　いや、スーパーとか、薬局とか、〝買わなければならないもの〟があるお店には、確かに数人のひとがいる。けれど、それ以外のお店は……特に、食事をするお店なんかは……。

「この時間帯で、外から見て、まったく客がはいっていないっていうのは……」

「……すっげえ……まずい、ん、じゃ、ないのか？」

まずいのである。まずいに決まっている。

でも。

緊急事態宣言なんてものが出て、よく判らないけど、他人から二メートル離れろ、密になるなって言われた一般人は、とりあえず、こうするしか、なかったんだろう。

で、ここで。

正彦さんと陽子さんは、真実に気がつく。

「あのさあ、そもそも、散歩なら、どこ歩いたっていいんだよね」

「おお。ここを歩けっていう散歩は、そもそも、ない」

「んで、練馬の住宅街って、駅前とか商店街なんかを除くと、そもそも、歩いているひと、あんまりいないよね」

「だよ。だからおまえがいつも困っているだろうが」

そうなんである。陽子さんというひとは、かなりの頻度《ひんど》で迷子になるひとであり、彼女が迷子になった時、いつだって頼りになるのは他人。その辺を歩いているひとに道を聞いて、それで陽子さん、何とか日常生活をおくっていたのだ。

だが、それは、新宿とか渋谷とか、そもそも、ひとが沢山歩いている場所での話。

陽子さんが普段歩いているのは、練馬の住宅地であり（練馬在住だからね）……ここは、駅前、商店街なんかを除くと、ほぼ、ひとが歩いていないのである。どんなに道を聞きたくても、そもそも歩いているひとがいないとなると……道を聞けるひとがいない。まさか、その辺の民家のインターホン押して、「すみません、ここはどこですか」って聞く訳にもいかず……これで、いつだって陽子さん、困り果てていたのだが……。

「ということは、下手に〝ひとがいないであろう公園〟や、〝ひとがいないであろう川辺〟なんかに行かないで、普通に練馬の住宅地を歩いていれば……」

「まず、ひとには会わないわな。それでいつだっておまえは困っていたんだから」

「だよね。ということは」

そして、正彦さんと陽子さんは、練馬区民にとっての、コロナ状況下における、正しい散歩のやり方に気がついた。

ただ、普通に、ただ、練馬の道を歩けばいいだけなのである。

うん、これで、ほぼ、ひとに会わないで済むんだから。そもそも、練馬の普通の道は、歩いているひとがあんまりいないんだから。


この後。

この二人は、ゴールデンウィークの間中、練馬をずっと散歩した。

とは言うものの、無目的にその辺を歩きまわるのは、歩きまわり続けるのは……気分的にちょっと辛かったので……。

「今日は、吉祥寺まで歩いてみよう」

「今日は保谷《ほうや》」

「今日は東久留米」

駅、ひとつ、歩くんではない。練馬から吉祥寺って、そもそも電車が通っていない。そういうところであっても……歩く気になれば、一時間や二時間もあれば、たどり着けるのだ。これをやっている間に、ゴールデンウィークは終り、そして、正彦さんは、何か達成感を覚えた。

というのは。

以前、東日本大震災があった時。正彦さんは帰宅難民になってしまい、山手線の内側から練馬の自宅まで歩いて帰ったことがあったのだが、この時、正彦さんは、あんまり困らなかった。何故かというと、彼は、この辺の道、歩き慣れていたから。

　いつか、東京直下型地震があるかも知れない。

そう思っていた正彦さん、休みの日に、時々、山手線内の会社から練馬への電車が出ている池袋まで、また、池袋から陽子さんの実家がある江古田まで、江古田から当時正彦さんが住んでいた中村橋まで、何回も何回も歩いたことがあったから。そして、中村橋から、今の正彦さんの家までは、引っ越しする前、陽子さんが何回も歩いて通っていたのだ、正彦さんも何回も歩いていた。

　都内で。帰宅難民になり。会社から、今の家まで歩いて帰ってくることになった正彦さんは、この時、まったく慌てなかった。だって、会社から池袋まで、池袋から江古田まで、江古田から中村橋まで、中村橋から今の家まで、何回も何回も、正彦さん、歩いた経験があるんだもの。そして、この全部を接《つ》ぎあわせれば、それは、会社から自宅までってことになる。帰宅難民になった瞬間、正彦さんは、「ああ、四時間か五時間歩けばうちに着けるか」って、経験として判っていたし、道も全部判っていた。

　で、その伝で言えば。

これから先、もし、直下型地震があったとしても。

交通網がまったく分断されてしまったとしても。

正彦さんは、多分、阿佐ヶ谷にも吉祥寺にも東久留米にも歩いていける。そんな経験を、散歩している間に、積んでしまった。（……まあ……同じ経験をした筈の陽子さんは……間違いなく、どこへも行けないだろうけれどね。——方向音痴だから、道がまったく判らないから——。けれど、陽子さんだって、それらの街が、歩いていける距離であること、迷子にさえならなければ歩けることを、感覚的に納得している筈だ。）

これはまあ……この、コロナ騒動で、ちょっとよかったこと、かな。


それから、また。


運動をしなきゃいけないって思った陽子さんは、とりあえず正彦さんと一緒に歩いていた訳なんだが……それ以外のことを考えていなかった訳ではなかった。

うん。

今の処は、正彦さんと一緒に歩いているけれど、それ以外の〝運動〟も、ある、かなって。もっとちゃんと〝運動〟をしなきゃいけないかなって。

けれど。

陽子さんのこんな思いが、陽子さんの心の中で明文化される前に、正彦さんは、まったく別種の〝運動〟を始めたのだ。

屋上で、ゴルフクラブの素振りを始めたのである。

陽子さんは、実は、ゴルフがあんまり好きではなかったので（いや、ゴルフ自体に文句がある訳ではない、ただ、会社勤めをしている正彦さんが折角の土日に、〝ゴルフ〟って言って出かけてしまい、普段だったら夕飯になる時間をすぎても帰ってこないこと、これに文句があったのだった)、正彦さんのこの〝運動〟に納得ができなかった。だから、言ってみた。

「ねえ……旦那、素振りって、それ、運動になっているの?」

だって、ゴルフクラブを振っているだけ、だよ、ね? これ、本当に運動になっているんだろうか。(いや、なってます。)

これに対して、正彦さん、平然と。

「なっている。まして、やっているのがうちの屋上だ、他人なんてひとりもいる筈がない。ソーシャルディスタンス守れて、密になる訳もない、これは素晴らしい運動なんじゃないのか?」

いや、まあ、〝ソーシャルディスタンス守れて、密にもならない、だからこれは素晴らしい運動だ〟っていう処には……陽子さんも、文句を言う気はない。

けど、これは本当に〝素晴らしい運動〟なんだろうか?

そこの処には、陽子さん、文句はなくても疑問はあり……。

そんなことをぶちぶちと陽子さんが思っていたら、いきなり正彦さん、こんなことを言ったのだ。

「そう思うのなら、陽子も俺と一緒に屋上で運動しよう」

って!

一緒にゴルフの素振りをするのは嫌だって、陽子さんは思った。

(以前、一回だけ、陽子さんは正彦さんと一緒にゴルフコースに出たことがあった。その時、一緒にコースを回ったのは、妹夫婦だったので、ま、多少の迷惑をかけても許してもらえるかなって思ってもいた。けれど……その時の思い出が、最悪。陽子さんが打つと、ゴルフボールはとんでもない処へ行ってしまうのが常であり、まず、グリーンの方へは行かない。んでもって、やっと、やっとのこと、ボールがグリーンに乗ったと思ったら。

今度は、その後が、〝最悪のあとにも最悪を重ねる〟ものになったんだよね。うん、十二回、打っても、陽子さんのボールはカップに沈んでくれなくて……十二回目で、「もうこれはOKってことにしよう」って、その時一緒にゴルフをやっていた妹夫婦が言ってくれて、これでやっと、陽子さん、このラウンドをクリアすることができた。ということは、妹夫婦がこう言ってくれなかったなら、いつまでも陽子さんは、グリーンの上をうろうろしていたことになった筈なんだよね。その後についても、ほぼ、〝以下同文〟。そんな思い出があったので……陽子さんにしてみれば、ゴルフって、天敵以外の何物でもないっていう話になる。）

したら、正彦さん。

「別にゴルフの素振りじゃなくても、屋上でできる運動ってあるだろ？　例えば、縄跳びなんかどうだ。あれ、ボクサーが練習としてやっているんだ、それなりの運動量はある筈だろ？」

「え……え……いや、だって、うちには縄跳びの縄なんてないし」

これは、消極的に陽子さん、〝縄跳びなんてしたくない〟って言っているんだが、そんなことにまったく気がついていないように、正彦さん。

「多分、縄跳びの縄、百円ショップで売っていると思う」

（実際に売っていた。そして、正彦さんは、これを買ってしまった。）

と。こうなってしまえば。これはもう陽子さん、縄跳びをやってみるしかない。

そして、やってみたら……。

陽子さん、はるか昔のことを、思い出してしまったのだった。

そうだ、昔、まだ、陽子さんが大学生だった時のことを。

あの時。

陽子さんの友達で、教職過程をとったひとが、悩んでいたのだ。

「教職の試験に、縄跳びがあるの。それが大変で……」

え？　これ、陽子さんには、とっさに意味が判らない。

「何で、先生になるのに、縄跳び？」

「小学校の先生って、みんな教えなきゃいけないじゃない。美術や音楽もだけれど、体育だって、小学校の先生はやらないといけないんだよ」

今はどうなっているのか判らないんだけれど。確かに、陽子さんが子供の頃は、専門分化なんてなかった。だから、担任の先生が、すべての教科を担当していた。ということは、陽子さんの大学生時代、教職をとった学生は、すべての教科を教えることになるのが前提だった。確かにそれは、そうだった。

「体育を教える為にはね、ある程度、連続して縄跳びができなきゃいけないの。だから、その試験があるの」

聞いた時は、陽子さん、ああ、それはあまりにも大変だよなーってしか思わなかったのだが、だが、今！　今、陽子さんは、実感した。

あの時の教職試験で。

彼女は、一体何回連続して縄跳びをすることを義務づけられていたのか？

それはまったく判らないんだけれど。

同時に、判ることも、あった。


その、判ること。

それは、私には、〝無理〟だあっ！

この一言に尽きる。

確かに、昔は私、二重跳びとか、できたと思う。十いくつの頃は。でも、今は、無理だっ。というか、今では、昔できた筈の、二十回連続して、縄を跳ぶのが無理！　無理、無理、無理！

そうだ、還暦を控えた人間に、縄跳びを要求するなあっ！

あまりにも、大変すぎる。

この経験があったので、陽子さんは、屋上で正彦さんがゴルフの素振りをするのを黙認するようになったし……自分が、屋上で〝運動〟をすることを、できるだけ避けるようになった。

☆

このコロナ騒動で。陽子さんには、不思議に思ったことが、二つ、あった。

まず。

これは不思議でも何でもないんだけれど……マスクが品薄になったこと。そして、マスクの価格が高騰した。

これ、最初のうち、陽子さんにはまったく意味が判らなかったのだ。

いや、だって、コロナって、ウイルスだよね？

あの……ウイルスを防御するのに……マスクって、必要？　と言うか……ウイルス防御にマスクって……何か、意味、あるの？

これはもう、まったく必要だと陽子さんは思わなかったので、何でみんなが、マスクを買いに走るのか、最初のうちは、陽子さんには判らなかった。

でも。

みんながマスクをしている方が感染のリスクが低くなる、そんな話を沢山聞いて。陽子さん、はっと気がつく。

そうか。

マスクは、確かにウイルスの防御にはあんまり意味がない。でも、咳をしているひとがマスクをしてさえいれば、ウイルスが一杯いる唾を飛ばすのを妨げる、そんな効果は、確かにあるんだ。ということは、多くのひとがマスクをしていれば、それだけで社会全体の感染リスクは低くなる？

そうか。

マスクって、自分が感染しない為にしているものではないんだ。自分がウイルス保菌者だった場合、他人を感染させない為にやっているものなんだ。

瞬時、陽子さんは感動した。

凄いな、日本。なんて優しい社会なんだ。マスクって、マスクって、あれは、ひとの為にやっているものなんだ。ひとを感染させない為に、だから、日本のみんなは、マスクをしているんだ。

これが判ったので、この時から陽子さん、できるだけマスクをしようと思った。少なくとも、室内なら。

そしたら、その時、マスクは全国的に品薄になっていて、しかも、マスクの価格が上がっていて……。

この後。

マスクを買い占めたり、高く売ったりしているひとの話を聞いて……陽子さんは、また、思った。

凄いな、日本。なんて酷い社会なんだ。

それから。

いきなりトイレットペーパーが店頭から消えたことがあった。

これは、陽子さん、ほんとに驚き。

いや。

昔から。

何かあると、日本人はトイレットペーパーを買い占めに走るみたいなんだけれど……それは、何で？

実際に、大島家でも、トイレットペーパーの数が少なくなり、そろそろ尽きるっていう状態になり……。

ただ。この状態になっても、陽子さんは平然としていた。何故かというと、大島家のトイレには、ウォシュレットがあったから。


「トイレットペーパーがなくなったら困る……」

っていう正彦さんに、陽子さんは普通に。

「大丈夫。その時は、トイレにティッシュペーパーの箱、置くから」

「いや、だって陽子、ティッシュってトイレに流したらいけないんじゃないのか？　そんな話、俺は聞いたことがあるんだけれど」

「うん。ティッシュは、絶対に、トイレに流さないでね。下手するとトイレが詰まるから」

「なら、トイレにティッシュ置いて、どーすんだよっ！」

「その時は、トイレにゴミ箱置くから。使ったティッシュは、トイレに流さないで、ゴミ箱にいれてください」

「って、そんなのっ！　臭《にお》うだろうっ！　すっごいことに」

「なりません。だって、うちにはウォシュレットがあるんだよ。あれでちゃんと洗えば、トイレットペーパーって、ほぼ、洗い終えた後の水分を拭《ふ》く為だけに使うことになるでしょ、なら、そんなに臭わないって」

「……え……え……そんな、話、なの？　それで、いいの？」

「うん。いいと思う」

「……いや、ちょっと待て！　トイレットペーパーが市場から消えているんだ、そのうち、ティッシュペーパーだって消えるっていう話になるんでは？」

こういう考え方も、当然、ある。

「うん。私も、それが、怖い。けど……そもそも、何だってトイレットペーパーが市場から消えるの」

「……んなこと……俺が知るか」

「で、ティッシュペーパーなんだけど、未《いま》だに、駅前では、ポケットティッシュを配っているんだよね。今日も私は、それを貰ってきました」

「あ……おまえ、そういうの、よく貰ってくるよなあ」

そうなのである。陽子さんは、何か配っているひとがいたら、両手がふさがっていない限り、必ずそれを受け取る。それはまあ、陽子さんが〝卑しい〟、〝貰えるものはすべて貰ってしまいましょう〟って思っている、という言い方もできるかも知れないけれど……それより前に。

配っているひとは、「これが仕事なんだから」って、陽子さんが思っている、という要素も、ある。うん、仕事で配っているんだもの、これを受け取ってあげないと、多分、このひとは、困る。(陽子さんが、こう思って、すべてのものを〝受け取って〟いる、その証拠として……陽子さんは、受け取ったものに、何か書いてあったら、すべて、それを読む。ま、大体の場合、それは陽子さんに読まれたあと、そのまま素直にゴミ箱へ行くんだが、それでも、読むといえば読む。一応、これで、陽子さんにしてみれば、ティッシュを受け取った〝義理〟を果たした気持ちになっているのである。)

「んで、まあ、ポケットティッシュを配っているひとがいる限り、ティッシュは何とかなるんじゃないの？　ほんとにティッシュボックスの中のティッシュがなくなったなら、今まで貰ったポケットティッシュをばらして、ティッシュボックスの中に詰めればいいだけの話なんだし」

実際、何とかなった。

☆

と、まあ。こんなことを。

陽子さんと正彦さんが繰り返している間に、時間は進み。

正彦さんは、なかなかテレワークが進まない会社に勤めつつ、そのうち六十一歳になり、仕事をやめることになった。陽子さんは、正彦さんの定年を心から喜び。

そして、今に至るのだが。

☆

また。

翌年、陽子さんの御近所の公園には、張り紙がでた。

これは、お花見を禁止するようなものでは、なかった。

でも……。

この〝張り紙〟が言っていることは。勝手にかいつまんで解釈すると。

「お花を見るのはＯＫです。どうぞお花見、やってください。ただし、お花の前で立ち止まることは止めてください、また、レジャーシートなんかを敷くのは止めてください。また、公園での飲食は絶対に止めてください。」

ほぼ、こんなことに……尽きる。

……こ……こ……これは。

多分、この条件を守ってできることは……日本古来の〝お花見〟とは、言えないよね。

だけど、まあ、直接お花見を禁止している訳ではないので。

こういうお茶の濁《にご》し方もあるのか。

また、のち。
この公園には、いろんな張り紙が出た。
陽子さんにとって、一番笑えたのは、これ。
『公園の中では服を着てください』って意味のもの。

これ、何かって言えば。

この後、夏はひたすら暑くなってしまい、でも、コロナのせいで、なかなかひとは海にいけない。だから、きっと……公園で、上半身裸になってしまい、日光浴をしたひとが……いたん、だろう、な。それもおそらく、ひとりやふたりじゃないレベルで。で、それに対する抗議があって、それで、こんな張り紙になったんじゃないかと、陽子さんは思う。

コロナに対応している一般民衆も大変なんだが……こんな張り紙を見ている限りでは、行政の方も、まあ、大変なんだろうなって……ちょっと、陽子さんは、思った。
（公園でキックボクシングの練習はしないでくださいっていう意味の張り紙は、結局、出なかったんだけれど、気がつくと、公園でのキックボクシング練習は、なくなっていた……。）

第三章　くらげ出て海水浴はお盆まで

二〇二〇年八月。

定年になって、ひとつきを家で過ごして……毎日陽子さんと二人で一万歩を目標に散歩する、そして、台所の洗い物と洗濯を一挙に引き受けることになった正彦さん、大体これくらいの頃から、自分の〝野望〟に向かって突進しだした。

正彦さんの野望。

とにかく、自分の趣味に思うさま没頭すること。

☆

もともと正彦さんというひとは、多趣味なひとだったのだ。陽子さんの方は、趣味といえば〝読書〟くらいしかない、ほっとけば一日中ずっと本を読んでいる、それしかしないひとだったのに比べて……正彦さんの趣味は、おそろしい程多数あり、しかも没頭の仕方が凄い。

そして、定年になるちょっと前、正彦さんが始めた新しい趣味っていうのが、俳句だったのだ。

☆

きっかけは、正彦さんが定年になる前、陽子さんが一緒に食事をした妹夫婦に、こんな話を聞いたこと。

「最近はね、『プレバト‼』っていう番組に、うちは一家揃ってはまってるの」

この時、正彦さんはまだ会社に勤めている。ということは、陽子さん、まずTVを見ない。(このひとは、ほっとけばずーっと本を読んでいるだけで、ひとりでは音楽を聞いたりTVを見たり、まったくしないひとなのだ。つまり、正彦さんが帰ってきて、二人で夕飯を食べる時まで、大島家のTVに電源がはいることはなかった。故に、夜七時頃にやっている『プレバト‼』という番組を、陽子さんが見ることはなかった。だって、正彦さんがその時間に家にいることが、まず、ないから。)だから、陽子さん、こんな番組のこと、まったく知らなくて。

「ぷれ……ばと?」

それは何だろう、耳で聞いた陽子さんは、まず、〝プレ鳩〟って文字を想像した。で……プレ鳩って、何? 鳩になる前の状況を指す言葉か? ……いや、鳩は生まれた時からずっと鳩だろう。プレ鳩なんて状況になる訳がないし、かといって、これ、卵のことだとも思えずに。(かなり、のちに、これ、〝プレ鳩〟じゃなくて〝プレッシャーバトル〟の略だって判った。——出演者がこんなことを言っていた——。うん、これなら判る。ひたすらプレッシャー掛けられながら戦っている番組なんだね。）

「うん、面白いんだよー。いろんなことで競う番組なんだけれど、特に俳句が面白いの。あれは絶対はまるって。見たらいいと思うよ」

　ここまで言われてしまうと。ちょっとは陽子さんも興味がわく。しかも、その直後、偶然にも正彦さんが、その番組をやっている時間帯に帰ってきて、一緒にＴＶを見ることができた。（これは、この頃の正彦さんの帰宅時間を思えば、奇跡的に早かった。だから、二人は揃ってこの番組を見ることができたのである。）

　そして……見たら。

見て、しまった、ら。


「俳句って、おもしれー」

まず、正彦さんが、熱狂。

「それに、あの、講師役の夏井……せん、せい？　あのひと、ほんとにおもしれー」

で。この時以降、正彦さんはこの番組を予約録画することになり、大島家の御飯時には、この番組がプレイバックされることが何回もあり……そうして、連続して見てしまうと、確かにこの番組は面白かったのだ。


「俺、俳句、始めようかなあ」

この流れになったのなら。そりゃ、正彦さんがこんなこと言い出すのも、陽子さんにとっては想定内。そして、正彦さんは俳句を作り出し……と、こんなことになると。

陽子さん、ふと気がつく。この番組の俳句の講師をやっている夏井先生……夏井いつきさん。このひとの名前、陽子さんは、過去見たことがあったような気がする。いや、陽子さんはまったく俳句を嗜《たしな》まないから、俳句関係の書籍なんて読んだことはないよね、でも、見たことがあるような気がする。

で、うーん、うーんって思い返してみたら……あ！　『野性時代』だ！　あの雑誌で、このひとの名前、見たことがあったような気がする。（注・この雑誌は、今、紙の雑誌としてはなくなっています。）

ああ、そうだよ、この雑誌、多分、毎月、俳句と短歌の募集をしていて、その選者のひとりが、夏井さんって名前だったんじゃないのか？（前に、〝ティッシュペーパーを貰う〟処で書いたと思うんだけれど、陽子さんは、〝受け取ったものに印刷された字があったのならそれを読む〟っていうことを実践しているひとなんである。で、陽子さんの処には、職業柄、かなりの数の雑誌がおくられてきていて、陽子さんは、一応それに、すべて目を通す。さすがに、雑誌を全部読むのは、時間がいくらあっても足りないからできないんだけれど、ざっと目を通すだけは目を通す。――というか、ほんとは陽子さん、雑誌に載っている、その雑誌を出している出版社の新刊のコマーシャルを、熟読しているのだ。ここで、「あ、これ、文庫の新刊私好きかも」って新刊をチェックして、そしてそれを本屋さんで買う。だから、を買って、その中におりこみ広告がはいっていたら、陽子さん、ほんと、目を皿のようにしてこれを読む。少なくとも、陽子さんに限っては、文庫新刊に自社の宣伝の為の紙を挟《はさ》み込むのは、効果絶大である――。)

うん。この夏井いつきさんって俳人は、多分、『野性時代』で俳句の選者をやっている、そのひとではないのか？

それが判った処で。

ちょっと嬉しくなって、陽子さんは正彦さんにこの話をしてみる。

陽子さんが、とにかくやたらといろんなものを読んでいる、正彦さんは、これに関しては苦笑いしかしていないんだけれど、でも、正彦さんの様子を見ていれば、正彦さんがこの事態をあんまり好意的に思ってはいないことだけは、推察できる。

けど、ここで、陽子さんが夏井さんに関する情報をあげてみれば、正彦さんも、陽子さんがひたすらいろんなものを読んでいることを肯定的に評価してくれる、そんなことになる可能性があるんじゃないのかなあって思って。

そして。

実際。

正彦さんの反応は、激烈だった。

「陽子！　教えてくれてどうもありがとう！」

おお。すっごい、情熱的。まさに、陽子さんの手を握って、それをぶんまわす感じでの正彦さんの台詞。ここまで言われてしまえば、陽子さんにしてみれば、正彦さんに『野性時代』のこと、教えてよかったって納得できたんだけれど……でも……この後の正彦さんの台詞が……台詞が……その……。

「俺、ここに投稿してみるわ」

これが大問題である訳なので。

「今まで俺、句を作っても句を作っても、それがいい句かどうかがまったく判らなくって……」

……まあ……初心者なら、そうだろうな。実際、陽子さんも〝そう〟だった。以前、ひとりでお話を書いていた時。そのお話が面白いのかどうかが、自分ではまったく判らず、また、このお話をSFとして評価して貰えるのかどうかが、自分ではまったく判らず、あの時は不安しかなかった。だから、今、正彦さんがこんな気分に陥っていること、それは、すべて、判る。

判るんだが、あのねっ！

ここで、正彦さんが、『野性時代』に俳句を投稿するっていうのが、大問題。

何故かというと。

正彦さんの句は、絶対に、この雑誌には採用されない。

そんな確信が、陽子さんには、あったから。

だって……。

だって、あの。

だってあの……この時の正彦さんの句が、ある意味で、凄すぎたから。

☆

陽子さんにはまったく〝俳句〟の素養がない。だから、陽子さん、いい句と悪い句の区別なんてつかない。

……けれど……そんな陽子さんにだって、判ることは、ある。

だって、この時期の正彦さんが、自信満々に言った、正彦さんの代表作が、これ、だよ。

「くらげ出て海水浴はお盆まで」


……。

…………？

……………？

え？


聞いた瞬間。

まず、陽子さん、疑問に思った。

これは、俳句なのか？　って。

いや、どう考えても……これは、〝俳句〟ではないような気が、陽子さんは、している。

この時、陽子さんが思い出してしまったのが、こんな言葉。


『注意一秒　怪我《けが》一生』

『マッチ一本　火事の元』


……あの。

正彦さんが俳句だって主張しているこれは……これは……こういうものと、どこが違うの。というか、どう考えても、〝俳句〟というよりは、こっち寄りだって気がしてしまうのは……いかんともしがたい。

この場合の〝こっち〟って何だかよく陽子さんにも判らないんだけれど……まあ、俳句というよりは、〝警句〟、ひとに注意を促すもの。間違っても、〝詩〟である〝俳句〟の範疇《はんちゅう》にははいらないもの。そうとしか思えない。時事を扱っている〝川柳〟にもまったくなっているとは思えない。

でも、正彦さんは、これを〝俳句〟だと思っていて、そして、『野性時代』に、これと同じようなレベルの作品を投稿しようとしているんだよね。

ならば。

どう考えても、正彦さんの作品が、採用される筈がない。

それが。

陽子さんには判っていたのに。

かといって、これを〝阻止〟するのも変だって言えば変なので。

陽子さんが何も言わないでいるうちに、正彦さんは、どんどん、俳句を、『野性時代』に投稿する。投稿し続ける。その情熱たるや凄いもので、毎月十何句も投稿している。

……そして、当たり前だけれど、まったく、選考にはひっかからない。

☆

この時。

ある意味卑怯《ひきょう》な話だったのだが、陽子さんは、当該出版社の編集者に伝《つて》があったから、正彦さんには内緒で、こっそり聞いてみた。

「あの……『野性時代』の俳句コーナーなんですけれどね」

「あ、あれは、凄い人気です。毎月、これだけの応募がありますす」

って、言われた投稿数はほんとに凄いもので、「ああ、俳句って、ほんっとに嗜むひとが多いんだ」って陽子さんは思うしかなかった。

「しかも、かなり名のある作家の方なんかが、応募してきてくれているんですよ。なんとかさんとか、かんとかさんとか」

名前を聞いて、陽子さんも驚く。そんなひと達が応募しているんだ。

そうか。

これは、そんな人気コーナーなのか。

なら、旦那の句がひっかからないのは、まったく当たり前か。（いや、その前に。〝くらげ出て……〟を俳句だと思っている限り、このひとの句は、絶対に選ばれないだろうと思ってはいたんだけれど。）


と、そんなことを陽子さんが悩んでいたある日。

まったく明るく、正彦さんはこんなことを言う。


「おい、陽子、知ってたか？」

って、何を？

「俺のあの〝句〟なんだけど、今、調べて判った。判ったから、驚いた。うん、〝くらげ〟も、〝海水浴〟も、〝お盆〟も、季語なんだよっ！」

……って……それが、何、か？

「ひとつの句に、三つも季語がはいってる。というか、この句、もう、季語だけで構成されているとしか思えん。だって、季語以外の言葉って、〝出て〟と、〝は〟と、〝まで〟だけなんだもん。……これって、俺、天才じゃねーの？　季語だけで俳句作っちまった。俺って、天才？」

……って……は？

って、は？

陽子さん、くらくらと。

うん、陽子さんは、俳句についてはまったく詳しくないので、だから判らないのだけれど……俳句って、〝季語〟が、沢山はいっていればいる程いい、その方が素晴らしいって評価される、そんな文学形態なのか？

間違いなく違うと思う。

そこの処だけは、陽子さんにも判っていた。

というか、確か、俳句には〝季重《きがさ》なり〟っていう言葉があった筈だ。

これは、季語が、だぶってしまうこと。

そして、俳句は、これを嫌がっていた筈だって認識が陽子さんにはあったので……ということは、ひとつの俳句に三つも季語がはいってしまっている正彦さんの俳句は（いや、季重なりの前に、これは、俳句ではない、違うものだっていう認識が、陽子さんにはあったんだけれどね）、天才どころか、俳句を知っているひとに見せたら、怒られるものにしかならないんではないのか……？

かといって。

もう、得意満面でふんふんしている正彦さんに、そんなことを言える訳もなく。

☆

この事態を打開してくれたのは、正彦さんの、俳句にかける情熱だった。

『野性時代』の俳句のことを正彦さんに教えるのと同時に、陽子さんは、こんなことも正彦さんに言っていた。

「私の××社の担当編集の○○さんなんだけれど、もう、ずっと長いこと、俳句をやっていて、結社にも入会しているらしいんだよね。俳句歴、数十年。このひとに、紹介してあげようか？」

『野性時代』にいくら応募しても、まったく結果がでなかった正彦さんは、やがて、時間がたった処で、「このひとに紹介して欲しい」ってことを言い出したのだ。勿論、陽子さんはこれに諾《うべな》い、正彦さんを、自分の担当編集者の方に紹介する。

これが、正彦さんの〝俳句〟にとって、転機となる。

☆

その方は。

とても優しいひとだったので。

こんなことを言ってくれる。

「私はとある俳句の結社に所属してますけれど、この結社では、毎月、句会をやっているんですよ。大島さんも、その〝句会〟に、〝お試し参加〟してみます？」

ここで正彦さん、ちょっと驚いて。

「え……句会って、まったく関係のないひとが参加してもいいんですか？」

「はい。うちの場合は、大丈夫だと思います。〝お試し参加〟って制度がありますから。ただ、句を詠《よ》んでいただかなきゃなりません」

……って……へ？

「お試し参加であっても、句会に参加する以上、三句詠んでいただかなきゃいけません。それから、選句もしていただかないと……」

……これは、何を言われているのか、まだ、正彦さんにはまったく判らない。

でも。

〝句会〟。〝結社〟。〝選句〟。

ああ。なんか、すっごい、プロっぽい。こういう言葉をちりばめられてしまうと、正彦さん、心をくすぐられてしまう。

で。

正彦さんは、あっという間に、この〝句会〟に参加することを決めてしまった。

同時に。

このひと、陽子さんにこんなことを言う。

「原さんも、よかったらこの句会、見学してみます？（原は陽子さんの旧姓で、今ではペンネームである）」

「いや、私、まったく俳句なんて詠めないから、それは無理です」

これはもう、陽子さんにとっては、決定事項だ。

俳句について詳しく知れば知る程、陽子さんは思ったのだ。

私には、俳句は、詠めない。

だって。

多分、根本理念が……まったく違う。

☆

俳句をやっているひと達。

このひと達が描いているのは……おそらくは、〝詩〟。そして、陽子さんが書いているのは〝小説〟。

これには、おそろしい程違うことが……多分、あるのだ。

また。

書いている分野による差異も、あるのだ。

陽子さんが書いているのは、エンターテインメントとしてのSF。

正彦さんが目指す〝詩〟としての俳句とは、まったく違う。

この違いは、恐ろしく、ある。

エンターテインメントとしてのSF。

これを書いている陽子さんには、絶対に守らなきゃいけない（と、陽子さんが思っている）ことがある。

それは〝何か〟って言えば……読者に、〝判らせる〟ことだ。

うん、そうだ。エンターテインメントである以上、絶対に守らなければならない原則は、〝読者を楽しませること〟。だから、すべてのことは、読者が判るように書かなきゃいけない。だって、これが守られていないのなら、そもそも、読者、楽しむ余地がないじゃない。で、何が書いてあるのか、読者が判らなければ、そりゃ、楽しむも何もないいんじゃない？

（勿論、すべてのことを書く訳ではなくて、〝ほのめかす〟とか、〝読者に推測させる〟とか、そういう技術はあるよ。全部書かずに、読者に推測してもらって、それがあたった処で読者が深い喜びを覚える、そういう書き方も、ある。とは言うものの、それは、すべてを、読者に〝説明〟と判らない形で〝説明〟しているからこそ、あり得る形態だ。最初っから、〝これは判って貰えない可能性があるな〟ってお話は、陽子さんにしてみれば、絶対に書いてはいけないものなのだ。）

陽子さんが。自分で勝手に作って座右の銘《めい》にしている言葉がある。

エンターテインメントを書いている以上、「つまらない」って読者に言われるのは、そりゃ、屈辱《くつじょく》である。できるだけ避けたい事態ではある。けど……万人に面白がってもらえるお話っていうのは、多分存在しないから、これは、まあ、あっても仕方がないこと。けれど。

読者に「判らない」って言われるのは……これも、屈辱なんだけれど、先程の〝屈辱〟とは話が違う。

仮にもプロを名乗るのなら。

これは、これだけは、あってはいけない。

読者に判ってもらった上で、それで〝つまらない〟んならしょうがない、でも、そもそも、読者に〝判らない〟って言われてしまったら……それだけで、これは、作者の〝負け〟だ。だから。

勿論、それが前面に出てきてはまずいんだけれど、けど、陽子さんにとって、〝説明〟は、必須だった。できるだけ読者には判らない形で、でも、すべてのことを説明する。エンターテインメントを書いている限り、陽子さんが絶対にやらなきゃいけないのは、これだ。だから、陽子さんは、自分が原稿を書いている限り、すべてのことを説明する。勿論、説明があんまり前面にきちゃうとまずいから、できるだけ〝説明〟していないような形にはするんだけれど、でも、〝説明〟だけは、必須。（あ。これは、あくまで、陽子さんの意見である。エンターテインメントを書いていても、この陽子さんの意見に賛成してくれないひとは、勿論、いるだろうと思われる。）

ところが。

この〝説明〟を、まったく拒否している文学形態も……あるんだよね。

そのうち、一つが、〝俳句〟。

と、いうか。

〝俳句〟という文学形態は、〝説明〟をしてはいけないっていうのを、掲げているんだよね。そんな風情があるんだよね。

うん、説明をしてはいけない、絶対に〝俳句〟はそう思っている。だって、俳句を否定する表現に、「この俳句は説明をしている」って言葉があるので、陽子さんは余計そう思ってしまう。

いや。

説明を拒否しているだけじゃない、〝季語〟っていう問題もある。

〝季語〟に、すべてのことを委ねろって、〝季語〟の力を信じろって、俳句っていう文学形態は言っている。

で……んなもん、ひたすら説明をしたい陽子さんが納得できる訳がない。

「だって、それじゃ、判らないひとには判らないじゃないっ！　使われている季語を知らないひとには判らない可能性あるじゃないっ！　読者が誤解する余地、あまりにもありすぎっ！」

この時、陽子さんが言いたいことは、ほぼ、これに尽きる。

また。句をけなす言葉の一つとして、「これは散文だ」っていうのもあって……これがもう、陽子さんには絶対に駄目。だって、陽子さん、散文を書いているんだもん、いつも。散文を書くのが仕事なんだもん。だから、「これは散文だ」って言葉を否定的に遣われると、これだけで、もう、陽子さん、駄目。

いや。

これは、言っている陽子さんの方が、無理。

だって、俳句はエンターテインメント小説じゃないんだもん。

詩、なんだもん。（基本的に韻文《いんぶん》ですよね。）

けれど。陽子さんが自分の作品に対して思っている認識と、俳句の間には、深くて、そして、絶対に越えられない川があった。これは、事実。

だから、陽子さんは、「自分は絶対に俳句を詠めない」って思っていた。

うん、これは、技術云々の話ではない。

どっちがいいのか悪いのかって話でもない。（実際、エンターテインメントを書くひとで詩を書くひともいるし、句を詠むひとだっているのだ。）

ただ、陽子さんは、俳句を詠むことができない、自分がお話を書く、その根本理念からいって、〝俳句〟というものは、自分の理念に反している、それだけの話なのだ。

だから、句会を見学しますかって聞かれた時、陽子さんは素直に答えた。

「あ、私は絶対に俳句を詠めないので、それは無理」

そうしたら、そのひと。

「あ、大島さんは、うちの結社に参加希望なんで、お試し参加ですよね。だから、句を詠んで貰わなきゃいけないし、選句もしなきゃなんですけれど、見学ならね。これは、ただ、見ていればいいだけです」

あ。そう言えば。このひと、（さすがに編集だ）、正彦さんに対しては〝お試し参加〟って言っていたけれど、陽子さんに対しては〝見学〟って言っていたな。日本語の遣い方が正しい。

で、それならば、ということで。

正彦さんは、生まれて初めての〝句会〟に臨むことになったのである……。（そして、陽子さんは、生まれて初めて〝句会〟っていうものを見学することになった。）

☆

正彦さんにとって、生まれて初めての句会。

まず、参加に際して、三句、句を詠むことが、たとえ〝お試し〟であっても、参加者である正彦さんには義務づけられていた。正彦さんは、ひーひー言いながらも、三つ俳句を作り、句会に臨んで。

ここで、会場に行った正彦さんには、紙が渡される。ここに、自分が作った句を、書くようにって。

正彦さんが書いたあと、それは回収され（いついつまでに提出するようにって時間が決まっていたのだ）、ここで、しばらく、時間が空く。

空いた時間で、正彦さんは、会場を見回してみる。

ここは、大学の教室で……こんな会場が使えるんだ、今回参加した句会を主宰している俳人の方は、それなりに評価されている方なんだろうな。それに、参加者が、六十人くらいはいる。〝句会〟って、何人くらい参加者がいるのが普通なのか、それは正彦さんには判らないことなんだけど、なんか、この参加者の数は、結構多いような気がした。

と、正彦さんがそんなことを思っているうちに。

今度は、前の方から、何か紙が配られてきた。（学校の授業なんかと同じで、前の方からコピーが回ってきたのだ。）そして、そこにあったのは……。

さっき、正彦さんが、自分の句を書いた紙、そして、他の参加者の方が詠んだ句を並べてコピーしたもの。ただ、さっきは正彦さん、自分の名前を書いた筈なんだが、名前の部分ははさみで切りとられ、コピーされている。つまりこれは、参加者の句が、作者の名前を判らないようにして、順不同で、ずーっと、ずらっと、並んでいるっていう、そういう紙、なのか？

「では、選句をお願いします」

って？　正彦さん、言われた言葉が判らない。と、正彦さんの隣に座ってくれていた、正彦さんにこの句会を紹介してくれた、陽子さんの担当編集の方が。

「これ、全部読んで、三つ、句を、選んでください」

「……って？」

「一番いいと思う句に、特選をつけて、あと、二つ、並選ってものを選んでください。そして、それを、係のひとに渡します。あ、自分の句は、選んじゃ駄目ですよ」

「……あ……はい」

正彦さんは、慌ててそんな作業にかかる。そして、それを横で見ている陽子さんに、編集の方。

「原さんは、投句の権利も選句の権利も、見学ですからないです。ですので、何もやらなくていいんですけれど、ここで好きな句を選んだ方が、あとの句会が楽しめますよ。ですので、好きな句を選んでくださいね。でも、それ、係のひとに渡さないようにお願いします」

ここで言われている〝投句〟の権利っていうのは、句会に、自分の句を出す権利だってことが、陽子さんには判った。そして、〝選句〟の権利っていうのが、句会で、好きな句を選ぶ権利だってことも、判った。句会に参加するひとは、投句の権利と選句の権利を持ち、自分の句を投稿し、また、自分が好きな句を選ぶことができる。そして、選ばれた句が、句会では検討されることになる、それが、何となく、見ているだけの陽子さんにも判ってきた。

そして、時間がたつと……。

☆

句会が、始まった。


まず。スタッフのひとが、参加者が選んだ句を、順番に発表する。（披講《ひこう》、と、言います）

そして、選ばれた句の作者が、名乗りをあげる。

これが全員分終わった処で、主宰である俳人の方の選が発表される。

その後、回ってきたコピーに書いてある句、その最初の方から、順番に、特選に選ばれた句が検討される。

検討……〝鑑賞〟って言うらしいんだけれど。

まず、「この句を選んだのはAさんですね」って台詞に対して、選んだAさんがその理由を述べる、こんなことが繰り返されるのだ。

これを。見ていて……そして、聞いていて。

陽子さんは、愕然《がくぜん》とした。

だって、えっと、句会って……参加者が、自分の句を投稿して、それを名前が判らないようにして……そして、参加者みんなで、そのうち、自分の好きな句を選ぶ会、なの？　んでもって、選んだひとは、「何で自分がその句を選んだのか」を説明しなきゃいけない訳？　つまり、「先生だから選んだ」とか、「友達だから選んだ」とか一切なしで、きっちり、自分が何故その句を選んだのかを他人に判るように話さなきゃいけないのか。（俳句は、〝作る〟だけじゃなく、〝鑑賞〟っていうものも必要であって、ここでやっているのは〝鑑賞〟である。）

こ……こ……これは。

とても怖いことが予想できる。

その〝怖いこと〟って……　〝主宰〟の句が、誰にも選ばれない可能性がある、そんな、こと。

☆

俳人って、凄い。

この瞬間、陽子さんは、俳句をやっているひと、そのすべてを、尊敬した。

陽子さんは、小説家になってからもう四十年くらいが経過している。だから、小説家養成講座の講師役をやったことだってある。そこで、偉そうなことを言ってしまったことだってある。

いや。陽子さんは別に〝偉そうなこと〟を言っているつもりはないのだが。でも、仮にも講師である以上、五、六十枚くらいの原稿を読んで、「この辺の展開はもうちょっと考えた方がいいんじゃないかと」とか、「これ〝伏線〟が変だよ？　普通に考えるとこうこうなる訳で、こっちにいっちゃうと、これは読者がついてこられなくなるんじゃないかと」とか、言ってしまうことはある。（いや。これ言うから講師なんだけれど。これ、言わなかったら、講師の意味がないよね。）

ただ、これは、生徒があくまで〝生徒〟だってことが、担保されているからこそ、言える台詞でもある。生徒が自分とまったく対等である場合――同業作家が相手なら、どんなに展開が〝変〟であっても、おかしな伏線があったとしても、それは、そのひとが〝それを判っていてわざとやっている〟可能性があるから――こんなことは言えない。そして、プロの作品の場合（特に連作短編なんかは）、最初は変であっても、最後までいけば、あきらかにおかしな展開、あきらかにあり得ない伏線が、全部計算された、読み終えてみると、「ああ、そうくるか」って場合も、ない訳じゃない。これがあると、陽子さんはすっごい感動する。だから、五、六十枚くらいの原稿では、普通、陽子さん、こんなことを言えないんだが……

小説家養成講座の場合は。こんなこと、言ってしまうのである。大体の場合、こんな〝変なこと〟をわざわざやってくる新人さんはほぼいないに決まっているので、講師として、〝おかしい〟と思うことを指摘して問題はないんだが。(とはいうものの、

けれど。

この、〝句会〟というシステムを見る限りでは……俳人の場合、主宰が〝先生〟であり、門人はみんなその生徒っていうシステムが……崩壊しているような気がする。というか、そもそも、そのシステムが、成立していないような気がする。

うん、〝句会〟って、参加しているひとは、みんな〝平等〟なんだよね。

この、システムで。

主宰は、門人の作品を添削する。

自分も、無名のひとりとして、句会に参加しているのに。

だから、自分の作品が、参加者のひとりとして、すべての門人に同等の作品の一つとして公開され、そして、評価をされているというのに。

句会というのは、凄いシステムだ。

勿論。

主宰である先生は、門人に比べ、経験もあれば能力もある、うまいに決まっている。とは言うものの、陽子さんにしてみれば、これは、怖い。なんて怖いシステムなんだ。

これだけで……このシステムをやっているだけで、陽子さんは、もう、〝俳人〟という人種を、尊敬しない訳にはいかなかった……。

☆

そして。

句会が終わった処で、二次会になり、希望者は近所の居酒屋へゆく（この頃はまだコロナが発生していなかった）。

この時。主宰である先生は、先生だっていうのに、すべてのテーブルをまわり、「先生、私のあの句、誰も選んでくれなかったんですけど、どこがいけなかったんでしょうか」「自分の句なんですけど、〝つきすぎ〟って言われて……。どう直せばいいでしょうか」みたいな質問に、全部、丁寧に答えてくれていたのだ。

うわあ。

二次会だっていうのに。

陽子さん、思った。

私が先生の立場なら、二次会だもん、まず御飯を食べたい処なのに。

なのに、主宰は、先生は、まずみんなの話を丁寧に聞いてくれているんだよね。

凄い。

これは、凄い。

そして。

陽子さんがこんなことに感動していると、それとはまったく別に。

ここで。

正彦さん、宣言。

「あの……できればこの結社に参加させていただきたいと……」

……ああ、いつものことなんだけれどね。

いや、こんな流れになれば、こうなるって陽子さんだって判っていたようなものなんだけれどね。

かくして、正彦さんは、俳句の結社に、所属することになった。

☆

これは、正彦さんがこの結社にはいってだいぶたってから判ったことだったんだけれど。句会って、どうやら、結社毎《ごと》に、やり方が随分違うらしい。

こんなに平等なのは、この会の特徴らしかったのだ。（正彦さんは他の結社のことをよく知らないので、断言はできないんだけれど。）

それにまた……正彦さんの、俳句。

これ、かなり長大なエピソードになりそうな気がするので……その上、まだ、正彦さんが俳句を始めてから、三年たっていないのに（二〇二〇年八月では、まだ一年ちょっとだ）、なのに間違いなく数年ごしのエピソードになりそうな予感が、あまりにもあまりにもひしひしするので……分割させていただきたい。

☆

では、ここで。
そんな正彦さんの、〝家事〟の話に、話題を転ずることにする。
俳句の話の続きは、また、後程。

第四章　男には、多分、プライドというものがあって……

話はちょっと戻って。

正彦さんが定年になった直後。陽子さんが正彦さんに、洗い物をお願いした時。

実は、陽子さん、正彦さんにそんなに過大な期待をしてはいなかった。

ただ、絶対に洗って貰いたいものだけが、あったのだ。

それは〝何か〟って言えば……鍋。


陽子さんは結構カレーを作るんだが、これが、大体、十何時間もかけての大作。

いや、家庭料理を〝大作〟って言ってしまうのはどうかなーって思いもするんだが……とにかく、たまねぎを十個くらい薄切りにして、それを炒めて炒めて炒める、二時間くらいかけて炒めたたまねぎをベースにして、ここに鶏をいれればチキンカレーだし、ここに牛肉をいれればビーフカレーだし、ここに豚バラをいれればポークカレーだ。

で、ここから先も、結構大変。チキンの場合、これが多分、一番、出汁が出ておいしいと陽子さんは思っているから、手羽先のカレーをよく作るんだけれど、手羽先の場合、小骨が結構一杯ある。いや、手羽先って、そういうものでしょ？　で、正彦さんは、小骨があると、それが嫌なのよ。嫌だって言うのよ。（嫌だって言うのは別にいいんだけれど、あんまり食が進まなかったりもする。そして、これが陽子さん、とても嫌だ。）

　だから、このカレーを作る場合、陽子さんは、たまねぎとは別鍋で手羽先を茹でて、茹であがった処で、ちょっと時間をおき、手羽先を冷ます。その後、冷めた手羽先を、一個一個手でほぐすんだ。そして、肉部分だけをカレーの鍋にいれて、骨は取り除く。そののち、残った骨部分を、また別鍋にいれ、ひたすら煮込み、骨から出たエキスをカレーの鍋にいれる。（これは無茶苦茶手間がかかる。何でこんなことやっているんだろうかって、時々陽子さんは思ったりする。けど……正彦さんは、カレーの中にはいっている鶏の手羽先を、絶対齧ったりすすったりはしてくれないひとなんだ。だって、それって、〝めんどくさい〟んだもん。でもって、〝めんどくさい〟ことを、絶対にやらないのが、正彦さん。だから、このひとに〝おいしいチキンカレーを食べさせたいと思ったら、この手間は、絶対に必要。――おそろしいことに、正彦さんは、陽子さんがほぐさない限り、鯵《あじ》の開きを食べないのだ。めんどくさいから。みかんも食べない。皮剝《む》くのがめんどくさいから。だから陽子さん、鯵の開きを出す時は、全部ほぐして正彦さんの御飯の上に乗せるし、みかんは皮を剝いた状態でしか供さない――）

　ポークの場合は、簡単だ。たまねぎが茶色に炒めあがった処で、豚バラを適当なサイズに切って、たまねぎと一緒に炒める。

ビーフは、もっと、簡単。

ビーフを軽く炒めて、そして、たまねぎにお湯を足して、あとは煮込めばいいだけ。

ただ。

ポークもビーフも、ここから無茶苦茶時間がかかる。

たまねぎを炒めるだけで二時間強、そして、その後、〝煮込む〟となったら、もっとずっと……。

鍋を焦げつかせたくないから、できるだけ弱火で、とろとろ、とろとろ、十何時間も煮込む。（あ、じゃがいもとか人参とか、カレーによってはトマトとかマッシュルームとか、いろんな野菜をいれるんだけれど、これは、すべてを煮込んだ後で、時間を計って投入する。だって、十何時間も煮込んじゃったら、じゃがいもなんて、ほぼ消えてなくなっちゃうからね。）

そう。つまり。

〝陽子さんのカレー制作〟は、とにかく無茶苦茶時間がかかることが、前提条件なのだ。（平均一日強。さすがに陽子さん、いくらＩＨで料理をしているからって、自分が眠っている時や、家を留守にする時には、電源を切っていた。なんとなく、自分が寝ている家や留守の家で、鍋がぐつぐつしているのって、怖いような気もしたし。だから、一日強って表現になる。）

また。

チキンの場合は、鍋を、複数使ってもいる。

こうなると。

〝御飯〟として、食べ終わった後に。(作るのにこれだけ手間がかかるのだ、大島家のカレーは、二日か三日、食べ続けられていた。また、こんだけ手間がかかるのだ、陽子さんは、カレーをいつも大量に作っていた。)

〝焦げついた鍋〟が発生すること……これは、判っていただけるのではないかと思う。

いや、だって。

制作時は、うんと気を遣って、焦げつかないようにしていた鍋。でも、食べる時になったのなら。とてもじゃないけれど、もう、そこまで、気を遣っているゆとりがない。食べる度に、温め直す。

そして。

二日も、三日も、同じ鍋使って、同じ鍋の中にあるカレーを食べているんだよ、一日二回、温め直しているんだよ(三食のうち一回は、さすがに、うどんとかパンとか、カレーじゃないものにする。飽きるから)、なら……。

なら、当然のこととして。

二日目には、この〝鍋〟、焦げついてしまうかも知れない。三日目には、間違いなく、〝焦げつく〟。

月に二回くらい、カレーを作っていた陽子さん。

当然のことながら、〝焦げついてしまった〟鍋を、いくつもいくつも見てきていた。

だから。

この時、陽子さんが、ほんとうに洗って欲しかったのは……その、〝鍋〟。

……ああ……本当に。

この〝鍋〟、これを何とかして欲しかったんだ、最初に正彦さんに食器を洗うことを要請した陽子さんは。

☆

大島家は、二人暮らしの家である。

ま、陽子さんが非常にお客さん好きな主婦だったので、お客さまの数はとても多かったから、十何人前くらいの御飯を作ることはよくあるんだけれど、でも、平常運転としては、二人暮らしの家である。だから、鍋の数は限られている。（お客が非常に多い家なので、でっかい寸胴鍋《ずんどうなべ》なんかが四つもあるのだが、日常使いができる鍋の数は、当然、限られている。――まさか寸胴鍋で二人分のお味噌汁作る訳にもいかないから、平生は、この〝寸胴〟、ほぼ、ないのと同じ扱いだった。――）

こうなると。

日常、使っている鍋が焦げつくのは、大問題だ。だって、そのお鍋が使えなくなっちゃうんだもん。

その日の煮物を作る為に。その日のお味噌汁を作る為に。

何が何でもこの鍋を使いたいんだが……その為には。

この、焦げついた鍋を、何とか綺麗にしなければいけない。

がしがしがしがし。

と、いう訳で、しょっちゅう陽子さんは、焦げついた鍋を洗っていた。

がしがしがしがし。

でも、なかなか、落ちないんだよね、この〝焦げつき〟。

スポンジで洗うのを諦めて、金だわしなんかでがしがしやっても、それでも、結構、落ちなかったりするんだ、この〝焦げつき〟。（それに、金だわしでごしごしやるのは、最後の手段にしたいとも、思っていたんだ、陽子さん。だって、これやると、テフロン加工がはげちゃったりするんだもん……。）

……。

いや。

実は、この〝焦げつき〟を落とす、簡単な方法を、陽子さんは知っている。

うん。

それは、〝時間〟だ。

焦げついた鍋の、酷い焦げつきを落とし、その後、しばらくこの鍋に水を張って、そして一日か二日、おいておいたなら。

〝時間〟が、多分、ゆるゆると、この〝焦げつき〟に作用してくれる。
二、三日、このまま、焦げついた鍋を水につけていたなら、この〝焦げつき〟は、多分、スポンジで落ちるようになる。それは判っている。

けれど、二、三日、この鍋を水につけて放っておけばって。そんなことを許してしまえば、今日の夕飯のおかず、どの鍋で作るの？　うちには、鍋が、ないっ！


だから。

しょうがない、陽子さん、がしがし。がしがしがしがし。

ひたすら鍋を擦っていたんだけれど……同時に、思ってもいた。

これ……基本的に、力仕事、なのでは？　力任せでやっていいことなんじゃ……ない、のか？

うん。

陽子さんより腕力があるひとが、がしがしやってくれれば、それで、この焦げつきは、金だわしじゃなくて、スポンジでも、何とかなるのでは？


そう思って。


一回、正彦さんにお願いしてみた処……ほんとに、この焦げつきは、何とかなったのだ。

腕力の勝利。

陽子さんがどうしても落とせなかった焦げつきが、正彦さんの前では、いとも簡単に落ちてしまったんだよね。

この瞬間。

陽子さんは思った。

旦那が定年になったのなら、洗い物をすべて旦那に任せよう。

いや、別に、食器はいいんだけれど。

鍋が……焦げついた鍋が……旦那のおかげで綺麗になってくれるのなら、これをお願いしない選択はない。

そう思って。

定年になった正彦さんに、陽子さんは、洗い物をお願いすることにした。（ほんとにお願いしたいことは、〝焦げついた鍋〟の始末なんだけれど、洗い物だってお願いしたいのだ、纏《まと》めてお願いすることにした。）


で。


基本的に、陽子さんが正彦さんにお願いしたいことは、〝焦げついた鍋の始末〟だ。

だから。

陽子さんは、正彦さんに、「使い終わった鍋と食器を洗ってね」としか、言わなかった。

……まあ……この〝お願い〟で、何か問題が発生するとは、陽子さん、まったく思っていなかったし。

……けれど。

問題が、発生して、しまったのだった……。

☆

とても単純に言えば。

正彦さんは、陽子さんが思っている〝食器の洗い方〟をまったく知らなかったのだった。

陽子さんが思っている〝食器の洗い方〟。

これはもう、とても単純で。

まず、洗うべき食器を手元に集める。

流しの中には水を張った洗いおけを用意。

洗うべき食器を洗剤をつけたスポンジで洗う。

洗った食器を、水が張られている洗いおけの中につける。

これを繰り返しているうちに、洗うべき食器は終わる。

そうしたら、改めて、洗いおけの中にある、スポンジで洗った食器を取りだし、濯《すす》ぐ。

濯いだ食器は、洗い終わったものとして、食洗機の中にいれる。（もう何年も前から、大島家の食洗機は壊れていたので、これは、大島家では、単なる洗った後の食器置き場になっていた。）

そして、食器を全部洗い終わった処で、暫定的《ざんていてき》に食洗機にいれていた、洗った食器を拭いて、食器棚の中に戻す。

これで、陽子さんが思っている〝食器洗い〟は終わるのだが……だが。

☆

正彦さんが定年になった後。

他の用事をやっていたり、あるいは、ソファに寝っころがって本を読んでいたりした陽子さん、食器を洗っている正彦さんの姿を、その目の端で確認していた。

そして、そうしたら。

食器を洗っている正彦さんの動きが……どうも……なんかあきらかに……どう思っても、〝変〟だったのだ。

もの凄い勢いで、台所とリビングを往復している。

なんでこんな頻度《ひんど》で、台所とリビングを往復する必要があるのだ？

それが本当に判らなかったので。

陽子さんは、正彦さんがやっている〝こと〟を注視する。

すると、判った。

正彦さんは、何と、お箸を一本ずつ洗い、それを洗い終わった処で一本ずつ拭き、拭いたお箸を、リビングにあるお箸置き場まで、一本ずつ、持っていっている……みたい、なのだ。

何やってんだこいつ！

瞬時、陽子さんはあきれ果てた。

お箸なんてねえ、二本一緒に洗って、それで、何の問題があるの。

いや、そもそも、その前に、〝洗うべき食器〟は、全部纏めて洗ってしまって、それで何の問題があるの。

これを全部纏めて洗ってしまって、台所の中の洗いおけにいれて、その後で纏めて濯ぐ、これに何の問題があるの。

んで、これをやっているのなら……こんな訳の判らない行動をとる必要はないんだし、これはあきらかに〝やらなくていい〟行動だとしか思えない。

で。

これ見て、あきれ果てた陽子さんが、これを指摘した瞬間……正彦さんが、〝切れた〟。

☆

「俺は、おまえに言われたから、鍋を洗っているんだし、食器を洗っているんだっ！」

あ……あ、はい、それはそうですね。けど……何だって、怒っているんだ、正彦さん。

「俺がちゃんと食器を洗っている以上、そのやり方に文句をつけるなっ！」

……って、今、陽子さんは、別に正彦さんに文句をつけている訳ではなくて……えーと、お箸を、一本ずつ洗って、そして、一本ずつ箸置き場に返す、その工程が、あまりにも能率が悪いから、それを指摘しただけ、なんですけれど……。

「俺は自分で考えて、おまえに言われた作業を俺のやり方でやっている。俺がちゃんと言われたことをやっている以上、俺のやり方に文句をつけるなっ」

いや。陽子さんにしてみれば、別に正彦さんがやっていることに〝文句をつけたい〟訳ではなくて……もっとずっと効率がいいやり方がある、それを提案したかっただけなんだけれど……。

でも。

あまりにも正彦さんが怒っているので、陽子さんは黙らざるを得ない。

そして、この瞬間、陽子さんは思った。

この、まったく逆の例に思い至ったので。

その、逆の例っていうのは。


トイレ掃除。

☆

陽子さんは、正彦さんに、「お鍋を洗って、食器も洗って、洗濯もやって欲しい、あと、できればトイレの掃除とかお風呂の掃除とか……」って、最初に言った。確かに言った。正彦さんが定年になって、ずっと家にいるようになった時に。

で、鍋の洗い方や洗濯のやり方なんかは一応教えたんだけれど、トイレ掃除やお風呂掃除のやり方は、まったく説明していなかった。（あんまり沢山のことを一度に言ったって、多分正彦さんは覚えていられないだろうと思ったから。)

で、正彦さんは、この陽子さんの台詞を受けて、何とか鍋を洗い、食器を洗い、洗濯をし
……そして、トイレ掃除をしてくれていたのだ。

この、トイレ掃除が。

陽子さんにしてみれば、驚きだったのだ。

☆

何たって。

ある日、トイレに行ってみたら、見事に綺麗になった便器の中に(陽子さんの掃除法では、多分、便器、ここまで綺麗にならない)、青い花模様の〝何か〟が張りついていたのだから。

それを見た瞬間、陽子さん、トイレにはいることもできずに、リビングにとって返して、正彦さんに質問。

「あの、旦那、便器の中に張りついている、あの青いものは、何?」

「あ、それ、薬剤」

「……って、これがある時、私、このトイレ使っていいの?」

「ああ、大丈夫」

この時、陽子さんがトイレに行ったのは、勿論トイレを使いたかったからなのであって、正彦さんのこの台詞を受けて、陽子さんはトイレを使ったのだが……。でも、これはほんと

に陽子さんにとっては、〝驚き〟だったのだ。だから、陽子さん、用を済ませた後で、正彦さんに聞いてみる。

「で……結局、あれは、〝何〟?」

「いや、だから、トイレ洗剤だってば。トイレ掃除をどうしようかなって思った俺、トイレ用の洗剤を買ったんだよ。んで、そこに書いてあるようにトイレを掃除して、そこに書いてあるように、最後にその洗剤を使ってみた。……その洗剤の説明書によれば、これで結構、この先の便器の汚れが防げる筈で……」

ああああ。

陽子さんは、正彦さんに、トイレの掃除の仕方を教えなかった。そうしたら正彦さん、自分でそれを学んでくれたのか。トイレ掃除用の洗剤を買って、んで、そこに書いてあるように、トイレの掃除をして……。

そして。

これだけは認めない訳にはいかない。

トイレ洗剤とそこに書いてある注意書きのみをもとにしてやった、正彦さんのトイレ掃除は……陽子さんがやっているトイレ掃除よりは、便器そのものを綺麗にしてくれたのだ。

（ただ。当たり前だけれど、トイレ洗剤は、便器の掃除しか指図してくれていなかった。だから、トイレの床は、まったく汚れ放題。大体、便器が掃除を必要とする状況になったのなら、床だって、同じくらい掃除を必要とする状況になっているんだよね。でも、床の掃除をすることを、トイレ洗剤は書いていてくれなかったから、だから正彦さんもまったく無視したんだよね。

……床に関しては、陽子さん、正彦さんのトイレ掃除が終わった処で、こっそり掃除をした。）


ある意味、凄い。


これだけは陽子さん、絶対に認める。

いや、認めない訳にはいかない。

単体。便器だけを問題にするのなら。

正彦さんの方が、陽子さんより、ずっと掃除がうまい。

自己流で勝手にやっている陽子さんより、トイレ洗剤に書いてあることをそのまま実施した正彦さんの方が、絶対に便器を綺麗にしている。


これはもう、この先。

トイレ掃除は、安心して旦那に任せることができる。（床の問題はおいといて。）

そして、同時に。

陽子さんには、判ったことがあった。

多分、男には、プライドっていうものが、あるんだろうなあ……。

☆

陽子さんは、食器の洗い方について、正彦さんに説明した。（と言っても、まず洗剤で洗って、濯いで、布巾で拭いてねってだけだったけど。）正彦さんも、これを諾《うべな》ってくれた筈だった。けれど、一回言われたことを繰り返して補強されたり、更にいろいろ言われることは、多分、正彦さん、嫌。

うん、きっと……これは、正彦さんのプライドに抵触《ていしょく》してしまうのかも知れない。

けれど、市販されている薬剤に書いてあることは、正彦さん、素直に受け取れるのだ。こっちは、正彦さんのプライドに、抵触しない。だって、すべてのひとが読む、〝取り扱い説明書〟に書かれているんだもん、これ、プライドに抵触しようがない。

と、なると。

この先は陽子さん、そう思って正彦さんに対して言葉を選ぶ必要がある訳で……。

って。

そう思った瞬間、陽子さん、息を飲む。

いや、だって。

ちょっと困ったことを思いついてしまったので。

と、いうのは、〝洗濯〟。

これについては、この間から、いささか困ったことが……ずっとずっと発生していたのだ。

これを。

旦那のプライドに抵触しない形で、どう旦那に伝えたらいいんだろう……？

☆

洗濯に関しては、陽子さん、正彦さんに何も言わなかった。洗剤の使い方を教えて、あとは、ただ、〝洗濯をして欲しい〟、と、だけ。

だって、いや、洗濯なんて、基本的に洗いたいものを洗濯機に突っ込めばそれでいい、そういう話なんじゃないかと思っていたから。（いや、ネットにいれて洗って欲しい洗濯物なんかもあったんだけれど、まあ、これは、個別に言えばいいだけの話なんだよね。そして、個別にお願いすれば、正彦さんもこれはやってくれていた。）

で、正彦さんは、洗濯を、やってくれた。

これに陽子さんは、何の文句もない。

ただ。

ただ……正彦さんの、洗濯物の干し方には……陽子さん、もの凄く、文句があったのだった。

その文句って……。

☆

ぱんぱん！

これに、尽きる。

ぱんぱん！

これを……これを、やれっ！　というか、やってください。お願いだからこれだけはやって。

ぱんぱん！

これって何かって言えば、洗濯物を干す時に、絶対に陽子さんがやって欲しいこと。両手で、洗濯物の両端を持って、そして、振り回す。ぱんぱん。これやると、かなり水気が切れるし、これやった方が、絶対に〝乾き〟が早い。

ただ。

陽子さん、最初に正彦さんに洗濯をお願いした時、この〝ぱんぱん〟については、何も言わなかった。だから、正彦さんは、これを知らなかった。故に、やらなかった。

そして、「あ、旦那、ぱんぱんをやっていない」って、陽子さんが知った後、陽子さんがこんなことを言ったら……いきなり正彦さんは、怒ってしまったのだ。

「だって俺、そんなこと聞いていないし」

いや、それは確かにそうだ。陽子さん、言っていない。それは確かに言っていない。

「俺は自分の裁量で、洗い物と洗濯をやっているんだ、これに文句を言うな」

……いや……文句を言っている訳ではない。

ただ、どう考えても、これやった方が正彦さんが楽になると思っているから言っているだけなんだけれど……というか、まさか、洗濯物を干す時に、〝ぱんぱん〟をしないひとがいるだなんて、陽子さんにしてみれば、思いもかけないことだったのでわざわざ言わなかっただけなんだが……ああ、それまで、家事なんかまったくやったことがないひとは、こういうことになるんだよね。

そんでもってまあ。

確かに〝ぱんぱん〟をやらなくても、洗濯物は乾くのだ。（時間はかかるけど。変なふうに縒《よ》れて乾いてしまうこともあるけど。けど、これは、乾ききったあとなら、簡単に直せるって言えば直せるんだよね。）

〝男のプライド〟を慮《おもんぱか》るのなら……これはもう陽子さん、現時点では黙っているのが〝よし〟だよね。〝ぱんぱん〟については、ほとぼりがさめた頃、ゆっくり正彦さんに伝える、それが最上だっていう気が……しないでもない。

けれど。

それでは済まされない事態が……実は、一つ、あった。

☆

それは、ハンカチの干し方。

これは。

これだけは、今の正彦さんのやり方を認めてしまったら……なんか、すっごく、困る。今でもすでに陽子さん、困っている。

というのは。

この頃、正彦さんは、ハンカチを干す時、一つの隅っこを洗濯ばさみで留めて……つまり、一つの隅っこだけでハンカチをつるし上げて、そして、干していたのだ。

洗濯をしているひとならお判りでしょう、この干し方には問題がある。ま、そもそも、〝ぱんぱん〟をやらないだけで、それは問題山盛りなんだけれど、こと、ハンカチを問題にするのなら。

これは、〝問題山盛り〟なんていう次元では話が済まない。

これをやってしまうと、このハンカチは、変形してしまう。

世の中には、〝バイアス〟という言葉がある。

布地は、まっすぐにして干さないと……斜めにして干すと、そこには余計なバイアスがかかってしまって、バイアスがかかってしまうと、布地は、伸びるんだよ。

うん。

ハンカチを例にとるのなら。

普通のハンカチは、両端を持って引っ張っても、それで伸びるということはない。

ただ、例外があって、ハンカチの左上、右下を持って、それで引っ張ると……このハンカチは、伸びてしまう。そう、斜めの力をかけると、ハンカチは結構伸びてしまうのだ。これが、バイアスがかかるっていうこと。

そして。

ハンカチの、一点だけを留めて、それを干したら。

洗濯物というのは、水を含んでいる。いくら脱水をちゃんとしても、洗ったものである以上、絶対にこれは水を含んでいる。ということは、自重がある。自重があるものを、一点だけで留めて、干したら……布地が含んでいる水の重さで、このハンカチには、自重がかかってしまう。(まして、正彦さんは、〝ぱんぱん〟をやってくれていない。)

と、なると。どうなるか。

このハンカチは、バイアスがかかって、伸びてしまうのである。

これを避ける為に。

洗濯物は、絶対に〝ぱんぱん〟をして欲しいのだし……長方形、ないしは正方形の洗濯物は、両端をちゃんと洗濯はさみでとめて、斜めじゃなく干して欲しいのだが……えーと、〝男のプライド〟を傷つけない形で、これ、どうやって正彦さんに言えばいいのだ?

これ。もの凄く陽子さんは悩んだのだが……これの解決は、ある意味で簡単だった。

洗濯物をとりこんだ正彦さんに、斜めになったハンカチを示したら、それ一発でかたがついたのだ。

「……あ……確かに……変に斜めに伸びちゃってるな、このハンカチ」

「うん、そうなの。これは、まずい、でしょ？　どう考えても、ハンカチが斜めに伸びてしまうのは、まずい。大体、こんなことになってしまえば、このハンカチ、まっとうに畳むことができない」

実際に、陽子さん、正彦さんの目の前で、このハンカチを畳んでみようとした。でも、どうしたって、この変形しているハンカチは、まっとうに畳まれてくれようとはしなかった。だって、平行四辺形になってしまったものを、どうやったら正方形に畳めるというのだ。

「……ああ……これは……畳め、ない、か……」

「なのよっ！　変にバイアスかかっちゃうと、これはもう絶対に畳めなくなるのっ！」

「だよ……なあ……。じゃあ……」

かくてこうして。

正彦さんは、ハンカチの干し方、それ自体を改めてくれた。

☆

この件で。

陽子さんは、物凄く学習をした。


これは、ほんとかどうかよく判らないんだけれど。

多分。

多分、〝夫〟というひとは、〝妻〟に何か言われるのが、本当に、どうしても、〝嫌〟なんだろうと思う。

そうとしか思えない。

いや。

今の夫婦は違うのかな？

でも。

少なくとも、昭和時代に結婚した、正彦さんと陽子さんの夫婦は、〝そう〟。

陽子さんが、正彦さんにとって〝楽〟である筈の、洗い物のやり方や洗濯のやり方を教えても、正彦さんは、これを素直に聞いてくれない。

いや、一回目の説明は、さすがに聞くんだけれど、二回目は、右から左に聞き流す。

三回目に説明をすると、いきなり、切れてしまったりもする。


けれど。

説明書に書いてあることは、話が違うのだ。

だって。

〝説明書〟っていうのは、別に正彦さん相手に書かれたものではなくて、正彦さんの妻である陽子さんが書いているものでもなくて、まさに、万人に対して、その洗剤や何やを作っている企業が書いているもの。（実は、その分、個別の対応がまったくできてはいないのだが……。）

そして、〝説明書〟に書かれていることには、正彦さん、素直に従うのだ。

これ……男のプライド……なの……かな？

☆

あ。それから。只今の陽子さんは、とても期待をしている。わくわくしている。

というのは。正彦さんが、その取り扱い説明書を見ながらやってくれている、トイレ掃除のメーカーが、最近、トイレの床掃除の新商品を出したのだ。トイレの床掃除をする新たな商品。うわあ、これを正彦さん、知ったのなら……ひょっとして正彦さん、トイレ掃除をした後、床のことも掃除してくれる？

だって、陽子さんじゃない、トイレ掃除メーカーが、床掃除のこと言ってくれているんだもん。

それに。

その商品をまだ、正彦さんは買っていないのだが……でも、この商品のコマーシャルがTVで流れだしてからは、正彦さんのトイレ掃除が終わった後の、トイレの床、陽子さんが掃除しなくてもいいような状態になっている。いつの間にか正彦さん、床も掃除してくれるようになったのだ。（自分で気がついてくれたんだ。）

これが、ほんとに、陽子さんには嬉しくって。


あ、それから。

ある日、ふっと陽子さんは気がついた。

今では陽子さん、洗濯のことをまったく考えていない。洗濯物は、籠にいれておけばあとは全部正彦さんがやってくれる、とりこんで畳むのも、それを収納するのも、全部正彦さんがやってくれるに違いない、そう思って……洗濯のこと、いつの間にか、陽子さん、まったく考えなくなっていたんだよね。

そうだよ。そう思ってみたら。

私、もう一月以上、まったく洗濯のこと、考えていない！

この時。

こみあげてきた嬉しさを、どう表現したらいいんだろう。

そうだよ、もう陽子さん、洗濯物のことを考えて天気予報を見てないもん。外干しするか、室内で干すか、これ、もう、陽子さん、考えなくていいんだ！

ま、ただ。

とは言うものの。

未だに正彦さんは、お箸を一本ずつ、洗っている。そして洗ったお箸を、一本ずつ、リビングの箸置き場に戻している。

正直。

これだけは……本当に余計な手間だから……やらない方がいいんじゃないかって気が……とっても、とっても、するんだが。

まあ、でも、この状態に慣れてしまえば、いつの日か、これが、気にならなくなる時が……来るのかも知れない。

あと……正彦さんにとっては、これは運動の一種なのかも知れない。お茶いれながら、スクワットのようなこともやっているし。

なら……これは続けてもらうしか……ないのか。

第五章　あの謎の四角いものって、何？

さて。

ここまで、正彦さんのエピソードが並んでいるので、今度は陽子さんのエピソード、いってみましょうか。

☆

正彦さんが定年になり、ずっと家にいるようになった時。ほぼ、同時にコロナが凄いことになり、陽子さんの外出回数は減った。（打ち合わせが、ほぼ、リモートかメールになってしまったのである。）

そして、パソコンで陽子さんがいろんな打ち合わせをしだした処で。大島家では、とっても謎の事態が発生してしまったのだ……。

☆

最初は、陽子さんの疑問だったのだ。

「ねえ、旦那、あなた、スマホって使っているよね？　でもって、私が使っているのも、スマホっていう奴だよね？」

陽子さんがこう言うのは。最初、陽子さんが携帯電話を持った時、それは、今でいうガラケーだったからだ。（陽子さんには、この二つの区別が、あんまりちゃんとついているとは言い難い。）

「で……あの……今、なんか、アプリがどーこーとか、みんなして言っているんだけれど……その、〝アプリ〟って、何？　パソコンに対する〝ソフトウェア〟みたいな理解でいいの？　んで……みんなして、これをいれろ、あれをいれろ、どれをいれろって言ってくるんだけれど……それ、やらなきゃいけないこと……なの？」

「え……それは……」

実は正彦さん、この疑問に答えられる自信がない。正彦さんは、その程度のスマホユーザーである。

けれど。陽子さんが聞きたいのは、実はそんなことではなくて……。

「アプリがどーのこーのって台詞のあとにでてくる奴なんだけど……あの、謎の四角いものって……何、なの？」

……って？

「それが私にはほんとに判らなくて、でも、あの謎の四角いものは、今、なんかすっごく必要になっているみたいじゃない？　で、あの、謎の四角は、何なの」

☆

この陽子さんの疑問を、普通のひとに判る〝疑問〟として説明する為には。

とても多くの補助線が必要になる。（そもそも、陽子さんの疑問は、あまりにもプリミティヴに過ぎるので……このままだと、陽子さんが何を疑問に思っているのか、大体のひとには判らないのではないかと……。）

だからまあ……一個ずつ、順番に説明してみましょうか。

☆

まず。

ガラケーとスマホの違いについて。

何でわざわざ陽子さんがこんなことを聞くのか。

最初に陽子さんがガラケーを持った時、ガラケーは、大島家には、絶対必要な電化製品だった。（逆に言えば。ガラケーが流通しだしてかなり時間がたっても、陽子さんにとっては、これ、必要がないものだった。だから、ほぼすべてのひとがガラケーを使用するようになったあとも、もうずっと長いこと、長い、長いこと、陽子さんはこれを使用していなかった。ほんとに……ずっと、ずーっと、陽子さんは携帯電話というものを持っていなかったのだ。だってほんとに必要がなかったから。）

だから。いろいろあって、陽子さんがガラケーを持つことになった時は、これ、大島家にとっては大変革だったのだ。そんな事件があったのだ。

そして。時間がたち、正彦さんはガラケーからスマホに機種変更を強いられることになり（いや、〝強いられている〟訳では、多分、ない。ただ、「こっちの方がお得です、こっちの方がお薦《すす》めです」って言われているうちに、何となくそんなことになってしまったのだ）、同時に、陽子さんのガラケーも、スマホに変えることになっちゃって。けれど、この時には、スマホでもガラケーでもいいや、そういうものが、陽子さんにとっては、まったく必要ではないものになってしまっていたのだ。（ここの間に、また、大島家にとっての大変革があった。）

で。何か、訳判らないうちに、いきなりガラケーを持つことになり、そしてその後、まったく使わなくなったガラケーからスマホに機種変更した陽子さん、この二つの区別が……ついていない。

いや、言い換えよう。陽子さんは、そもそも、ガラケーでもスマホでも、実生活において〝携帯電話〟を使う意味がまったく判らず……ということは、使っておらず……だから、この二つの区別が、つかない。

ただ。

とある特定の時期だけ、陽子さんは、これを絶対に使わなければいけない状況に陥ってしまって、だから、その〝時期〟だけ、陽子さんはこれを使っていた。

☆

陽子さんが、最初に携帯電話を必要とした時。（この時、流通していたのがガラケーなのだった。だから、陽子さんが最初に手にしたのは、ガラケー。）

この時、東京在住の正彦さんと陽子さんは、週に数回、正彦さんの両親の介護の為に大阪に通っていて、正彦さんが父親を病院へ連れて行っている時、陽子さんは母親を別の病院へ連れて行かなきゃいけない、とか、地域包括支援センターの方にお話を聞きに行かなきゃいけない、とか、二人にとってまったく土地勘がない大阪で、夫婦別行動をとらなきゃいけない事態が、週に何回も発生していたからだ。

（何で夫婦で別行動って……この時会社員の正彦さんは、まさか週に何回も会社を休めない、だから、土日と半休を使いまくり、また、陽子さんの方も、大阪では仕事ができなかった。——陽子さんが原稿を書いているパソコンは、オアシスという特別な仕様のものであり、持ち運びが辛いサイズだったので、原稿を書く為には東京の家にいなきゃいけなかった——。

ただ、この時、お父さんが硬膜外血腫《こうまくがい》で倒れ、入院を余儀なくされ、その結果、お父さんがそれまでひた隠しに隠していた、お母さんがすでに認知症になって久しいって事実が判明、大阪の家がゴミ屋敷になっているという事実も判明。

とにかくお父さんは入院しなきゃいけない、でも、お母さんを家にひとりにする訳にはいかない、その上ここは、ゴミ屋敷になっている。かといって、お母さんは、この時すでに、新幹線に三時間も乗って東京に来るのは不可能な感じになっていて……とにかく、かわりばんこや一緒に、この二人、ひたすら大阪に通わなければいけない、そんな事態に陥ってしまったのである。で、携帯電話というツールは、ほんとにこの時、必要不可欠だったのである。）


それまで、陽子さんは、携帯電話というものを持ったことがなかった。なくてまったく不自由を感じていなかったし、だから、「これは別にないままでいても悪くないのでは……」って思っていたのだが、夫婦揃って土地勘がない大阪で、いろいろ動き回るとしたら……確かにこれは、必需だったのだ。

（「陽子、今おまえ、どこにいる？　俺は今、○○病院に父の入院に必要な書類を提出し終えたとこ。親父はこのあと、まんま、手術まで病院にいることになる」「あ、私は地域包括支援センターで、お母さんの介護認定の申請終えて、今、大阪の家に向かってる」「じゃあ、家で集合な」みたいな連絡は……確かに、携帯電話があると、すっごく楽なんである。というか、もし携帯電話がなければ、こういう連絡はできないってことになり……それは、とても大変なことになるだろうなあって、陽子さんは思った。）

それで、陽子さんも携帯電話を持つことになり、それが今で言うガラケーで……そして、数年、時間が、たった。

時間がたち、正彦さんと陽子さんは、道中いろんなことがあったものの、最終的に、無事、正彦さんの父親を看取ることができた。(陽子さんの両親は、その前に亡くなっている。)

こうなると、陽子さんにしてみれば、もう携帯電話って必要なものだとは思えなくなった。だって、今は、介護の対象になっているのは、お母さんだけ。なら、正彦さんと陽子さん、この二人がわざわざ別行動をとる必然性は低くて……じゃあ、携帯電話なんて、別にいらないんじゃないの?

けれど。

一回、編集との打ち合わせですれ違いがあった為、陽子さんの認識は変わる。

☆

その日。

これはもう、陽子さんのミスなんだが、待ち合わせの喫茶店が……陽子さんにはよく判らなくなった。

駅前の喫茶店で待ち合わせた筈なんだけれど……それって、Aっていうお店だったたっけか、それとも、Bだったのかな? この二つの喫茶店、陽子さんは同じ程度の頻度で利用していて……さて、今日、待ち合わせをしたのが、AだかBだかが……陽子さんには判らなかった。

(と、いうことに気がついたのは、駅前まで歩いてきてから。家に帰れば、カレンダーにメモとってあるから、AかBかはすぐ判るんだけれど、駅から家までは歩いて二十分はかかる。往復すると、四十分。まさか、ひとを四十分待たせる訳にもいかないから……陽子さんは、まず、Aに行ってみる。……相手は、いない。相手が遅刻してくる可能性だってあるから、十分くらい、そこで待ってみて……でも、相手は、来ない。ということは、待ち合わせの場所は、実はBなのか？　慌ててBへ行ってみる。でも……いない。Aにとって返す。そこにも、待ち合わせの相手はいない。)

これはもう。携帯電話を持っているひとなら、すぐに解決できる話だよね。待ち合わせ相手に電話をすればいい、それだけなのだ。

けれど、陽子さんは、携帯電話を持っていない。(いや、家にはあるんだけれど、この時の陽子さんには、そんなもん、持って歩く習慣がなかった。)

これはもう、相手に電話をしてみるしかないのか？　でも、相手の携帯の番号なんて、陽子さんは知らない。(携帯には、登録してあるんだけれど、携帯は今、家にある。)

じゃあ……出版社、そのもの、に？　出版社の大代表に電話して、○○編集部の××さんをって言えば、相手の携帯電話の番号、教えて貰える？

そう思って、電話をしようとしたんだけれど……陽子さんは、携帯電話を持っていないから。だから、掛けることができる電話が、そもそも、ない。

そこでしょうがない、公衆電話を使おうと思って……そうしたら。

何ということなんだろう、昔の喫茶店は、大体、公衆電話を常備していた。ピンク色の電話機があったりしたんである。けれど、今の喫茶店には……そんなものは、ない。

えーと、と、なると、これは……。

陽子さん、喫茶店を出て、公衆電話を探す。それも、できれば電話ボックス。電話帳がある奴がベストだよね。

現時点では。陽子さん、問題の出版社の電話番号を判っていない。ということは、まず、そこから調べなければいけないのだ。

幸いなことに、場所が駅前だったから、電話ボックスは結構すぐにみつかった。そこで陽子さん、まず、１０４。

確か、これは、電話番号案内だよなーって思って、当該出版社の名前を言ってみる。でも。おそろしいことに、その返事は。

「登録がありません」

え……ほんとにっ？

いや、ＮＴＴの人を疑ったってしょうがないから、疑わないけれど。けど、これは、ほんと、なのかよ！

だって、そこって結構大きな出版社じゃないっ！　ベストセラーだって何冊も出しているじゃない、そんな出版社なのに、何でＮＴＴに登録してないんだ！

その出版社の名前を、漢字で説明しながら、二回繰り返した処で、陽子さんは諦めた。

多分、これは、本当に登録されていないのだ。（これは、今でも謎である。何でだ。有名な出版社なんだから、ＮＴＴに登録くらいしてよ。……あー……今では、電話帳に登録しないのが、むしろ、普通、なのか？）

と、なると……。

１０４では、この出版社の番号が判らない。これは、もう、確定事項だと思うしかない。

この状況で、この出版社の連絡先を知りたいのなら……。

次に向かうべきは、本屋さんだ。

何故なら。

本屋さんには、この出版社が出している本が、ある筈。

そして。

すべての本の最終ページには、著者、発行者、発行所が絶対に書いてある筈なのだ。んでもって、著者と発行者は、ただ名前が書いてあるだけなんだけれど（要するに、作家名とその出版社の社長の名前が書いてあるのね）、発行所だけは、絶対に違う。ここに書いてあるのは、出版社の情報であって、ここには間違いなく、その出版社の住所と電話番号が書いてある筈。

そう思って、本屋さんに行ってみたら……うおお、この出版社が版元の本がないっ！（今の町の本屋さんは、売り場面積が限られているので、発売から時間がたつと、かなりのベストセラーでも、本そのものが売り場になかったりするのである。）

この段階で、ほぼ、力つきそうになった陽子さんだったのだが、いや、これで諦める訳にはいかない。思いっきりいろんなことを考える。

そうだ。

ある程度大きな出版社なら、新刊がなくても文庫があるから、それで何とかなる。……と、思ったんだが、この出版社が出している文庫は、まだあんまりメジャーじゃないから、小さな本屋さんには置いていない可能性もあるよね。

……実際……なかった。

なら、次は……。

あ、えっと、この出版社が出している新刊で、結構売れている奴があった、それ……探してみたけど、この本屋さんにはないや、けど、隣駅の本屋さんにはあったのでは？

（これはもう。陽子さんが〝もの凄く変〟だとしか言いようがないんだが……陽子さんは、もの凄い勢いで本屋さんを巡っているひとなんである。最寄り駅、隣駅、その隣駅くらいまで、ひたすら本屋さんを廻り歩く日常をやっているひとなんである。だから、知っていた。隣駅の本屋さんには、多分、この出版社が出している本、置いてあった筈だよね。一昨日かそこら、それ、見たような記憶がある。）

そこで。電車に乗って、そこまで行ってみた。行ってみたら、実際に、本があった。これでやっと、その出版社の大代表の番号が判る！

ふうう。そう思った陽子さんが、その電話番号に電話しようとしてみたら……ああああっ！　今度は、公衆電話が、みつからないっ！　隣駅にはすぐ判る処に電話ボックスがあったんだけど、この駅には……電話ボックスそのものが見当たらないっ！　今度は、公衆電話を探すのが、大騒ぎだっ！

……結果として。

この出版社の大代表に連絡がつき、編集部に連絡がつき、該当編集者の携帯電話の番号が判るまでに費やした時間は……二時間、弱？（……まあ……これは……最初に素直に陽子さん、家に帰ればよかっただけの話のような気はする。家に帰れば、自分の携帯電話も、カレンダーにあるメモも、判るんだから。けど、これは、〝後だから言える話〟なんだよね……。）

で、やっと、連絡がついた編集者は、Bの喫茶店にいた。いや、こんなに長い時間、連絡もなく遅れてしまった陽子さんのことを、この編集者は待っていてくれた訳で、これは本当にありがとうございました、申し訳ありませんでした、としか言いようがない。（最初に陽子さんがBに行った時、彼女に気がつかなかったのは、陽子さんも焦っていたし、また、彼女の方も、ずーっと陽子さんが来ないので、下を向いて本を読んでいたからだってことが、のち、判った。）

この時。

陽子さんは、思ったのだ。

別に、親の介護をしていなくても。

携帯電話って、確かに、必要なのかも知れない。

と、言うよりは。

便利だよね、携帯電話。

成程。

このツールは、確かに待ち合わせをする時に、とてもよいかも知れない。

一回、そう思った陽子さんなのだが……これは、言い換えると。

待ち合わせをしなきゃ、別にこれ、いらないツールなんでは？

と。

陽子さんが、そんなことを思った時に、まるでそれをみすましていたかのように、コロナが発生する。

☆

で。

この時以来、陽子さんは、リアルでひとと待ち合わせをすることが、ほぼ、なくなったのだ。

こうなると、携帯電話を〝携帯〟する意味はほぼなくなって。

と、いうことは、当然、陽子さん、携帯電話を〝携帯〟なんかしなくなる。（いや、もともとこのひとは携帯電話を携帯なんかしていない。）

結果、どうなったのか。

陽子さんのスマホは、大島家の中で、ほぼいつも、行方不明になってしまったのである。

（なんせ、滅多に使わないから。）

明日、正彦さんはゴルフへ行き、陽子さんは自分が通っている病院へ行く。こんな予定がある前日。正彦さんはこんなことを言う。

「明日、俺、ゴルフが終わったらおまえに連絡するからさあ、夕飯どうするかはその時に相談しよう」

「って、ちょっと待った旦那！　あんた、私の携帯に連絡をするって？」

「いや、他の何に連絡をするの」

「だから、ちょっと待った！　あんたが連絡する予定の私の携帯なんだけれど……それ、どこにあるの」

「って、それの意味は何だ」

「えーっと……まず……その……携帯を、発見、しないと、ね」

「って、その意味は何だ」

「……すみません、ごめんなさい、私、自分の携帯が今どこにあるのか、判らないです」

「……って、その意味は、何だ」

「……えーっと……そもそも、私にとって〝携帯〟って、どこにあるんだかよく判らないものなんだからして……えーっと……その……今、どこにあるの？」

「っ！　え？　判らないのか、おまえ、ほんとに」

「判らないの。……だから、ごめん。お願い」

「って、何だ」

「あなた、私の携帯に電話掛けてくれない？　電話が掛かってくれれば、音が鳴るから、音さえ鳴ってくれれば、私だって自分の携帯がどこにあるのか、判るんじゃないのかって気持ちが……」

　で、正彦さんが陽子さんのスマホに電話してみる。けど、リビングでも、玄関でも、陽子さんの鞄《かばん》の中からも……音は、まったく、しない。

　かくして、夫婦揃って、陽子さんの携帯、大捜索。そして、みつかった携帯は……。

「おまえ、これ、いつから充電してないんだっ！」

「……え……前使った時から充電していないから……えーと……一週間？　十日？　……もっと……かも……」

　まったく電源がはいらない。充電器に繋《つな》いで、しばらくして、やっと、真っ赤な電源表示が出て来るていたらく。

「おまえ……充電くらい、してやれよ。あんまり可哀想だろうが、スマホが」

「あ……あー、ごめん。次からはできるだけそうする。けど……まず使わないものは……えーと、色々、忘れてて……」

　そして勿論、このあとも陽子さんは、スマホに充電することを忘れ続けることになるのである。（というか、月に一回くらいしか使わないスマホは、ほぼ、陽子さんにとって、忘れられた家電なんである。）


　こんな陽子さんなので。

　アプリがどうのこうの言われたって……そりゃまあ、〝何が何だか〟、だよね。

☆

この時点で。

陽子さんは、実は、正彦さんのことをとっても尊敬していた。

何故ならば、正彦さんは、（陽子さんにとっては）謎のスマホを、（陽子さん視点から見ればば）活用していたからだ。

だって、正彦さんったら、何か判らないことがあった時、スマホでそれを検索している！

しかも、それだけじゃなくて。

電車に乗っている時、陽子さんは大体本を読んでいるんだが、正彦さんは、スマホを見ていることもある。その様子を眇《すがめ》で確認するに……どうも正彦さん、ツイッター（現X）とか、やっている、らしい。

ほえぇ、すっごいなーって思った陽子さんなんだが、もっと驚くべきことに。

正彦さん、フェイスブックとかも……やっているのかも、知れないのだ。それにより、昔の同級生とか、そんなひと達と連絡もついたりしているみたい。

おおおおおっ。

ことここに至ると。もう、陽子さんには、訳判らない。なんか、うちの夫は凄いことをしている、そんな理解しかできない。

うん、だから。陽子さんは、正彦さんのこと凄いなーって思うんだが……実の処、客観的に言ってしまえば、正彦さんだってそんなにスマホを使いこなしている訳ではない。ただ、陽子さんのレベルが低すぎるので、なんか、正彦さん凄いって陽子さんが思っているだけ。(これは、単純に言えばこうなる。陽子さんは、数が数えられるレベル。正彦さんは、足し算ができる。だから、陽子さんは、「正彦さん凄いー」ってほんとに心から思っているんだが、世の中の普通のひとは、数を数え、足し算ができるだけじゃなく、引き算も掛け算もできる。場合によっては、連立方程式が解けるひとだっている。正彦さんにはそこまでのスキルは、実はないのだが、そんなこと、やっと数が数えられるレベルの陽子さんには判らない。)

ところで。

一応小説家をやっている陽子さんが、スマホで検索ができないっていうのは……なんか、問題があるって思ってしまうひともいるかも知れない。けれど、問題なんて、実は全然ないのである。(スマホは無理でもパソコンで検索をすることは、陽子さんにもできる。滅多にしないけど。)

昔の小説家は、〝検索〟だなんてものがまったくできないのが普通だったから。それで問題はなかったから。うん、その為に、辞書というものがあり、辞典というものがあり、図書館がある。陽子さん、未だに、何か疑問や調べたいものがあったら、まず、図書館に行くことにしている。

また。これは、検索をしない陽子さんの〝ごまめの歯ぎしり〟にすぎないのかも知れないのだが……ネットの情報って、陽子さんにしてみれば、その信頼性がどの程度あるのかが、まったく判らない。だが、本の情報は、それが判る——と、陽子さんは思っている。勿論、本の情報にだって、まったく信頼性がないものはある。多々、ある。けれど、今まで何十年も本を読んできたのだ、陽子さんには、それを判別できる自信がある。版元と、それがどんなカテゴリーになっているのかさえ判れば、何十年も本を読み続けていたのだ、その本の信頼性を判別できる……と、陽子さんは、思っている。（まあ、そのかわり。書籍というのは、書かれてから出版されるまでに半年以上のタイムラグがあるのが普通である。ということは、リアルタイムの情報は、確かに書籍では入手しにくいのだが、陽子さん、リアルタイムの情報を必要としているようなお話は書いていないからね、だから、これは、いいということにしている。）

☆

あの、何が何だかよく判らないツイッターってものを駆使している旦那。（……いや……多分……正彦さんは、〝駆使している〟って言える程、ツイッターに通暁している訳ではないとは思うのだが……陽子さんにしてみれば、これ、やっているだけで尊敬するしかない。だって。実は、陽子さんも、その、謎の〝ツイッター〟ってものを、目にしたことは、あったのだ。陽子さんの本を出してくれている出版社が、その宣伝で、謎の〝ツイッター〟を使い、それを陽子さんに転送してくれて……。正直言って、陽子さんは、このずらずら並んでいるものの、どこを、どう、読めばいいのか……これがまったく判らなかった。つらつら読んでも、その脈絡が、よく、判らなかった。半ばで、陽子さん、もう、諦めた。だから、あの〝謎〟の、〝訳判らない〟ツイッターってものをやっているだけで、正彦さんは、陽子さんにしてみれば、尊敬するしかない人間。まして、もっと謎の〝フェイスブック〟とかいうものをやっているとしたら、これはもう、尊敬以外の何ができると言うのだ。)

こんな旦那を目の前にしたら。

陽子さんが、聞きたいことは、たったのひとつ。

と、言うか。

最初から、陽子さんが、聞きたいことは、たったのひとつ。

「あの謎の四角は、何なの!」

☆

「あの謎の四角は、何なの!」

謎の四角。なんか、いろんな処にあるんだよね。

ここの処。

世界には、あっちこっちに、あの謎の四角がちりばめられていて、「これを読み込め」だの何だの、変なことを言っている。この四角からダウンロードしてアプリにいれろとか、いろいろ言っているひともいる。

けど……この、謎の四角って、つまるところ、根本的に、何だ。

「あ……ああ、陽子は判らないのか、これはＱＲコードって言って……」

「あー、すみません旦那、私もそれは判っているから。何かよく判らないけれど、いろんな情報を秘めている奴なんだよね。なんでも、そもそも、開発者は碁盤からこれを発想したらしくて、とても沢山の情報が書ける。その理由は、バーコードみたいに横方向にだけ情報が並んでいるんじゃなくて、縦横が読めるからであって」

「……何だってそんな余計なことだけ知っているんだ……。って、いや、そんな余計な情報を知っているのなら、判らないのは、何だ」

「いや、だから、これを……どうしろ、と？」

「……って？」

「いや、謎の四角いものがあることは判った。それがとてもいろんな情報を持っていることも判った、だからって、私に何をしろ、と？」

「……って……へ？」

「いや、世の中には、よく判らない〝謎の四角いもの〟があって、そこには多くの情報がある。はい、それは、判りました。で……私に、何をしろ、と？」

え。

あ。

いや、その。

今度は、正彦さんの方が硬直してしまう。

「いや……だから……いろんな情報が、ＱＲコードには入っている訳なんだから、だから、それを、読めば？」

「だから、どうやって」

「……あ……」

ここで。

ここで、やっと。最初の処に戻る訳だ。

ようやっと、正彦さん、理解した。

アプリが何だか判らず、アプリをダウンロードしたことがない陽子さんは……ＱＲコードをどうしたらいいのかが、本当にまったく判らないんだ。これのダウンロードなんか、絶対にできないのだ。しかも陽子さん、未だにスマホを扱いかねている。今はＱＲコード、カメラで読めるなんて話も聞くけれど、実は陽子さん、スマホのカメラがほぼあつかえない。その上……どうもスマホと相性が悪いらしくて、未だに、スマホが鳴ると、その瞬間陽子さん、スマホを放り投げてしまう。(「うわ、スマホ、鳴った、どうしようどうしようどうしよう」って思った結果、通話ボタンを押すんじゃなくて、スマホそのものを反射として放り投げてしまうのだ。

……結果として、通話ができなかった相手に、陽子さんの方から改めて電話をすることになり、何やっているんだろうかなあって、正彦さんは思っていた。だから、正彦さんが陽子さんのスマホに連絡をした場合、一旦切れて、陽子さんの方から電話がかかってくるのは、デフォルトである。）

☆

「あのね」

ここまで来ると。陽子さんは、落ち着いて話をしてくれる。

「私、ほんっとに、あの四角い謎のものが何だか判らなくて、それが本当に嫌で」

うん。……いや、肯定していいのかどうか判らないんだけれど……陽子さんが、ほんとに
これを〝嫌〟だと思っていることだけは、正彦さんにも判った。

「だって、西武線は、酷いんだよ」

けれど。いきなりここで、西武線が出てきてしまう理由が、正彦さんにはまったく判らない。

「西武線はね、ちょっと前までは、駅に時刻表があったの。プラットホームの、路線図なんかがある処の裏に、時刻表が絶対にあったの」

あ……ああ、それは、大抵あるだろうなって、正彦さんも思った。でも、この言い方だと……今は、時刻表、駅には、ないのか？

「駅に行って、今が何時だか判っていて、それで、じゃあ、次の電車はいつ来るのかなって思った場合、時刻表は必需じゃない？　これ、絶対、欲しいと思うの、私」

「あ……ああ、そういう状況なら、それは絶対に欲しいと思うんだが……まさかと思うが、

今、それは、ない、の、か？」

「ないのっ！」

え？

いくら何でも、西武線が時刻表を表示するのを止めてしまったとは思えない。そんなこと、絶対にないと思う。そう思って正彦さんが陽子さんのことを見ると。陽子さん。

「前に、時刻表があった処には、何かよく判らない、駅長さんの帽子みたいなものをかぶった、ラッコか何かのイラストがあってね」

はあ。

「その、イラストの脇にね、あの、謎の四角いものがあるんだ。で、そこに、〝西武線アプリが何とかかんとか〟って具合に、変なことが書いてあるの」

……あ……ああ。

そうか。

正彦さん、納得。

西武線は、それまでにあった、前から決められていた、「何時何分にどの電車が……」って時刻表を表示するのを止めて、西武線専用のアプリを作ったのか。その方が、利用者にとっては便利だと思われるから。そして、それを教えてくれるのが、以前時刻表があった処にある、ＱＲコード、ね。

「でもさあ、私はね、あの謎の四角いものがあったって、それでなんにもできないんだよっ！　私には何にも判らないいんだよっ！」

……まあ……陽子の場合……こうなるか。……胸はって言うようなことじゃないとは思うんだが、こうなるか。

「それにっ！」

正彦さんが、何か、陽子さんの言っていることを諾った感じになったせいか、陽子さんの台詞、ターボがかかる。

「私には、もっとずっと言いたいことがあって！」

「……って？」

「最近の、張り紙にも、もの凄く違和感があるのっ！」

「……って？」

実は。

陽子さんというひとは、掲示板も含め、すべての張り紙をちゃんと読んでしまうひとなのだ。（というか、このひとは、字が書いてあれば、その殆どを読んでしまう。）

「お祭りの連絡とか、いろんな張り紙が、町内会の掲示板にはあるでしょう？」

いや、あるんだが。そんなもの、全部読んでいるのは、陽子以外誰かいるのかって、実の処正彦さんは思ってもいる。

「あれが、ここの処、変なの！　お祭りは、大きな催しだから、日時が書いてある。けど、小さな催しは、何も書いてないことがあるのよ。イベントがあるってことだけ書いてあって、それがどんなイベントかは書いてあって……でも、その他のことは、何も書いていない奴が、最近、結構、あるのよ！　これ、張り紙の用をなしていないって、私は思う。で、その場合、必ず、あの、謎の四角いものがある」

……ああ……まあ……そういうことも、あるんだろうな。

「あれ、私、訳判らない。イベントの表示だけがあって、あとは、あんな訳の判らない四角があって……それで、〝張り紙〟の用は足りているの？　なんで、みんな、あんな、訳判らない四角のものがあったからって、それで納得しちゃうの？」

…………………。

んー……………。


これはもう。

正彦さんには、どう返事をしていいのかよく判らない。

☆

「私はね、もう、思っちゃうの」

陽子さんに対して。

アプリって何なのか、〝あの謎の四角いものをどうすればいいのか〟、ちゃんと説明ができなかった正彦さんは……この陽子さんの台詞を聞いて、ほぼ、どうしようもない、ため息をつく。そして。次の陽子さんの台詞を、認めるしかなくなってしまうのだ。

「世の中には、私が知らない、〝謎の四角いもの〟がある」

いや。その理解はどうなんだろうって、ほんっとに正彦さんは思うのだが。

「これはもう、あるんだから、〝ある〟としか言いようがない。他に、どうしようもない」

ま、それはそうなんだろうと思うんだが。

「だから、これは、〝ある〟として、流す」

……まあ……そう、なるよね。

「そして。〝流した〟以上、〝無視〟する」

って！　そう……なる、のか？　〝無視〟？　無視するんで、本当にいいのか、それ。いや、いい訳はないような気もするんだが……陽子にしてみれば……他にどうしようもないのではないかと……。

けれど。陽子さんは、さくさくと言葉を続ける。

「無視するって決めたらね。私は絶対にそれを無視する。そう決めた」

……って……決められても困るような気も、しないでもないんだが。


陽子さんは、すべてのＱＲコードを無視することにした。

そう決めた。

無視しているんだから、それを読み取ることはできない。

というか……無視しなくたって、陽子さんにはこれを読み込むスキルがない。（いや、スキルがある、とか、スキルがない、とか、そんなことを言う程のものではないと、正彦さんは思うんだが……だが、絶対に、陽子さんには、これは読めないだろうということは……それだけは、正彦さんにも、判っていた。）

結果として。

とても哀しい事実だけが、残った。

今の西武線の駅に行っても、陽子さんは時刻表が読めない。
他にも、いろんな店舗で買い物をする度に、「アプリをお持ちでしたら」って言われるんだけれど、陽子さん、これ、にっこり笑って、全無視。だって、アプリって何だか、未だに陽子さんにはよく判っていない。

これは。
陽子の日常生活、もの凄く不便ではないかなって正彦さんは思うのだが……思うのだが……はああ。

ここで、正彦さんは思う。

ま、こいつは、こういう奴だった。結婚した時から、いや、つきあいだした頃から、こうだった。

だから……これはもう、どうしようもないことだって、納得するしかないんだろうなあ。

☆

かくて、こうして。

陽子さんは、あの、〝謎の四角〟を無視することになったのだ。無視していいって、お墨付きを貰えたのだ。無視して困ることだってあるような気もするんだが、正彦さんのお墨付きを貰えたのだ、これはもう絶対に、無視、する！

だって、他にどうしようもないんだもん。

第六章　夏帽を脱ぎて鮨《すし》屋の客となる

さて。

今回は、また、正彦さんの俳句のお話……。

二〇二〇年七月、六十一歳の誕生日を迎えたことだし、その頃、コロナが結構凄《すご》いことになっていたので、感染を危惧した正彦さんは、陽子さんと相談の上、会社を辞め、家事のある程度の部分を担当することになった。

で、その頃。正彦さんは、新たに獲得した趣味の俳句にひたすら邁進《まいしん》していたんだけれど……そのちょっと前に。正彦さんの、新たな趣味である俳句に、暗雲が漂ってきてしまったのだった……。

☆

というのは。

非常に単純な話なんだけれど。

正彦さんが会社を辞めるちょっと前から、〝句会〟があんまりできなくなってきていたのね。

正彦さんが参加している句会は、参加人数が多い。しかも、大学の教室を借りて行っている。

そして、この頃からしばらく……大学自体が、教室での授業をあんまりしなくなっていたのだ。コロナ的な問題で。

これはもう、昭和の人間である正彦さんや陽子さんにはよく判らない話なんだけれど……。

実際に大学に行かなくても。ネットで、授業ができる、らしい。

え？　で、ある。

ネット関係にはもの凄く弱い、まして、スマホのことを、まったく訳判らないブラックボックスだと思っている陽子さんにしてみたら（アプリなんて謎のものがある以上、絶対に触れたくない、〝無視〟する、〝なかったことにしている〟〝触らぬ神に祟りなし〟って思っている陽子さんにしてみれば）この時、思ったことは、たったのひとつだ。

ああ、私が、今、大学生でなくてよかった。

これって……もし、この頃陽子さんが大学生だったら……それはもうそれだけで、すべての授業に、参加不可能だろうって事実が齎《もたら》す認識だ。

今は、陽子さん、「スマホを使わない自由」を行使している。（自営業であり、原稿さえ書いていればいい陽子さんだから、行使できる自由だよね、これ。）けれど、もし今、自分が大学生で、スマホやネット使わなきゃ授業に参加できないのなら……そりゃ……陽子さん、素直に授業に参加することを諦める。だって、無理だもん。で、これ諦めちゃったら、多分、どんな単位もとれないのだ。必然的に、今、陽子さんが大学生だったら、陽子さんは留年しただろうし、場合によっては除籍されてしまったかも知れない。

いや、その前に。

陽子さんには、もっと判らないことがあった。

そもそも学生が、大学に行かない？　いや、単にさぼって大学に行かないだけなら、そんなひとは陽子さんの時代にもそれなりにいたんだけれど……今は、大学に、行ってはいけない？　ないしは、行っても誰もいない？　じゃあ、サークル活動なんてまったくできないし、コンパとか飲み会とかも、一切、なし？

……まあ。単純に、学業だけを問題にするのなら。

わざわざ電車に乗って大学まで行かなくてもいい、それでも授業はちゃんと受けられる、この環境は、あるいは、ある意味、素晴らしいのかも知れない。けれど……昭和の陽子さんと正彦さんには、これがまったく感覚的に判らなかった。いや、だって、大学って、勿論、授業を受ける為に行くもんなんだけれど、それ以上に、サークル仲間とか友達とか、そーゆーひと達に逢う為に行くもんじゃ、なかったの？　んでもって、授業はほぼどうでもよくて（いや、どうでもいい訳がないんだが、感覚として）、みんなと喫茶店でおしゃべりしたり、呑みに行ったり、そういうことの為に、通うものじゃ、なかったの？

これができない、ないしは、してはいけないってことは……昭和の正彦さんと陽子さんにしてみれば、これはもう、大学の意味って、ほぼないって話にならない？

（いや。勿論。これは、昭和平成令和を通して、この二人の感覚の方が間違っている。大学は、専門的な学問を修める為にある教育機関である。これはもう、誰がどう考えても〝そう〟である。けれど……正彦さんや陽子さんが大学生だった頃には、むしろ、この二人の感覚の方がこの二人のまわりでは多数派だったんだよね……。）

あ。

話が、何か、ちょっと、ずれてしまった。

話を戻すと。

緊急事態宣言が出てしまった。

大学では、学生を集めての授業がやりにくくなっている。

こうなったら。

大学の教室を借りてやっている〝句会〟が……やりにくくなるのは、当然だろう。

で。句会ができなくなると。

とんでもない勢いで、新しい趣味である〝俳句〟に邁進していた正彦さん、なんか、二階にあがった瞬間、梯子《はしご》をはずされたような気分になってしまうのである……。

☆

何たって。何回か句会に参加した処で、正彦さんは非常に気分的に盛り上がっていた。それも……なんか、ちょっと、違う方向で、盛り上がっていた。盛り上がりすぎていた。

初回は、陽子さんも一緒に句会を見学したんだけれど、二回目からは、当然正彦さん、ひとりで句会に参加しており、句会が終わる度に、とても興奮して目をきらきらさせて句会の話をする正彦さんにつきあっていた陽子さん……「このひと……なんか、違う……」って、ちょっと思っていたのだ。

というのは。

何回目かの句会に参加した後、正彦さんは、参加者が書いた句を切り貼りしてコピーした選句用紙を陽子さんに見せて、こんなことを言ったから。

「おい、陽子、この用紙見てみろよ」

ここで正彦さん、とある句を指さして。

「この句、凄くない？　ほんとに凄いと思わない？」

陽子さん、読んでみる。うん、素敵な句だと思った。で、陽子さんがそんなことを言うと、正彦さん、ぶんぶんと首を振って。

「いや、句がいいのは判ってるの。でも、それ以上に……字が、もの凄く、もっのすっごく、よくないか？」

あ、ああ。確かに。それは陽子さんも思っていた。その日、大学の教室へ行って、そこで自分の句を自分の手で書く。それを運営のひとが切り貼りしてコピーして、そして選句用紙を作るんだよね。だから、用紙には様々な字が並んでいて、その中で、この字は、圧倒的に存在感があった。単に綺麗でうまいんじゃない、〝字〟そのものが、おそろしいまでの存在感を放っていたのだ。

「あんまりこの〝字〟が凄いからさ、俺、聞いてみたの。そしたら、このひと、書家なんだって」

「え……しょか？」

瞬時、〝初夏〟という字を想像してしまった陽子さんなのだったが、いや、今の場合、これは違うよね。〝書家〟だ。そして、ふええって思う。

「ええ、書家って、普段でも鉛筆でも、こんな凄い字が書けるんだ！　毛筆じゃなくて、普通の紙に普通に鉛筆で書いても、こんなに凄い字が書けるんだ！　さすが、プロ。っていうか、プロってこんなことができるんだ……」

「で、それに対して、俺が書いた句が、これ」

って、正彦さんに示して貰わなくても判る。このコピーの中で、もっとも汚くて読みにくい字、これが正彦さんのものだ。

「勿論、句の善し悪しは字で決まるものではない。けど……ここまで字に差があると……もし、俺の句をこのひとが書いてくれていたら……」

「あ……ああ……それは……」

それは、正彦さんの句、三割ましくらいになってしまう……ような気が……しないでもない。

いや、勿論〝句会〟は、その句の出来の善し悪しだけで判断される、それは判っているんだが……その前に。この正彦さんの字は……陽子さん、妻だから、何とか読める。慣れているから、読める。けれど、初めて正彦さんの字に出逢ったひとが、この句を読んだら……「そもそも、何を書いているのか、まったく判読ができない」、そう思ってしまう可能性がある。んでもって、そもそも読むことが物理的にできない句は、判断不能ってことで、最初っから候補から除外されてしまう可能性がある。うん、そのくらい……正彦さんの〝字〟は、酷いのだ。

今だって陽子さん、朝起きた時、自分のパソコンの上に正彦さんのメモがあるとげんなりする。（陽子さんが起きる前に、正彦さんが出かける用事があった場合、正彦さんは、陽子さんのパソコンの上にメモを残しておく。ここは、間違いなく陽子さんが起きた場合、見る処だからだ。）そこには、確かに〝何か〟が書いてあるのだが……これを判読するのは、かなり難儀《なんぎ》。でも、まあ、ここに書いてあるのは、大体の場合、前後関係と文脈があることだから、まだ、類推してこの謎の文字を読み解くことはできる。ほんとに困るのは……正彦さんから、買い物メモを受け取った時。これにはほんとに脈絡も何もないので……買い物して欲しいもののメモがまったく読めないって、これ、どんなに酷い話なんだよ！　でも、読めないんだよ、正彦さんが書いた買い物メモ。）

「句会に提出する用紙はね、俺だって自分の字が酷いってことは判っている、だから、できるだけ丁寧に書いているつもりなんだけれど……」

いや、この選句用紙を見れば判る。確かに正彦さん、いつもに比べれば、とても丁寧に字を書いている。だから、読むことが不可能な訳じゃない。けれど……〝読むことが不可能じゃない〟字というのは……間違いなく、〝読める〟字ではない。〝読みやすい〟字である可能性も皆無。んで、〝読める〟字が並んでいる選句用紙に、〝必死になって類推すれば何とか書いてあることが判読可能かも知れない、かも、知れないけれど、普通は読めない〟字が並んでいたら……まあ……これは、問答無用で〝読める〟字の勝ち、だろうなあ。これはもう、俳句の優劣とはまったく違った話として。

「で、俺は、思った」

はい、何を。

ここで。ジャーンみたいな擬音を、心の中でつけながら、正彦さんが陽子さんに提示したのは。

墨。硯《すずり》。半紙。

「俺は、書道をやる」

え？　……って？

「ええと……書道教室に通う……って、こと？　……あの……今、私達が通っている、あのスポーツクラブの？」

この頃。コロナのせいでその頃休業していた陽子さん達が通っているスポーツクラブは、休業前に、子供の為の書道教室を始めていた。確か、そんな話があった筈だった。スポーツクラブの入り口には、月毎に子供達が書いたお習字が貼られており、それを微笑ましく陽子さんは見ていたのだ。（……ただ……十月のお習字で、ひらがなで〝はろうぃん〟って書かれていて、カボチャの絵が添えてあるのは判る、けど……〝ゾンビ〟って書いてあってゾンビの絵が添えてあるのは……ハロウィンって、ゾンビがでてくる行事だったっけか？　って思ってしまったのも事実。）で、まあこんな陽子さんにしてみたら、最も親近感がある書道教室がここだったので、だからこんな台詞になったのだが、正彦さん、ふって笑って。

「あのさあ、何だって俺が、子供の為の書道教室に通わなきゃいけないの」

いや、それが多分、今のあなたにとって一番適切な書道教室だと、私が思うからなんだけれど……あなたの実力から言って、ここが最適かなって思うからなんだけれど……でも、こんなことを言ってしまったら、多分、陽子さん、もの凄く正彦さんに怒られてしまいそう、だよ、ね。

だから、陽子さん、この台詞を飲み込んで。

「じゃ……どこの書道教室、に……？」

この辺で、大人向けの書道教室ってあったっけか？　陽子さんがそれを知らないんだから、正彦さんにそんな情報があるとは思えないんだけれど……でも、じゃ、ほんとに、どこに？　どこに通う気なの、正彦さん。

「書道教室には通いません」

じゃ。じゃ、何をする気なんだ、あんた。

「俺は、自分で書道をやる。書道を極める」

……………。

無理、だ。

瞬間的に、陽子さんはこう思った。

でも、正彦さんは、自信満々。

「実際にね、墨を磨《す》っていたら判った。墨を磨ると落ち着く」

ま、そりゃそうだろうと陽子さんも思う。陽子さん自身は、自分もとても字が下手だし、書道なんて大嫌いだったけれど……墨を磨っていると落ち着くっていう感覚は、判る。

「そして、その上。字を書いてみたら判った。墨を磨った後に書いた字は、前よりずっとましだった」

いや、そりゃ。

ただ、単に。

墨を磨って、落ち着いたら……前の字よりましな字は、誰だって書けるような気もするんだが。というか、あなたが普段書いている字よりましな字は、誰だって、落ち着きさえすれば書けるような気がするんだが。

まあ、けど。

間違ってはいないよね。

確かにこの先、正彦さんが、投句用紙に書く字を、墨を磨った気分になり、より落ち着いて書くようになったのなら、それは、〝前に比べて読みやすい字〟になることだろう。

……けど……これは、〝書道を始める〟とか、そういうこととは……まったく関係がない話だよね？　ただ単に、あなたが落ち着いて字を書けばいいっていうだけの話、だよ、ね？

しかも。誰か先生について習う訳ではなく、〝自分で極めるつもり〟で、正彦さんが書道を始めたら……それは、なんか、正彦さんの字の向上につながるんだろうか？　……まったくつながらないような気が……とても、陽子さんは、する。

と、まあ、陽子さんが思うに、〝まったく的外れ〟である正彦さんの情熱なんだけれど

……けれど。

正彦さんが、〝書道を始めた〟為の弊害だけは、この後もずっと、大島家にはあり続けたのだ。

はい、有体にいって、洗面所が汚れる。

墨というのは、結構な汚染物質であって、洗面所で筆や硯を洗って、飛び散った黒いものを放っておけば、それは、乾いてしまった時、かなり深刻な汚れを齎《もたら》す。と、いうか、洗面所で硯洗って、その時、墨があっちこっちに飛び散ったとして、そのままそれを放置しないでよー、乾いてしまうと、乾いた汚れを、どう落とせばいいのよーって陽子さんは言いたいんだが（完全に乾いた後黒くなってしまった汚れを、水拭きをちょっとしたくらいでは落ちないんだ、墨の染み。本気でごしごし擦らないとどうにもならない状態になっちゃうんだよ、いや、それでも落ちない場合もある。墨、侮《あなど》りがたし）……けど……只今の正彦さんの状態は、そんなこと、言えるようなものではなくなっている。

また。

この時期、陽子さんは正彦さんと毎日、一日一万歩を超える歩数、歩きましょうねってことをやっていて……一緒に歩いていると、俳句を始めた正彦さんは、それまでに聞いたことがないようなことを、陽子さんに聞いてくるのである。

「ねえ、陽子、あの黄色い花は何？」

「あの特徴的な葉っぱなんだけど、あれ、何て木？」

「菫《すみれ》ってどんな草だかおまえ知ってる？」

今まで。二人で歩いていても、正彦さんが植物に関心を持ったことなんて一回もなかったから（そして、陽子さんは、正彦さんに比べれば、植物について詳しかったので）、こんな質問がある度、陽子さんは喜んで正彦さんの質問に答えていた。けれど……散歩が、何日も何日も続けば。やがて、正彦さんの質問は、陽子さんが返事ができないものへと進化してゆく。

これ、旦那、俳句的な意味で知りたいんだろうなあ。

陽子さんは、そう思ったので、できるだけ、この正彦さんの質問に答えようとしてきた。だけど、別に陽子さんは、そんなに植物に詳しいっていう訳でもない、やがて、陽子さんの返事には限界がくる。

そこの処で、陽子さんは、正彦さんに、とある〝アプリ〟の存在を教えた。

植物の写真をとって、それをそのアプリにかけると、その植物について色々教えてくれるっていうもの。

この時、まったく関係のない漫画を読んでいたら、そこに、そんなアプリの話があって、自分は教えることができない植物情報も、このアプリさえあれば判るんじゃないのかなって思って。

でも。

これは陽子さん、最初っから、教えても意味がないかなって思ってもいた。

だって、陽子さんは勿論のこと、正彦さんだって、〝アプリ〟って、何だかよく判ってないんだよ？　まあ、けど、陽子さんが読んでいた漫画にそのアプリの話が出てきていて、それで陽子さん、ちょっとこの話を正彦さんに振ってみたのだ。それだけの筈だったのだ。

でも。けど。

驚くべきことに、翌日には、正彦さん、このアプリを自分のスマホに入れることができていたのだ！　この後、この二人は、その辺の道を散歩している時、判らない草花があった時、このアプリを起動して、この草が何なんだか、判るようになっていたのだ！

これはもう。

「旦那！」

陽子さんにしてみれば、思わず詰め寄ってしまう。

「あんた、あの、アプリとか何とか、自分のスマホに入れることができた訳なのね？　なら、判っているでしょ、アプリって、結局、何、なの」

「……悪い。……知らない……」

「知らないんなら、何だってそれがあなたのスマホに入っているの！」

「……ほんとに申し訳ないんだが……判らない……」

そんなことがあるのか？

「いや、俺、そのアプリの存在を聞いた瞬間、〝欲しい〟って心から思っちまって、おまえが言った漫画を見て……でも、どうしていいか判らなくて……しょうがないから、何か、色々、やったみたい、なんだよね」

「え、色々、やった、って、どんなことを?」

「……それが自分で判っているのなら、今説明している」

「で、結局、どうやったら、その、謎の〝アプリ〟ってものが、あなたのスマホの中にあるようになったの」

「…………それが自分で判っているのなら、今、説明している」

「…………で、結局、アプリって、何なの」

「…………それが自分で判っているのなら、今、説明している」

……………………。


……まあ。

この時、正彦さんが陽子さんに何か隠しているとは、陽子さん、思わなかった。というか、もし〝隠している〟んなら、正彦さん、もっとましな説明をした筈だろうと思うし。

しかも。

こののち。

正彦さんのスマホの中の、謎のアプリは増えた。

ある日、陽子さんが気がついたら、正彦さんは、まったく別な行動をとっていたのだ。

知らない鳥がその辺にいたら。

その写真をとって、何かよく判らないアプリに照合する。すると、その鳥の名前が判る、そんなアプリが、いつの間にか、正彦さんのスマホの中には入っていたのだ。

これを知った瞬間、陽子さん、怒鳴った。

「旦那！　あんた、これ、何なの？　これ、知らない植物の名前が判るアプリとかっていうのの、親戚じゃないの？　この、鳥さんのアプリをいれた時のことが判るなら、あなただってさすがにアプリが何だか判るんじゃないの？」

「い……いや……ごめん……。ほんとに俺にもよく判らなくて……」

結局。未だに、陽子さんには判らない。

アプリが何なんだか、まったく判らないし……もっと、よく判らない話もある。

けれど、たったひとつ、判っていることはって言えば……。


多分。

本当にどうしようもなくなったら。

正彦さんは、何が何だか判らないうちに、これを〝何とか〟してしまうんだろう……な……あ。

それ、あり得ない。

ないしは、ずるい。

陽子さんは、心からそう思っているんだが……だが。

どんなに陽子さんが〝ずるい〟って思っていても実際に正彦さんはこれをやってしまったんだから……これはもう、陽子さん、事実として受け入れるしかない。

多分。

これを表す日本語は、ある。

〝火事場の馬鹿力〟。

この日本語が表現している事実を、生まれて初めて、実例として目にした……と、陽子さんは思った。

本来なら絶対できないことを、火事場ではひとはやってしまう。絶対に担げない筈の箪笥《たんす》を担いだり、火に巻かれそうになった子供を、手が二本しかないにもかかわらず、三人抱えあげてしまう。どう考えても物理的にできないことを、〝火事場の馬鹿力〟はやってしまう。

……同じことを……多分、正彦さんは、やってのけたんだよね。

うん。

そうか。

納得するしか、ない。

そうか。このひとは、火事場の馬鹿力で俳句をやっているのか。

と、まあ、以上が。

〝何かちょっと違う方向へ〟、正彦さんが突出してしまったことの……顚末《てんまつ》、で、ある。

で、まあ、とにかく。

正彦さんが、〝何か違う方向へ〟突出しだした頃、リアル句会ができなくなって。

しばらくの間は、それこそ、二階に登った瞬間梯子を外されてしまった正彦さん、うだうだしていたのだが……次に、もの凄い展開がくる。

Ｚｏｏｍ句会、で、ある。

☆

☆

現実で。リアルに句会ができないのなら。なら、Ｚｏｏｍで句会をやってみよう。

大学の授業をＺｏｏｍでやっているのなら。句会だって、Ｚｏｏｍでやって悪い訳がない。

どこかの、誰かが、そう思ったのだろう。

いや、リアルで色々規制されているひとは、みんな、似たようなことを思ったんだろう。

Ｚｏｏｍ句会というものが始まり、これがまた、正彦さんが会社を辞めた時とほぼシンクロしていて。（いや、コロナが酷いから、正彦さんは会社を辞めたのだ。なら、コロナが酷いから、句会がＺｏｏｍになる、この二つの時期が一致していたのは、必然なのかな。）

ここから、正彦さん、Ｚｏｏｍ句会に参加することになる。

☆

Ｚｏｏｍ句会。

これは凄い。

まるで正彦さんの為にあるような句会だ。（ある意味で。）

この句会に参加するひとは、自分の句をパソコンで投稿する。

パソコンで、投稿、する！

字を、自分で書く必要が、ない！

おそろしく字が下手な正彦さんも、とても字がうまい書家の方も、Ｚｏｏｍ句会では、字の優劣だけは平等だ。だってキーボードで打っているんだもん。

この句会になった瞬間、正彦さんは、書道の練習をやめた。（……なんか……お習字をやって、墨を磨るのがうんぬんかんぬんって言っていた正彦さんの過去の言動を思えば、これはあんまりなんじゃないのかなって、ちょっと陽子さんは思ったのだが……洗面所が墨で汚れなくなったのは、主婦としての陽子さん、とても嬉しかったので、勿論、陽子さんはこの問題を追及しなかった。）

しかも。

リアル句会の時も、句会が終わったあとは飲み会なんかがあったんだけれど、Ｚｏｏｍ句会の場合も。句会が終わったあと、時間があるひと達は、結構居残って、おしゃべりなんかをしている。こんなことになると、正彦さん、残ったひと達とおしゃべりなんかもできて。んで、只今の正彦さんが、おしゃべりをするとしたら、話題はたったのひとつだ。

「どうすればもっと俳句が上達できるんでしょうか」

みたいなことを、聞いてみた処、正彦さんよりはるかに俳句歴の長いひと達に、色々アドバイスを貰って。

そして。

気がついてみたら、正彦さんが参加する句会……もの凄い勢いで増えていったのだ。

まず、最初に紹介していただいた結社の句会が、月に一回。

それから、その結社の中でも、四十歳以上のひとがやっている句会が、月に一回。

陽子さんはよく判らないんだけれど、俳句にも新人賞みたいなものが色々あるらしい。ただ、小説のそういうものとは違って、俳句の賞って、年齢制限があるものが多いらしいのだ。若いひと優先。だから、若手がやっている句会なんてものもある。ある程度年がいったひとには応募資格がない賞もあるらしい。

んでもって、六十近くになってから俳句を始めた正彦さんは、当然のことながら〝ある程度年がいったひと〟に該当する。そして、そんな、四十以上のひとが集まってやっている句会。

まったく別に、週に一回句会をやっているグループにも紹介して貰えた。勿論正彦さんはそれに入った。週に一回の句会だから、これは月に四、五回やってる。

また、Ｚｏｏｍで句会やっているのとは違い、句を提出するとネット上で先生が添削をしてくれる句の集まりもあり、それにも正彦さんは加入した。

最初に加入した結社は、毎月の句会以外にも、三カ月に一回十句を、年に一回、三十句を紙に書いて投句するってものもあり（よい作品は結社の発行する雑誌に載せていただける）、当然正彦さんはこれにも投稿する。

この瞬間から、また、正彦さんは、字を丁寧に書くことを始めた……。まあ、書道に戻ることがなかった為、大島家の洗面所が墨で汚れることはなかったので、陽子さん、これを問題視しなかったのだが。

……で……結果として……。

只今、正彦さんは、月に六回か七回、Ｚｏｏｍ句会に参加していて、それ以外にも句を応募している。

やがて、『ＮＨＫ俳句』なんかにも投稿しだした。

他に投稿しているものもある。

と、なると。

どういう事態が発生するのか。

「俺は今、締め切りでもっのすっごく忙しいんだっ！」

と、これが、正彦さんの常套句《じょうとうく》になってしまう、そんな事態が発生してしまったのだ。

もうどんなからみだったのかは忘れてしまったんだけれど、何かあって、「旦那、あの件どうなってる？　そろそろやってくれないと……」なんてことを言った陽子さん、正彦さんから、一刀両断、「俺は今、締め切りでもっのすっごく忙しいんだっ！　んなことやってる時間があるかよっ！」って言われた瞬間……なんか、ほんとに、鳩が豆鉄砲をくらったような表情になる。

☆

いや、〝鳩が豆鉄砲をくらったような表情〟。

それがどんな表情なのか、陽子さんだって判っていないんだけれど（現実の鳩には、あんまり、表情ってものがあるとは思えない）、まさに自分が今、そんな表情になっていることだけは、判るような気がする。

「俺は今、締め切りでもっのすっごく忙しいんだっ！」

……一応職業作家である陽子さんにしてみれば……あの……あの……これは、私の、台詞、だよね。

けれど。

当時の陽子さんは、月刊誌の連載が二つあったから、毎月締め切りが二回。それとは別に、不定期で入るエッセイの依頼や、ひとの本の解説の依頼なんかがいくつかあって……でも、月の締め切りは、五回くらい。これでも陽子さんにしてみれば結構大変だったのだが……だが……考えてみれば、この時正彦さんが抱えている締め切りは、確かに、それどころではない数になっていたのだ。

Ｚｏｏｍ句会だけで月に六、七回。他のものも入れれば、うん、今、正彦さん、月に十回くらいは、締め切りがある。いや、句会以外で投稿しているものも数にいれれば、それどころじゃないかも。そんな話になってしまう。

と、いうことは。

あきらかに抱えている締め切りの数は……正彦さんの方が、多いのだ。

けど。

繰り返し書くけど、陽子さんは職業作家なんだよね。

だから、締め切りの数で、素人さんにこう言われても……。

それに。

書いている枚数が違う。

正彦さんが書いているのは俳句で、ということは、一句あたりの字数は十七字。一回の締め切りで三句提出するとして、あわせて六十字以内程度。

それに対して陽子さんが書いているのは小説で、一回あたり四百字詰め原稿用紙で四十枚程度。一万六千字、くらい。これが二つあって、三万字、くらい、かなあ。あと、突発的に依頼されるエッセイや解説なんかもあって……まあ……三万五千字、くらい？（陽子さんは、自分の原稿量をはかるのに、字数なんてまったく意識してはいなかったのだが、物理的に言えばこんな話になる。）

いや、けれど。

この比較には何の意味もない、むしろ、比較してはいけないって、陽子さんは思っていた。長編小説の中の四十枚と、ショートショートなんかの十枚×四本では、あきらかに後者の方が大変だ。それを思えば、むしろ俳句の方が大変なのでは……？

と、いう、ことは。

確かに字数では、私の方がずっと沢山書いているんだけれど、本当に大変なのは、旦那の方？

ちょっとそんなことを思った陽子さんなのだが、これはもう、絶対に納得しがたい。

いや、だって、陽子さんの方は、これ書かないと〝仕事的にまずい〟っていう話であって、旦那の方は、別に書かなくても何の問題もないっていうか、別に締め切り守らなくっても何の問題もないってことで……。

いや、けど、締め切りに優劣はないよな。仕事ではなくても、絶対守りたい、そんな締め切りはあるよな。

とはいうものの。

……何か……変だ、よお。

すっごく、変、だ。

これだけは、陽子さん、絶対に言いたいと思った。

でも、同時に、言えない、とも、思った。

締め切りに、優劣はない。

いや、違う。
締め切りに、上下は、ない。
天は、締め切りの上に締め切りを作らず、また、締め切りの下に締め切りを作らず。
うん。
締め切りに、貴賤は、ない。
ここの処は。
ここの処だけは、陽子さん、もう絶対にそう思うんだけれど……だけど。

☆

とにかく。
旦那には、守らなければいけない〝締め切り〟が、ある。勿論、陽子さんにだって、守らなければいけない締め切りは、ある。

そして、旦那の締め切りの数と、自分の締め切りの数を比べれば、あきらかに旦那の方が多いのだ。

なら、しょうがない。


「俺には締め切りがあるんだから」

って理由で、旦那が家事の手を抜いたら。それを補うのは、陽子さんだ。

そうだ。

正彦さんは、なんかちょっと誤解をしている。

本当に締め切りがきついのは、仕事である陽子さんの締め切りじゃなくて、趣味である正彦さんの締め切りでもなくて、実は、家事なのだ。

基本の家事は、これはもう、毎日が締め切り。毎日やらなきゃいけない、とんでもない〝締め切り〟。

もともと〝家事〟をしたことがなかった正彦さんは、〝締め切り〟がない〝家事〟を、〝締め切り〟までにやらなくてもいいことだって思っている風情はないか？

とんでもない話である。〝家事〟は、絶対的に〝毎日〟やらなきゃいけないから〝家事〟なんである。どんな〝締め切り〟よりもきつい締め切りがあるのが〝家事〟なんだけれど、こんなこと、〝家事〟やったことがない奴には感覚的に判らないのか……。

いいや、当たり前である。家事の締め切りは、守らなくてもいい。罰則なんて何ひとつない。

二日くらいなら、やらなくても何とかなる。二日どころか、もっとずっとやらなくても、何とかはなる。

けど、そのかわり、この〝締め切り〟を守らないと、その日の御飯がなくなったり、翌日に着る下着がなくなったり……時間がたてば、お風呂がぬるぬるして気持ちよく入れなくなったり……この〝締め切り〟を守らない日が続けば続く程、日常はひっどいことになってゆくんだけれど……家事やったことがない奴には、これが感覚的に判らないのか。家で日常を行っている以上、どんな〝締め切り〟よりも絶対にやらなくてはいけないのが〝家事〟なんだけど、そんなこと、主婦には自明の理なんだけれど、家事を日常的にやっていない奴には、これが判らないのか。

だから。家事をやりながら……陽子さん、ちょっと、悩んでいた。

いや、だって。

旦那が定年になって、それで家事をやって貰える、陽子さん、そんなことを夢見ていた筈なのに……なのに。

今の状況は。

なんか、違う。

ちょっと、違う。

いや、かなり、違う。

何で、旦那の締め切りの為に、私が苦労しなきゃいけないいんだあっ！

第七章　そうか。家にいるひとは御飯を食べるのだった……

正彦さんがずっと家にいるようになって、しばらくたって。

陽子さんは、驚いた。

うん、その……「買い物ってこんなに大変なことなんだっけか？」って意味で。

☆

いや。

最初はちょっと違ったのね。

正彦さんがずっと家にいるようになった、最初の頃は、陽子さん、正彦さんと一緒にお散歩なんかしていて、そして、お散歩帰りにスーパーへ寄り、そこで買い物をしていた。

この時陽子さんが思ったのは、「ああ、ありがとう！　旦那がいてくれると、お買い物がとても楽！」。

うん、そうなのだ。この時は、そうだったのだ。

正彦さんさえいれば、陽子さん、今までと違う買い物ができる。

何たって、持って帰れる量が違う。

この頃、陽子さんはとても安く野菜を売ってくれるお店をとっても贔屓《ひいき》していて……でも、このお店は、なんか、普通のスーパーとは基本理念が違っていたのね。

沢山買えば買う程、安くなる！

このお店の基本理念は、これに尽きた。（なんか、気持ちとして、業務用スーパーに近いのかも知れない。）

だから、売っているものの単位が……普通のスーパーとは、ちょっと違う。基本、野菜が主なのだが……キャベツを丸一個、とか、白菜がまるまる一個、とか。

これ、料理をしないひとには判らない感覚なのかも知れないけれど。二人暮らしの家で、白菜を丸一個っていうのは……買っていい量ではない。いや、買ったっていいんだけれど、二人暮らしで、白菜を丸一個食べきるのは……かなり大変。（……いや……無理、だろう……。）

白菜と豚肉のミルフィーユとか、あとはひたすら鍋料理とか、もう「とにかく白菜を使う！　ひたすら白菜を使う料理をするぞ私は！」って意気込まないと、そしてそれを何日も続けないと、二人で白菜を丸一個食べきるのは、ほんとに大変。（んでもって、まさか何日も白菜メインの料理ばっかり作る訳にもいかないし、大体が、会社勤めをしている頃の正彦さんは、毎日家で夕飯を食べてくれる訳ではない。そもそも、その日正彦さんが家で夕飯をとってくれるのかどうか、出社しなければ判らないような状態が常だったのだ。）

ということは……白菜丸一個だなんて、間違いなく陽子さんは買ってはいけない。

（だから、普通のスーパーでは、白菜一個なんて滅多に売っていないのである。うん、普通の家庭で普通に使う白菜の量って、ま、そんなもんだから。いや、「あ、今日は豚汁だから白菜ちょっと欲しいな」、なんて場合は、八分の一カットでも多すぎる。その場合、陽子さん、残った白菜をひたすら浅漬けなんかにしたんだけれど——三日もたつと、切り口からどんどん白菜が傷んできてしまうのである、だから、できるだけすぐに白菜の残りを何とかしなきゃいけない——、でも、これやっちゃうと、今度は、「白菜の浅漬けばっかり、どうしたもんか……」って事態になる。）

ただ。

もう、くらくら、くらくら、陽子さんが誘惑されたのは……丸々一個の白菜の、このお店での価格が……も、すっぱらしく、安い！　季節と時間によるんだけれど、その辺のスーパーの八分の一カットの白菜と、このお店の丸々一個の白菜って……丸々一個の白菜の方が、倍以上に安い。（いや、安い、に、倍以上って言葉をつけると、何か矛盾を感じるな。これは、普通のスーパーの八分の一カットの白菜を八つ買うと——つまり、普通のスーパーで一個分の白菜を買うと——、そのお値段で、このお店では、丸々一個の白菜が、二個以上買えてしまう、ということだ。しかも、状況によっては、これがもっと安くなるんだな。）

お値段だけで考えるのなら、これはもう絶対、買うべきはこのお店の白菜だ。

ただ、間違いなく、このお店で白菜を買ってしまった場合……白菜の、かなりの部分が、傷んでしまう可能性が否定できない。そして、それが判っているのに、このお店で白菜を買うこと、これは陽子さんにはできかねた。

いや、食品ロスを止めようなんて大上段に構えた理屈ではない。もっと単純に、〝食べられる食材を傷ませてしまうのは調理をする人間の恥である〟って陽子さんが思っていたからだし、また、〝食べられる食品を傷ませてしまうのは白菜を作ってくれた農家のひとに対する、最大級の侮辱だ〟って陽子さんが思っていたからである。

それに。

もっと大きな理由として……丸々一個の白菜。もし、これを買ってしまったのなら。

この日、陽子さんは、他のものが殆ど買えなくなる。

それは何故かって……丸々一個の白菜みたいに、大きくて重いものを買ってしまったら、そしてそれを自分の鞄の中にいれてしまったら……鞄の容積的にも、陽子さんが持って歩ける重量的にも、その他のものなんて、買える余地がなくなるからだ。

また。

このお店は、陽子さんにとって魅惑的であり、破滅的でもあることを、他にも沢山やっていた。

一番「あああ……」って思ったのは、夕方サービス。

夕方になると、ただでさえ安かったこのお店の野菜、もっとずっと安くなるのである。

例えば、それまで、一把《わ》百円だった小松菜が、夕方サービスになると、いきなり割安になる。けれど、その、〝安くなり方〟が……陽子さんが「こうして欲しい」って思っているものと、ちょっと違う。

陽子さんにしてみれば、それまで一把百円だった小松菜が、一把八十円になってくれれば、これはすっごく嬉しい。けれど、このお店は、そういう値引きの仕方を、まず、しない。

じゃ、どんな値引きの仕方をするかっていうと……。

「夕方サービス！　今まで一把百円だった小松菜が、二把でも百円！」

……安くなっている。半額になっている。けれど、それは、価格が半額になったっていう訳じゃなくて（いや、実質的には半額にはなっているんだが）、量が倍になっているんである！　そう、このお店のサービスって……確かに結果からみれば価格は安くなってはいるんだが……価格自体は変わらず……量がひたすら増えてゆくのである。

そして。この値引きの仕方だと……二人暮らしの陽子さんにとっては……いや、確かに安くはなっているんだよ、安くはなっているんだけれど……あの……小松菜二把って……これを二人暮らしで、しかも旦那がいつうちで夕飯を食べてくれるのか判らない状況で……消費するのって、無理、でしょ？　って話になってしまうのだ。

もっと凄いのは、ザルによるサービス。

このお店では、もともと、ザル一つ百円ってものが、店頭にずらっと並んでいて、これはこれだけでかなり安かった。そして、これが夕方サービスになると。

「はい、夕方サービス！　今まで一ザル百円だったんだけれど、これからは、二ザルで百円！」

はい、半額になっている。けれど、ザルにはいっているものは、結構同じものが多く……あの、これ、量が二倍になってるって話だよね？　勿論、違う野菜がはいっているザルもある。けれど、陽子さんが欲しい野菜がうまい具合にザルに配分されている可能性はまずなく……確かに半額にはなるんだけれどさ、私は今日、この野菜とあの野菜が欲しいんだけれどさ、百円で二ザル買っちゃうと、まったく使う予定がない、他の野菜がついてきちゃうんだよね。しかも、野菜によっては、傷みやすいものもある。今日の夕飯では使う予定がない、傷みやすい野菜買っちゃって、明日旦那が夕飯食べてくれなかったら、これ、買ったはいいけど傷んじゃう。こ……こ……これは、やっぱり、嫌、だよね？

また。

もっともっと衝撃的だったのは……箱によるサービス。

このお店に最初に来た時、陽子さんが息を呑んだのは、トマトだった。

「このトマト、半箱○○円！」

その時、陽子さんの視界にはいったのは、見事なトマトが、十数個はいっているダンボール箱で……この、トマトが、半分で、○○円？

……嘘、だろ？　あるいは、何かの、間違い？

で、おずおずと、陽子さんは、聞いてみた。

「あの……半箱○○円って……このトマトが」

「あ、半分で、○○円ね」

って、お店のひと、箱の中のトマトの半分を、分割してザルに載せてしまった。だから、ダンボール箱の中に残っているのは、まさに、半箱のトマト。んでもって、お店のひと、それを指で示して。

「この、半箱のトマトが、○○円ね」

や……や……安いっ！　しかも、このトマトが、素晴らしいっ！　ぴんと張っていて、ほんとにみずみずしくて、これが、○○円？　これが、○○円！

その日は陽子さん、トマトを使う料理を作る予定なんかまったくなかったにもかかわらず、でも、このトマトを、ついつい勢いで買ってしまった。だって、こんなに素敵なトマトがこんなに安いだなんてあり？　って思ったから。（そして案の定、このトマトを生のままで使いきることができず、最終的にこのトマトの半分くらいは、トマトソースになってしまったのである……。）

で……この時以降陽子さんはひたすらこのお店を贔屓するようになったのだが……この後も。

「はい、夕方サービス、半箱○○円の野菜が、一箱になります。一箱××円！」

や……安い。すっごく、安い。さすがに箱では、半箱○○円が、一箱○○円にはならなかったんだけれど、でも、それでも信じられないくらい安い。この値段なら〝買い〟に決まっている。けど……量が、ただごとではない。夫婦二人の家族が、野菜を箱買いなんて、していい訳がない！

このお店では。

もう、とにかく、〝量〟なのだ。

確かに、とても、〝安い〟。

けど、それは、量が凄いから安くなっているっていう傾向があって……。

この傾向は、果物でもっと顕著になった。

　みかんなんか、一キロいくらなんだけれど、夕方になれば、それはどんどん安くなる。

けど、それは、一キロのみかんが安くなるんじゃなくて、ただただみかんの量が増えてゆくのである。

二キロ、三キロ……あの、ねえ。

確かに。

もの凄く、安くなっている。それは確かだ。ただ……けど……どう考えても、夫婦二人の世帯で、みかんを三キロ買ってしまうと……それは、みかんが傷む前にちゃんと食べきれる量なのか？　この辺の処がとっても謎で……。

いいや。その前に。二キロのみかん。んなもん、普通の主婦が普通に買い物をしている時、持って帰れる量とは思えん。


だから。

正彦さんが定年になって、陽子さんとお散歩がてら一緒に買い物をするようになって、最初に陽子さんが思った、「ああ、旦那がいてくれると、お買い物がとても楽！」って感想は、ここの処に由来する。

旦那がいてくれれば。旦那さえいれば。

重いものはみんな旦那に任せればいいんだよ。

この場合、殆ど正彦さん、〝自動重いもの持って歩き器械〟である。

でも、本当に陽子さんは、〝自動重いもの持って歩き器械〟の正彦さんに、感謝していたのだった。

ああ。

（勿論買わないけれど）買う気になれば、白菜を一個、買うことができる。〝自動重いもの持って歩き器械〟って、何て素敵なの！　この器械があるのなら、キャベツ一個とか、お米だって二キロじゃない、五キロが買える！

（……あと。陽子さんはあんまり意識しないようにしているんだけれど……実は、陽子さんが重い物や容積が大きいものをあんまり買えないのには、他の事情もあった。

まず、前提条件として。

とにかく、このひとは本を読むのである。正彦さんが定年になる前までは、年間、三、四百冊くらいしか本を読んでいなかった陽子さんなのだが——……書いていて思った。これ、〝しか〟って言っていいのか？〝しか〟って表現が許される量なのか？——、正彦さんが定年になって、自分の好きな俳句なんかに時間を割《さ》くようになった瞬間、陽子さんの、箍《たが》がはずれた。正彦さんが趣味の俳句をやっているのだ、それに思いっきり浸りこんでいるのだ。なら、自分だってもっと趣味の本を読んだっていいだろうって思ってしまい……結果として、只今の陽子さんは、年間……六、七百冊くらいの本を読むようになっていて……あー、実情は、もっと、かな。となると……その……毎日買っている本の重さと容積が結構凄い。こんだけ読んでいるのだ、日々携帯している本の重量と容積もある。一日二冊平均くらい本を読んでいるんだもの、陽子さんの鞄の中には、バス待ちの時間の為や、バスや電車に乗っている時間の為に、本が常備されている。そして、勿論この状況下でも、陽子さんは、本屋さんへ行ったら本を買う。うん、こんな状況下では。鞄の中に、常時本が複数はいっているんだもの、〝買い物〟にあまり重量と容積を割くことは、重量、および容積的に、不可能。）

☆

とはいうものの。

実は、この〝陽子さんの思い〟って……正彦さんが定年になってすぐの時の話である。

うん、その〝思い〟って、「ああ、旦那がいてくれると、お買い物がとても楽！」っていう奴ね。

けれど。

旦那が定年になってから時間がたつと、やがて。

まったく違う思いが、陽子さんの心の中に発生しだしたのだ。

それが、一番最初に書いた奴。

「買い物ってこんなに大変なことなんだっけか？」

☆

と、いうのは。

定年になった後。

正彦さんは、毎日家にいるようになった。


まさに、陽子さんにとって、〝夢〟のような展開である。

けれど。

夢には、〝素晴らしいもの〟っていうのと同時に、〝悪夢〟って奴もあるのであって……。

はい、ここからは、〝悪夢〟の発生。


定年になった正彦さんは、毎日家で夕飯を食べるようになった。今まで、週の半分、うちで御飯食べてくれたら嬉しかった旦那が、ほぼ毎日、同窓会の集まりとか、何か特殊な事情がない限り、うちで夕飯を食べてくれる。

あ、嬉しい。正に夢のようだ。

それから、毎日朝御飯も、家で食べる。いや、これは、今までだって、そうだったよね。

うん、そこはいい。

でも……この辺で陽子さん、あれ？　って思う。

旦那……毎日、お昼御飯も、うちで食べるんだよ……ね？

いや、そりゃそうでしょう。

人間は、朝御飯を食べて、昼御飯を食べて、そして、夕飯を食べる。

それが普通なんだから、毎日うちで朝御飯と夕飯を食べてくれるんだ、そりゃ……昼御飯だって、うちで食べてくれるでしょうよ。

けれど。

それまでは陽子さん、会社勤めの旦那のお昼のことなんか、考えたことがなかった。これは、旦那が自分で勝手に食べてくれるものだと思っていた。

けど……考えてみたら、ずっと家にいる旦那は……そりゃ、うちで、お昼御飯を食べるんだよ……なあ……。

☆

最初に陽子さんが「……あれ？」って思ったのは、お米の減り方だった。

正彦さんが定年になる前の大島家では、二キロのお米を買って、それを、順次、大きめのタッパーにいれていた。

いや、最初は米びつにいれていたんだけれど、結構これって、虫がはいってきてしまう可能性があって。（一回、虫が湧き、米びつに唐がらしだのいろんなものを陽子さんはいれてみたんだが、それでも、二回目に虫が湧いた瞬間、陽子さん、米びつより密閉性があるタッパーに、お米の保存容器を変えたのだ。)

それに、正彦さんが会社員をやっていた頃の大島家では、お米なんて、そうそう使うものではなかった。(正彦さんは、あんまり家でお米を食べてくれない。会社員時代の正彦さんの朝御飯は、基本的に陽子さんが作っている野菜スティックと果物だった。とにかく会社員時代の正彦さんの朝は忙しかったので、片手で摘《つま》める野菜スティック以外の、例えば白い御飯と納豆なんかは、不可だったのだ。——ただ、これではどうも足りなかったらしく、正彦さん、会社でおにぎりを食べたりしていたようなのだが——。また、夕飯も、白い御飯とおかずに副菜とお味噌汁ってものがスタンダードではあったのだが、お好み焼きやパスタなんかの場合も結構あり、陽子さん、あんまり家では白いお米を炊かなかったのだ。)

だから、大きめのタッパーにお米をいれて、使う分だけ、そこから出す。これで何の不自由もなかったのだ。

で、いつの間にか、大島家では、お米は大きめのタッパーにいれる、そして、そこから必要な分だけを出す、米びつを使わない、こういう使い方がデフォルトになったのだが……。

旦那が定年になった瞬間から。

この〝お米の使い方〟がデフォルトではなくなった。

と、いうのは。

とにかく、やたらとお米が減るのである。

毎日、もう、ひたすらお米が減るのである。

タッパーになんていれていている場合じゃない。

本当にお米が、毎日毎日、どんどん、どんどん、減るんである。

これは……何だ？

いや、答は最初っから判っている。

旦那が、家で毎日御飯を食べるようになったからだ。

今まで、週に二、三回しかうちで御飯を食べなかった旦那が、毎日うちで御飯を食べる。

それも、一日、三回、食べる。

こりゃ、減るでしょう。お米、減るでしょう。どんどん、どんどん、減り続けるでしょう。


実は陽子さんは、あんまりお米の御飯を食べない。

これは、ひとりで御飯を食べる時、お米を炊くのは面倒だなって陽子さんが思っていたせいもあるし、また、陽子さんが結構パン好きであったせいもあって、正彦さんがあんまりうちでは御飯を食べない時代には、陽子さん、正彦さんが食べない時の夕飯を、パンやパスタで済ませていたのだ。

けれど、正彦さんが毎日家にいるのなら。

大島家での〝御飯〟としての米の比率はあっという間に上がり、ふと気がついたら、もう、お米の減り方が凄い、凄い。

また、同時に。

お肉の使用率とお魚の使用率が、驚く程に増えた。

まあ、これは納得である。

パンやパスタがメインなら、お肉やお魚を使わないものも結構あるけれど、メインが御飯なら、そりゃ、主菜はお肉やお魚になる。

で。

野菜は、ちょっと買いすぎても翌日に回したり何だりできるんだけれど……お肉とお魚は、これがやりにくい。なんか、傷んでしまう気持ちになるのである。

で、その日に使うお肉はできるだけその日に買う、その日に使うお魚もできるだけその日に買う……そんなことをやってみたら。

まず。

お買い物は、毎日。

そんなことになってしまった。

いや、だって、主菜がお魚かお肉なんだもん。これは、毎日買い物をやるしか、ない。

と、こうなると……。

☆

〝自動重いもの持って歩き器械〟の旦那！

このひと……私にとって、都合がいいだけのひとでは、ない！

大変遅ればせながら。

やっと陽子さんは、これに気がついたのだ。


いや、だって、このひと。

〝自動重いもの持って歩き器械〟の癖に……このひとがいると、そもそも、買い物の量が、もの凄い勢いで増えてしまうではないかっ！　（……いや……ごめん。自分の旦那のことを、〝自動重いもの持って歩き器械〟だって思ってしまうことが、そもそも、妻としてまずいよね。まして、毎日御飯を食べることを問題にするだなんて、これは、妻としてどころじゃなくて、人間として、まずいよね。）

これに思い至った瞬間、陽子さんは、なんかもう、くらくらした。


確かに。

毎日のお買い物は、旦那がいてくれると楽である。

重いものを持ってくれる旦那がいてくれたら、ほんとにこれはありがたい。

けれど。

〝自動重いもの持って歩き器械〟の旦那がいるせいで……旦那の、朝御飯や昼御飯や夕飯を作る為に、買い物、その総量が、もの凄い勢いで増えてしまうんだよ！

ああ、何かもう、くらくら、くらくら。


同時に陽子さんは、疑問を感じてもいた。

……他のひとは……どうしているんだろう……？

☆

陽子さんが思うに。


うちの旦那は、すでに六十を超している。これはもう、成長期では、間違いなく、ない。

（どう考えても老年期である。）

でも、この旦那がいるだけで、うちのお米の消費量は、ただごとではない勢いで増えてしまっているのである。同じく、老年期である、女の陽子さんと……食べる量が、それでも違う。違いすぎる。

それを考えると……本当に、おそろしい。

もし。

ああ、考えるだけで怖いな、でも。

もし。

只今の旦那が、十代だったらどうしよう。

もし、旦那が今、十代だったら。

御飯……すんごい勢いで、食べる、よ、ね？

六十代の旦那が、今の陽子さんからみて〝驚くような〟量のお米を食べるんなら……十代の旦那は、もっと凄い量を食べていた筈だ。これはもう、〝陽子さんが驚くような量〟ではない筈。そんなものとは桁が違うお米を、十代の正彦さんは消費していた筈。

うん。

陽子さんは、子供の頃、お祖母ちゃんに育てられていた。両親が共稼ぎだったので、陽子さんと妹の粒子《りゅうこ》さんを育ててくれたのは、父方のお祖母ちゃん。で、お祖母ちゃんは、陽子さんと妹の粒子さんの為に、毎日御飯を作ってくれていたんだけれど……その時に炊いていた御飯の量は、多分、そんなにもの凄いものではなかった筈。当時会社員だったお父さんとお母さんは、家で夕飯を食べられるような時間にそもそも帰ってきていなかったから、お祖父ちゃんとお祖母ちゃん、そして、自分と妹の為だけの御飯を、お祖母ちゃんは作ってくれていた筈。んでもって、これは、一家四人の世帯としては、そんなに多い量ではなかった筈だ。

というのは。お祖母ちゃん、陽子さんのいとこ達が遊びに来ると（つまり、お祖母ちゃんにとっての外孫、特に男の子が遊びに来ると）、ちょっと信じられないくらいの量の御飯を、作っていたよね？　でもって、いとこのうち、男の子達は、そんな信じられないような量の御飯を……確かに食べて、いた、んだ。え、どうしてこんなに御飯を炊くのって思っていた量の御飯を……いとこの男の子達は、あっという間に食べきってしまっていたのだ。

それを考えてみたら。

成長期の旦那は、老人と女ばかりの世帯で育ってきた陽子さんにしてみればほんとに信じられないような、そんな量のお米を、日々、消費し続けていた可能性がある。と、いうか、おそらくは間違いなく、〝そんな量〟を消費し続けていた筈なのだ。

と、いうことは、その頃の旦那にとって、お米、どれ程必要だったんだ？

お米、多分、二キロで買っている場合じゃないよね？　二キロで買ったお米をタッパーに詰めて、ちびちび、ちびちび、使っている場合じゃ、ないよね？　十キロだってあっという間だよね？

でも、十キロのお米なんて、そもそも陽子さんは買ったことがないし……いや、その前に。そんな〝重い〟もの、どうやって家まで持って帰ることができるのか、その辺の処からして、陽子さんにはよく判らない。（陽子さんは、十キロもお米を買ってしまったのなら、その段階でスーパーで硬直してしまい、動けなくなる自信がある。と、いうか、十キロもの重さのものを、自分の鞄にいれること……これが多分、不可能だろうなあ……。）

と、なると。

と、これは。

ど、ど、どうしたらいいのか。

これが本当に判らなかったので、陽子さんちょっと唖然《あぜん》としてしまった。


ここで、〝答〟を示してくれたのは、妹夫婦だった。

妹――粒子さんの処。

あそこは、多分粒子さんも免許持っているし、その旦那も免許持っている。車もある。甥と姪も、免許持っている。

まあ。妹の粒子さんは、多分、安全上の理由から、車を運転したりしないだろうけれど（自分のことがあるから、何故か陽子さん、これだけは確信していた）、義弟と甥と姪は、そういう規制がないんだから……まあ、妹一家は、多分、〝車〟でこういう問題を解決している……ん、だろう、なあ。

そりゃまあ……本当に、答としては簡単で。

〝車〟さえあれば、この話は、すべて、終わるのだ。

☆

けれど。

考えてみれば、〝車〟がないひとだって、いるのである。


子供がいて。

それも複数で。

場合によってはそれが男の子で。

しかも男の子複数の可能性もある。

そうしたら、その子供達は、もの凄く御飯を食べる。食べるに決まっている。

そして。

こんな家族を擁《よう》するひとが……免許を持っていない可能性は、ある。あるいは、免許を持っていても、駐車場関係の理由エトセトラで、自家用車を持っていない可能性は、ある。

…………。

そうしたら。

このひとは、一体全体、どうしたら、子供が必要としている食材を、家に持って帰ることができるんだろうか。

まして、御本人が女性で、仕事をしていたのなら。

そのひとの鞄の中には、仕事で必要なものが詰まっている（筈だ）。ただ、本を買っているだけの陽子さんより、このひとの鞄の中身の方が、多いに決まっている。

んで……この状況で……食べ盛りの男の子を何とかする食材を……会社帰りにこのひとは調達していたのか？

……これ……どう考えても、無理、でしょ？

どうやったらそんなことができるのか……考えれば考える程、答は一つだ。

これ、無理、でしょ。

んで、これが判った段階で。

本気で、陽子さんは悩んでしまったのだ。

しかも。

いくら悩んでも、この答は判らない。

そして、実際に。

まったく局面は違うのだが、この疑問を、実際に男の子がいて、免許を持っていなくて、旦那さんがずっと単身赴任だった女性編集者に聞いてみた。(旦那さんがずっと単身赴任っていうことは、たとえ旦那さんが免許を持っていたとしても、現実の生活で、旦那さんの免許をあてにする訳にはいかないということだ。)

と。

彼女。

軽々と。のびのびと。

こう言い放った。

「生協の宅配です」

……え?

え、あ、そう、なのか。

この瞬間、陽子さんは初めて気がついたのだ。

ああ、そうか、生協の宅配。

これには、そういう意味も、あったのか。

☆

車がないひとの家にも、宅配をしてくれる。

そのひとの家まで、食材を届けてくれる。

それをやってくれるのが、〝生協の宅配〟。


それまでは陽子さん、宅配のことをちょっと軽んじていた。

いや、だって、陽子さんにしてみたら、〝買い物〟っていうのは、毎日やるべきこと。毎日やらないと、「ほんとにその日に必要な食材は手にはいらないでしょ」って思っていた。だから、食材を宅配で手にいれているひとのこと、ちょっと軽んじていた風情が、あった。(宅配で手にいれるっていうことは、そのちょっと前に注文を出しているっていう話になるんだから。)うん、本当にその食材が欲しいのなら、ちゃんと自分で買いに行けばいいのにって。

それに。やっぱり、お肉やお魚は、野菜だって、自分の目で実際に見て買いたいな、とは思っていたのだ。

その日に実際にスーパーへ行って、一番気にいった食材でその日のメニューを考える。これがいいなって思っていたのだ。

けれど。

ちょっと立場が変わってみたら……こんなことがあったから……やっと、判った。というか……初めて、判った。

〝とにかく毎日の食材が重くて、とてもじゃないけれど持って帰れない可能性があるのなら〟。

これ、宅配してくれる組織が、どんなに有り難いのか。

……どうしよう。

只今、陽子さんはお悩み中である。

生協の宅配……うちも、頼もうかなあ。

けれど、それを頼むとなると。今度は別の問題が、陽子さんの心の中で発生する。

実は、陽子さん、クレジットカードの類を一つも持っていないのだ。カードで決済することになったら、自分が今月いくら使ったのかが、おそらくは判らなくなってしまう。そんなことになる予感が、ひしひしとするので。

……どうしよう。

この生活が続くのなら、やっぱり生協……。

それに。

今、社会はどんどんキャッシュレスに向かっているじゃない。

このままずっと、現金のみを使い続けるのって、無理な気がしないでもない。

……ああ。

……どうしよう……。

この年になって、こんなことでこんなに悩むだなんて……。

ああ、本当にどうしたらいいんだ！

第八章　……え、これ、普通においしい

さて。ところで。

正彦さんが定年になった時、陽子さんはいろんな夢をみたものだった。

一番〝だいそれた〟奴は、「調理以外の家事、全部旦那に押しつけちゃって、私は仕事と御飯作りだけをやる」っていう奴ね。（実は今でも陽子さんは、これを夢みているのだが、どう考えても無理なので、できるだけ考えないようにしている。）

ああ、そんなことがもしできたのなら、もし、もし、もし、そんなことができたのなら、それはどんなに陽子さんの人生、楽になることだろう。だって、その場合、陽子さん、御飯を作って、あとは仕事するだけでいいんだよ？　そんな楽な人生、今まで想定したこともなかった。

……この意思表明のちょっと変な処は。どうも、陽子さん、家事の中で、御飯作りだけは、自分でやりたい……らしい、のだ。

と、いうのは。

陽子さん、自分が作る御飯に妙な自信があって……。

私が作る御飯は、おいしい。

客観的に言って、これが正しいのかどうかは判らない。

ただ、陽子さんは間違いなくこう思っていた。（また、この陽子さんの思いを助長するかのように、正彦さんも、陽子さんの作る御飯を、ひたすら、おいしい、おいしいって言い続けてくれていたのだ。……うん。いい旦那である。）

そして、陽子さんは、おいしい御飯を食べるのが好きだ。

故に、下手に御飯作りを正彦さんに任せて、結果として、おいしくない御飯を食べるのだけは、嫌だったんだよね。


特に、陽子さんが嫌っていたのは、コンビニ弁当と冷凍食品。

その理由は、まったく、ない。（いや。はるか昔。三、四十年も前。何かの都合で食べたコンビニ弁当と冷凍食品がほんとにおいしくなかった……ん……だろう、なあ。そんな経験が、多分、一回はあったんだろうなあ。）

ただ、何となく。

コンビニ弁当と冷凍食品はまずいって、陽子さんは、思っていたんだよね。

けれど、それを覆《くつがえ》すことが……あったのだ。

すっごい、勢いで、話は変わる。

☆

正彦さんが定年になったちょっと後。言い替えれば、コロナが問題になった、その、少し後。

当時、大阪在住だった正彦さんのお母さんは、認知症になってしまって久しく、お父さんひとりではどうにも対処ができなくて、結果として大阪の認知症のグループホームに入居していた。これはもう、随分前からそこに入居していたので、施設のひとと正彦さん達も結構交流があり……コロナが発生した時、みんなして困ってしまったのだ。

何たって、それまでは、正彦さんと陽子さん、かなりしばしばその施設に行っていた。（この施設には、のち、お母さんとは型が違う認知症になってしまったお父さんも、入居することになったのだ。だから……親、二人が、幸いなことに同じ施設に入居してくれたので、正彦さんと陽子さん、ちょっと違うんだけれど、里帰りのつもりで、この施設に行っていたのね。ただ、お父さんの方は、コロナ直前に、いきなり亡くなってしまったので……。闘病も何もない、その日の夕方まで普通に元気だったお父さん、眠っていてぽっくりと。お医者さまによる死因は、〝老衰〟になっていて、これは、ある意味、幸せな亡くなり方だったんじゃないかと、正彦さんと陽子さんは思っている。）

そして。

コロナが流行しだした瞬間から……一般的に言って、この類の施設って……普通のひとが訪ねること、それ自体が〝不可〟になってしまったのだ。

いや。

訪ねたって、いい。

ただ、施設の中にはいることは、不可。


これは、全国的な、そして、全施設的な問題だったのだろうと思う。

陽子さんの友達で、似たような状況になったひとは、一杯、いた。

いや、これが正しいのかも知れないと、陽子さんも思うのよ。

老人施設とか、あるいは、障害者施設とか。

あきらかに、状況的に〝弱者〟であるひとがはいっている施設。こういう施設に、普通のひとが、普通に訪ねてゆくのは……コロナが蔓延している当時の状況では、確かに、まずい、の、かも。うん、この場合の〝状況的に弱者〟っていうのは、大体の場合、〝感染症的な意味での弱者〟でもある訳で、普通のひとが、普通にお見舞いに行ってしまい、結果として、免疫的に弱い御老人や障害者の方がコロナに感染してしまったら、そこでクラスターが発生してしまったら、それは、絶対に、まずい。

それは、判る。

だから、こういう施設が、面会不可になってしまったのも、しょうがないと思う。

けれど……。

人間って。

何を楽しみにして、生きているんだろうか。

いや、いきなり、すっごい大上段に構えたことを言ってしまっているけれど。

だから、正しいことなんて絶対に言えない、それだけは判っているんだけれど。

陽子さんは、思う。

今の処、私は、認知症になるつもりはない。（いや、これは、すべてのひとが〝ない〟だろうとは思う。けど、どんなに本人がなるつもりがなくても、それでも〝なって〟しまうのが認知症。）

だから、認知症になってしまったお母さんが何を考えているのか、これはまったく判らない。

けれど、私が。

何かの病気で、入院を余儀なくされてしまったとして……その〝入院〟が、数日ではなく、数週間でもなく……〝数年〟になってしまったとしたら……。

これはもう、想像をするしかないのだが。

何が楽しみって、家族や友達の面会くらい楽しみなことって……きっと、ないような気が、する。

入院して。本も読める、ＴＶも見ることができる、ネットに接続することだってできる、でも、そんなことよりもずっと……〝生きて〟〝動いている〟家族や友達が、〝実際に〟来てくれること、それが嬉しいんじゃないのかなって、陽子さんは、想像する。想像するだに、絶対に嬉しいのが、これ、だ。

けれど。

コロナは、これを、できなくしてしまった。

いや、医療側が言っていることは、判る。

下手に一般のひとのお見舞いをOKにして、下手に一般のひとが普通に病棟にはいって、それで、そこで、コロナが蔓延してしまったらどうするんだっていう、その恐れは、判る。だから、一般のひとのお見舞い、それを全部駄目だっていう、それは全部遠慮して欲しいっていう、病院側の意見も判る。

というか、その意見は、正しいと思う。反対するつもりは、ない。

けれど。

これは、なんか、とてつもなく寂しいような気が……どうしても、してしまうのだ、陽子さん。

また。

この頃、正彦さんは、半日ドックでひっかかった病気で、一週間程入院することになったのだ。

この間、原則的に、面会不可。(正彦さんの着替えだの何だのは、ナースセンターにことづけることになっていた。)

これ。

お見舞いに行く側の陽子さんが、とても寂しくて辛かったのだ、入院している患者である正彦さんは、もっと寂しくて辛かっただろうと思う。

ただ。

お母さんと違い、正彦さんは、スマホを使うことができる。だから、毎日陽子さんは、入院している正彦さんと、スマホでしゃべることができた。(そういう能力がない陽子さんと正彦さんはできなかったけれど、スカイプとかそういうもので、相手の顔を見ながらしゃべることだって、ひとによってはできたのではないかと思われる。――いや、陽子さんはほんとにスマホを使うスキルがないし、陽子さんよりはスマホを使える正彦さんだって、「じゃあ、この何とかかんとかはどうやってやるの?」って陽子さんの質問に対しては口ごもるしかない。その程度のユーザーなのだ、この二人。)

それにまた。これは、あるいは公に言ってはいけないことなのかも知れないけれど……この時期の病院側は、かなりのお目こぼしをしてくれてもいた。お見舞いのひとが病室へ行くのは不可、でも、みんなが利用するラウンジみたいな処へ行くのは可ってことに。そんでもって、今はみんながスマホを持っているのだ、陽子さんがラウンジに行った時、偶然そこに入院している正彦さんがいる、そういうのは〝可〟。病院へ行った陽子さんが、「今からラウンジに行くから」って言って、そしたら偶然(の訳はないんだが)、入院患者の正彦さんがラウンジにいる、これは、可。

このお目こぼしがあったので、陽子さん、それでも何とか、時々正彦さんに会うことはできた。

でも。

それでも、この時、陽子さんはとても寂しかったし……正彦さんだって、寂しかったんだろう……と……思う。


また。

もっと酷い話もあった。（いや、酷い訳じゃないんだけれど、これを聞いた陽子さん、気持ちとして、〝酷い〟って思ってしまった。）

子供ができたひと。

奥さんが臨月になって、産科の病院にはいった。そうしたら、その瞬間から、旦那さん、面会不可。（いや、そりゃ……妊婦さんと新生児っていうのは、確かに感染症から守らなければいけないひとの最右翼になるだろうとは思うよ。けれど……。）

そして、実際に、奥さんが産気づいた時も……旦那さん、面会、不可。

……これは。これは、あり、なんだろうか？

奥さんが必死になって子供を生む。この時、旦那さんが脇にいて、奥さんの手を握ってくれたりして、「がんばれ、俺がついてるぞ、がんばれ、ほら、ひっひっふー」とか言ってくれたら、どんなに奥さん、心強いだろうか。

でも、コロナの状況下では、これ、駄目。

いや、確かにそれはそうなんだろう。

旦那が検査を受けて、コロナにかかっていないって判ったとしても、それは、ちょっと前の話なんだよね。検査受けた時から出産する奥さんに付き添うまで、そのちょっとの間に、旦那がコロナに感染しないって断言することはできない。また、検査だって、感染したその瞬間から陽性になる訳じゃないだろうし……。

子供と妊婦の安全を本気で考えるのなら、これはもう、旦那さんの付き添い、なし、だ。それが正しい。


でも、これは。

どういう意味で、正しいんだろうか。


コロナ予防的な意味で、正しい。

でも、他の意味では……?


長いこと入院しているひとにしてみれば、多分、家族の面会は、ほんとに命の糧《かて》なんだろうなって、陽子さんは勝手に思っている。(陽子さん自身は、長期間の入院をしたことがないので、これはもう、勝手に思っているだけのことである。)

老人施設に入居しているひとにしてみれば、家族が来てくれること、これが何よりの薬だって、陽子さんは勝手に思っている。

コロナなんていう災害がなかったら……。

間違いなく、お見舞いは、家族が施設や病院にいる家族に接触するのは、推奨されることに決まっている、そんな確信が、陽子さんには、ある。

ひとが生きてゆく為には。

絶対に、〝楽しみ〟が必要。

そして、家族の面会は……ま、ひとによるんだろうけれど、多くのひとにとって、きっと〝楽しみ〟であった筈。


それから。

免疫っていう問題もある。

ひとの免疫力は、いろんな状況で上下するのだが、〝楽しいことがあったら上向く〟のは、確かだと思う。

そして。

全員が、とは言わないけれど、多くのひとは、家族と会うと、楽しい。だから、免疫力があがる。

故に、陽子さん、ずっと訝《いぶか》しんでいた。

コロナのせいで。

老人施設や障害者施設や入院患者への面会が禁止になった。

これ、本当に正しいことなんだろうか？

いや、クラスターの発生だの、そんなことを考えるのなら。これは、正しいに決まっているんだけれど。

けど、一律、患者との面会を阻止してしまったら……患者さんの、入居者の方の、〃生きる意欲〃を、ある意味で削《そ》いでしまう可能性があるのでは？


と、いうようなことを、思った職員の方がいたのかどうか。


コロナが世界を席巻《せっけん》した後、その二年目のある日。

正彦さんと陽子さんは、お母さんが入居している施設の方に、呼ばれた。

お母さんの心臓の状況が悪くなったので、この後のお母さんのケアについて相談したい、と。（実は、正彦さんと陽子さん、この提案に驚いてもいた。……まあ……端的に言えば、「今更？」。というのは……この施設にはいる前、正彦さんのお母さんは、病院で、「余命三年」って言われていたのである。しかも、その時の病名が、心不全。……そして、正彦さんと陽子さんが施設のひとに「お母さんの心臓が悪くなった」って言われて呼ばれた、この段階で、すでに余命宣告から五年以上たっていたのだ。）

んで、施設の方から言われた台詞が、これ。

「大島さんのお母さんなんですが……結構辛い感じになってます。……すでに、心臓が、三分の一しか、機能してません」

で、しょう、ねえ。

……いや、五年前から、すでにお母さんの心臓は三分の一しか機能していなかったんだよね。だから、その頃から心不全で……。今更、「お母さんの心臓は、三分の一しか機能していません」って言われても、それは、この施設に入居した時から、そうだったんだよね。

……まあ……でも。

こう言われるっていうことは。お母さんの心臓……それより更に、酷い状況になってしまったのか。あるいは、よく判らないんだけれど、心不全という状況を改善する為の薬や何やが、もうあんまり効かなくなってしまったのか。

「近い将来、最終ステージになることが予想されます。そして、その時、どのような医療を施すのがいいのか、主治医の先生が、御家族と相談したいと仰《おっしゃ》っています」

あ、はい、それは。

行くしか、ない、よね。

だから、正彦さんと陽子さん、この頃には、県を跨《また》ぐ移動はやめてくれっていう、政府からの布告があったにもかかわらず、大阪まで行って。

この時。

『でも、大阪まで行っても、俺、おふくろには会えないんですよね？』

多分、正彦さんは、こう思った筈。

でも。

この台詞。正彦さんは、言わなかった。

正彦さんは、黙って大阪へ行き、その施設へ行き、勿論、お母さんと会うこともできず、施設の入り口から事務所へと通されて。

その、事務所で。普段は常駐していない筈の、施設まで出張してきてくれたお医者さま相手に。

「……もし、この先。おふくろの心臓が止まったとしても。電気ショックなんかで、おふくろの心臓をもう一回動かせるのは……その……痛いのはやらないで欲しいって言うか……あれ、痛い、ですか？　すっごい痛そうですよね。もし、痛いのなら、それはなんかあんまり……」

苦しませたくないんです。痛いことはあんまりしたくないんです。それで元気になるならともかく……。

正彦さんが言いたかったのは、多分、こういうこと。

だって。お母さんの心臓は、一回電気ショックで何とか持ち直したとしても、長持ちするものではないって……これはもう、ずっと前から判っている。一回、電気ショックで持ち直しても、それはすぐに駄目になるだろうことが予想されていて……。

だって、五年前から心不全。

それから。他のことについても。

「今、刻み食であっても、おふくろ、口から御飯を食べているんですよね？　それができなくなったのなら……」

御飯をぱくぱく食べているお母さんが好きだ。それが生きているっていうことだと思う。だから、お母さんが御飯を食べられなくなったのなら、それでも、無理矢理、いろんな管みたいなものをつけて、お母さんを生かし続けるのは、気持ちとして、どうなんだろう。

この辺は、正彦さんももの凄く悩んでいて、お母さんがいろんなチューブとかに繋がれる状態になるのは想像するのも嫌で、かといって……。

って、いろいろ、事務的なことを話していたら。（いや、事務的というよりは〝感情的〟なことなんだが。）

いきなり、事務所のドアが、開いたのだ。

そこにいたのは、車椅子に乗った、お母さん。

正彦さんが……施設の中にはいってお母さんの部屋まで行って、そこでお母さんに会うことはまずい。これは事実だったので、お母さんの方が……何だか判らないけれど偶然、事務所に来てくれたのだ。偶然にも、お母さんは、何故か、施設の中にある事務所に、いきなり来た、そしたらそこに正彦さんがいた。（というか、そういう形に、施設の方が調整してくれていたのだ。）

お母さんは、正彦さんが誰だか、おそらくはまったく判らなかった。

でも、正彦さんは。ちょっと、震えていた。

「……あの……コロナあるし……俺、おふくろに手を触れていいんでしょうか……？」

誰も何も言わなかった。

でも、みんなが、判っていた。

正彦さんは、ゆっくり、お母さんに両手を伸ばし、ゆっくり、ゆっくり、髪の毛を撫《な》ぜた。

何も言わなかった。

ただ、ゆっくり、髪の毛を撫ぜた。

いや。

ただ、これだけの話なんだけれどね。

これが、正彦さんと、お母さんの、最後の触れ合いになったのだ……。


そして。

それから、ほんのちょっとたった処で。

陽子さん達は、また、大阪へと呼ばれたのだ。


お母さまが、お亡くなりになりました。

慌てて、正彦さんと陽子さんは、大阪へ行った。

正彦さんのお母さんがはいっていた介護施設へ行ってみる。

今回の場合、入居者である正彦さんのお母さんがすでに亡くなっていたので、この施設にはいることは無理。

で、二人は、正彦さんのお母さんの御遺体が安置されている施設へ行くことになる。

〝お母さんの御遺体が安置されている施設〟。

あ、これ、凄い。

この時、陽子さんは、ほんとに心からそう思った。

最初。正彦さん達は、介護施設に行けば、お母さんの御遺体に会えると思っていた。（あるいは、ひょっとしたら、死亡の確認は、提携している病院でやったかも知れないので、病院へ行けば会えると思っていた。）

ところが。介護施設も病院も、当たり前だけれど、〝生きているひとがいる処〟なのであって……御遺体を、あまり長いこと、安置してくれないのである。

では、その場合、どうなるのか。

御遺体を引き取って、安置してくれる施設が……世の中にはあるんだなあ。

しかも。

お母さんの御遺体を安置してくれたこの施設は、遠方から来た家族の為の宿泊施設まで併設していて、しかも、葬儀の手配までしてくれるのだ。(有体に言って、葬儀社の業務の一環なんだろうと思う。)

普通だったら、家族がその御遺体を引き受ける。お亡くなりになった方は、自分の家に帰る。

ひとがお亡くなりになった時。

うん。今の正彦さんの場合のように。

でも、場合によっては、地理的に、物理的に、それが無理って場合も、ある。

うん、今の正彦さん達が直面している状況が、そうだ。

正彦さんが住んでいるのは東京で、そして、お母さんが亡くなったのは、大阪で、だ。お母さんの帰るべき家は、東京の大島家ではない、大阪の、大島家だ。(ただ。お母さんが介護施設に入居してすでにそれなりに年がたっている、のち、お父さんも同じ介護施設に入居、やがてお父さんが亡くなってしまったので、大阪の、お母さんが住んでいた大島家は、正彦さんと陽子さんが整理して、引き払ってしまっていた。故に、お母さんが帰るべき〝大阪の大島家〟は、すでに、ない。)

それにまた。

お母さんのお葬式は、大阪でやりたいって正彦さんは思っていた。何故かって……東京でお葬式をやった場合、多分、参列してくれるのは、正彦さんの関係者だけ。けれど、もう何十年も、お母さんは大阪で生活していたのであって、お葬式をする場合、お母さんが本当に参列して欲しかったのは、きっと、大阪のひと、だよね。（まあ、現実問題として、コロナのせいで、普通のお葬式はできないだろうとは思っていたのだが……それでも、お母さんの御遺体を東京まで運んで、そこでお葬式をするのは、何か変だって正彦さんは思っていた。）

そして。

こういう問題を、一挙に解決してくれたのが、今、正彦さんと陽子さんがお母さんの御遺体に会う為に向かっている、この施設。

いや、実は、この施設のお世話になるの、この二人は二回目。

お父さんが亡くなった時。

この場合は、ほんとに〝いきなり〟であり、〝あっという間〟でもあったので……お父さんが亡くなった病院から、あっという間に、お父さんの御遺体、この施設へと搬入されていた。

これはもう、なあ。なんか、なあ。

病院と、介護施設と、そして、この施設を併設している葬祭会社、どっかで結託しているんじゃないのか？　そんなことを、正彦さんと陽子さんは思わないでもなかった。

……けど……。

どう考えても、それが〝悪いこと〟だとは、この二人には、思えなかった。

と……言うか。

むしろ、有り難い。

だって。

もし、この〝結託〟がなかったら。(いや、〝結託〟って言葉は、なんか、ちょっとイメージが悪いか。〝連携〟にしようか。)

多分、お父さんが亡くなった時、呆然と大阪へ行った正彦さん達、病院にも介護施設にもいられなくなったお父さんの御遺体を前にして、何をどうしたらいいのか、そもそも、御遺体をどこへ安置したらいいのか、まったく判らなくて呆然としただろうし、その前に、お葬式なんてそれまで主宰したことがないのだ(いや、お葬式を〝主宰〟するっていう日本語自体がとても変なんだが)、もうどうしていいのかほんとに判らなくなった可能性が高い。けれど。この葬儀施設があったおかげで。

現実の話として、お父さんのお葬式は、無事、大阪でできた。

そのお葬式には、お父さんが入居していた介護施設の方は勿論、お父さんが住んでいた町の町内会のひと、町内会長なんかが参列してくれて、よく行っていたお店のひとなんかも来てくれて、これはほんとに正彦さん、お父さんの為にも、嬉しかったのだ。そして、こういうことができたのは、この葬儀施設のおかげだって思っていた。

「……お葬式のプランとか、全部、提案されてしまった……」

病院から、お母さんの御遺体を引きとってくれた、今日、正彦さんと陽子さんが泊まることになった施設にて。(この施設は、御遺体を引き受けてくれるだけではなくて、この地在住ではない遺族が、お葬式の間、滞在できるホテルの役割もやってくれていたのだ。しかも、同じ施設内にお母さんの御遺体があるのだ、正彦さんと陽子さんは、好きな時にお母さんの御遺体の前へゆき、お線香あげたり、しゃべりかけたりすることもできた。）

「これ、なんか、すっげえいいようにされている感があるんだけれど……」

「でも、これやって貰えなかったら、私達は本当に困っていた」

うん。それは、確かなんだよ。ああ、もう、考えれば考える程、訳が判らなくなる！

これはもう、本当に。

正彦さんも陽子さんも、大阪に住んだことがまったくないんだから、手続きなんかはもうどうしていいのか判らないし、御遺体をどうしたらいいのかなんて、まったく判らない。なのに、お父さんの、そしてお母さんの遺体を引き取ってくれた、この会社は……正彦さんと陽子さんの困り事、そのすべてを何とかしてくれていたのだ。

だから。

「これはもう……法外って金額じゃまったくない……っていうか、普通の金額だと思うから、これはもう、この会社に、すべてをお任せしてしまう？」

「……しか……ない……よ……なあ……」

「むしろ、この会社があってくれて有り難い、そうとしか思えないんじゃ……」

「そうなんだよ。それは判っているんだよ。でも、それが判っているから、むしろ、なんかこう……」

「隔靴掻痒《かっかそうよう》？　いや、言葉はまったく違うよね。痒《かゆ》い処があるけど掻《か》けないんじゃなくて……痒い訳じゃまったくないんだけれど、なんか気になる処があって、それが何だか自分でも表現できなくて、でも、その感じが、なんか、ちょっと……〝隔靴掻痒〟？　うん、その気持ちは、私も、判る」

「いや、それともちょっと違うんだが……なんか、そういう気持ちがちょっとあって……」

「でも、その〝気持ち〟を追及したってしょうがないっていうか……」

「……だ……な……」


で。

正彦さんと陽子さんが、この会社にすべてを委ねることに決めたあと。

いきなりだが、正彦さんのお腹が鳴った。

「あ……御飯、食べなきゃ」

「あ、私も結構お腹空いてる」

時に、夜、八時すぎ。

昨日の深夜に、お母さんが亡くなったたっていう連絡を受けて。

翌朝、新幹線に飛び乗った正彦さんと陽子さん、朝御飯だけは新幹線の中で食べたんだけど、考えてみたら、お昼も夕飯も、食べていなかった。そんなことをしている時間がなかった。

だから。気がついたら、もう、午後八時を超していたっていうのに……まだ、お昼も夕飯も、食べていなかったのである。

「とにかく、御飯、食べよっか」

で。

コロナがある、この時の、午後八時すぎっていう時間が、何を意味していたのか。

これは、このあと、判るのである……。


「開いているお店が、ほぼ、ない！」

これに、尽きる。

「何で？　何で？」

午後八時すぎ。東京なら、普通のお店は、まだ、大体開いている。そんな時間帯だ。でも、この時、正彦さん達が慌てて繁華街へ行ってみたものの……大抵のお店は、閉まっているか、すでに夜の営業を終えていた。

「え、夜の営業おしまいって……だって、まだ、八時やそこらだよ？　何で？　大阪って、もの凄い早仕舞いの街、なの？」

正彦さんも陽子さんも、コロナになってからは、ほぼ毎日、自宅で夕飯を食べていた。だから、陽子さんは判らなかったんだけれど……少なくとも、陽子さんよりは社会性がある正彦さん、ため息つきながら、こんなことを言う。

「いや、これはもう、しょうがないか。今、コロナだから、別に大阪に限らず、大抵のお店は七時くらいで店仕舞いしている」

「え……」

「コロナだから。そもそも飲食店ってそんなに営業していないし、夜間営業は……ましてや、お酒を出すような営業は、多分、全部、できない」

あ。

成程。あ。そうか。でも。

でも、じゃあ、私達の御飯は、どうすればいいのか。

「コンビニで、御飯を買ってくるしかないよなあ」

「え。だって。気持ちとして、今日は、お通夜だよ？　まあ、お葬式のスケジュールとして、ほんとのお通夜は明日なんだけれど、私の気持ちは、今日がお通夜。お通夜の御飯が……コンビニ……？　それ……なんか、亡くなった方に失礼な気持ちが……。だって、お通夜がコンビニの御飯って……」

「いや、まあ、待て。陽子、落ち着け。おまえは知らないだろうけれど、昨今のコンビニの御飯は、結構おいしい。仕出し弁当でお通夜をやっていいのなら、少なくとも、その程度には、今のコンビニの御飯はおいしい」

「……って？」

そこで、正彦さんは、陽子さんを伴ってコンビニへ行き、パスタを二種類、買ったりしてみる。そして、それを温めてもらって……。

そうしたら。

「あ……」

　この瞬間、陽子さんは、本当に驚いたのだ。

「これ……おい、しい……？」

　普通においしい。

　いや、勿論、特別においしい訳ではない。でも、普通においしい。

「温めてもらったから、あったかいからかも知れないけれど……下手すりゃ、これ、その辺のコーヒーショップで出している、普通のパスタ程度には、おいしいんじゃない？」

「そうなんだよ」

　ここで、正彦さん、陽子さんにちょっと視線を寄越して。

「陽子、おまえが、前に、コンビニ弁当を食べた時って、いつだ？」

「……え……覚えていないけど……大学生の時、かな、なんか、すっごく忙しい時があって、外に御飯食べに行く時間がなくて、しょうがない、コンビニでお弁当を買って食べてしのいだような記憶が……」

「あんまり言いたくはないんだが、それって、もう四十年も前、だよ、な？」

　え。四十年前。自分が大学生だった頃って、陽子さんの記憶の中では、ほんのちょっと前の筈で……いや、でも、ちゃんと考えれば、それはもう、四十年も前か。

「四十年もたっていれば、〝進化〟っていうものを、コンビニ弁当はしている」

「……成程」

ふえぇ。

☆

ふえぇ。

なんか、この時、陽子さんは判ったような気がした。

勿論、陽子さんは、自分の年を誤解している訳ではない。理解していない訳でもない。自分が年をとった……初老の人間であることは、判っている。

けれど、それは、理屈として判っているだけ、だったのだ。

一旦、記憶の海に沈んでしまえば。

この瞬間、陽子さんは……自分のことを、六十を過ぎた人間だとは、なかなか思えなくなる。

とは言うものの、勿論、二十代の人間だと思っている訳でもない。

ただ、何となく、年齢把握が漠然としてしまい……気がつくと、二十代の時の気持ちで、ものごとを判断してしまっている自分がいる。

コンビニ弁当はまずい。

こう思っているのは、二十代の陽子さん。

でも、そこから今までには、四十年っていう凄い時間がたっている訳で、その間にコンビニ弁当は進化した訳で……そして、今の陽子さんは、そんな進化のことを知らない。（実際、六十を過ぎるまで、〝コンビニ弁当〟がおいしくなったことなんか知らなかった。……というか、大学生の時を最後にして、陽子さん、六十を超す今になるまで、コンビニ弁当って食べたことがなかった。）


時間って。

なんか、凄いよね。


また、同時に。

正彦さん、言ったのだ。

「あと、冷凍食品も、今では結構おいしいよ」


これは。

正彦さんが言っているのだ。

多分、正しいことなんだろう。

「陽子はさあ、ほんとに自分で御飯を作っているから。……そもそも、スマホまったく使っていないって処からして、現代人とは思えないんだが、コンビニ弁当も、冷凍食品も、もう何十年も使ってないだろ？」

「え……いや……だって、自分で作る方がおいしいから……」

「そうなんだよな」

いや、正彦さん。あなたがそんなことを言って、陽子さんのことを甘やかすから、陽子さん、どんどん自分の御飯について、不必要な程の自信を抱いちゃうんだよ。

「実際、おまえ、小腹が空いたら、コンビニに行って何か買おうとか、冷凍食品使おうとか、まったく思わないだろ？」

「……だって……自分で作る方が、楽だし安いしおいしいし……」

「それは本当にそうなんで。だから、文句なんてまったく言えないし、言うつもりもないんだが……。〝コンビニ弁当〟使ったことのない奴の感覚って、おそらくは、何か、変、だよ。ちょっと、現代人とは思えない」

……なん……だ……ろう、か。


実際。

この後、陽子さんは、正彦さんが食べていた冷凍食品のチャーハンなんかを、ちょっと味見させて貰った。（正彦さんは、時々冷凍食品やカップ麺を食べている。陽子さんは、「あれ、絶対おいしくないでしょ」って思っていて、だから食べないんだけれど、正彦さんが好きで食べているのに反対はしない。趣味嗜好《しこう》の問題だと思っているから。）

そうしたら。

驚くべきことに。

普通に、おいしかったのだ。

「……旦那……。この冷凍食品って、普通においしい、よ、ね？」

「な？　だろ？　今の冷凍食品は、普通においしいんだよ」

「じゃあ、ひょっとしたら、カップ麺なんかも、普通においしい……の？」

「少なくとも、俺はそう思う」

そ、そ、そっかあ。

おいしいのか、今では、あれ。

陽子さんが知っているカップ麺は、それこそ、発売された直後の奴。それを何回か陽子さんは食べたことがあったんだけれど……それは、腹塞ぎにはなったけれど、お世辞にも、積極的においしいって言えるものではなかった。そして、それ以降、もう何十年も、陽子さんはカップ麺を食べたことがなくて、だから、ドラマや小説で、おいしそうにカップ麺を食べているひとのシーンを見る度、「何でこのひとはこんなもんをおいしそうに食べているんだろうか……」って思っていたんだけれど……そうか、今では、おいしくなっているのか、カップ麺。

……そりゃ、そう、だろうな。

時間がたてば、すべてのものは進化するのが当たり前。それ考えれば……数十年前の記憶のみで、コンビニ弁当や冷凍食品やカップ麺を忌避している、自分の方が、絶対におかしいのだ。

とは言うものの。

この先、自分が、コンビニ弁当や冷凍食品を好んで食べるかって聞かれれば……多分、〝否〟だよね。

けれど。この先。

いつか。自分が、自分で御飯を作れなくなる日が来たら。

その時には、私には、コンビニ弁当や冷凍食品を食べるっていう選択肢がある。

おいしいのなら、カップ麺を食べるっていう可能性だって、ある。

たった今、その可能性が発生した。

この選択肢を示して貰えたこと、それを陽子さんは、とっても嬉しく思っている。

そっかー。体がうまく動かなくなって、自分で御飯を作れなくなったら、そういう手もあるんだね。

還暦を超えた陽子さんの、これは大いなる発見であった……。

第九章　れんげ畑に落っこちて

正彦さんが定年になった後。

ひたすら正彦さんが趣味に走ったっていうエピソードは、今まで色々書いたような気もするんだが……その〝趣味〟は、基本的に、〝俳句〟だった。いや、まあ、定年になった後正彦さんがずっぷり嵌《は》まってしまったのは〝これ〟で、だからこの話を書くのは当然だったんだけれど……。

実は、定年になる前から、正彦さんには様々な趣味があった。

そして。

定年になった後も、この〝趣味〟は継続していたのだった。

と、いうか。風邪ではないんだけれど。

一回はおさまった筈の趣味が……〝正彦さんが定年になった為〟、〝ぶり返して〟しまったのだ……。

☆

定年前の正彦さんの趣味と言えば。

まず、骨董。

定年前の正彦さんは、広告代理店の営業をやっていた訳で、その営業先に、骨董趣味の方がいらしたらしいのだ。で、その方と話をあわせる為か、あるいは、最初はそれで始めたのかもしれないけれど、のち、〝骨董〟っていう趣味が気にいってしまったのか、一時期、正彦さんは本当に骨董に嵌まってしまっていて……。

東京では、それなりの頻度で、骨董市というものが開催されている。定年前の正彦さんは、ある時期、結構それに通っていたのだった。

只今の大島家の書庫は、分野別に分類されているのだが、そこには、〝骨董〟っていう分類の書籍がある。(分類される書籍があるっていうことは、少なくとも五、六十冊程度は、その手の本があるということだ。……まあ。普通の家で。六十冊も、その手の本があるのなら……それ、すっごく一杯その手の蔵書があるって話にならない？　……ただ、大島家の場合は、総蔵書量が三万冊を軽く超えているので、五、六十冊程度なら、ほんのちょっとになっちゃうんだけれど。)

勿論、陽子さんがこういう書籍を購入する訳がないので、これは、全部、正彦さんの蔵書だ。

ま、その程度に、正彦さんは、サラリーマン時代、骨董に没入していた訳なのだが……だが。

普通のサラリーマンが、それなりの頻度で骨董市に通うのは、社会人的な意味で、なかなかむずかしい。(一応、会社に行かなきゃいけない訳で……。)ましてや、骨董を購入するのは……経済的な意味で、むずかしすぎる。

そして。

この〝骨董趣味〟が……正彦さんが定年になった瞬間、復活してしまったのだ……。

勿論。

定年になった正彦さんが、骨董を購入するのは、以前よりむずかしくなっている。陽子さんが締めつけているからね。

けれど。

あっちこっちで開催されている骨董市に参加するのは、あるいは、あっちこっちでやられているフリーマーケットの中の骨董部分をチェックするのは……これは、もう、何というのか、楽勝？

だって。定年になった正彦さんは、ある意味、「毎日が日曜日」。なら、情報さえあれば、いろんな骨董市やフリーマーケットに、自在に行けるのだ。

そこで。

今思い返しても一番笑えるエピソードは、これ。


とある骨董市で。正彦さん、カレー皿を買ったのだ。

いや、カレー皿では、ない、よな。

五枚セットのちょっと深めのお皿。お魚の模様がついている。

このお皿のセットを買ってきた正彦さん曰《いわ》く。

「これはね、骨董では間違いなくないんだよ。骨董市で買ったんだけれど、今出来に決まってる。けどね、これ、お魚の模様が可愛いだろ？　で、これが、五枚あわせて、〇〇円！　ある意味、これ、絶対お買い得だと思わない？　しかも……」

ここまでひっぱられると、陽子さんもこう追随してしまう。しかも……何、なの？

「しかも、これ、カレー皿に最適だって、俺としては思う訳なんだ！」

あ。言われてみれば。

「まあ、お魚のカレーって私は滅多に作らないけど……お魚模様にもかかわらず、確かに、このお皿は、カレー皿に最適、かも」

「な？　だろ？　でしょ？」

……まあ。

この正彦さんの評価が正しいのかどうか、これはこの二人には判らない。

けど、まあ。ちょっと深みがあって、厚みもあるこのお皿のセット。

これを骨董市でカレー皿として購入した、正彦さんは正しいって、正彦さんは勿論のこと、陽子さんだって思った。お値段だってリーズナブルだったし。

だが。

恐ろしいことに。

その数週間後。


ちょっと事情があって、とあるひとに品物を贈らなければならない。

そんな訳で、陽子さんと正彦さんは、その時、とあるデパートにいた。

事情が事情なので、二人がいるのは、普通の食器売り場ではない。もの凄く特別な――と、陽子さんが思っている――ほんとにお高い食器売り場なんである。

こんな処で売っている食器なんて、絶対に陽子さんは、欲しくはない。（いや、だって、ここで売っている食器は、洗えない、よ？　いや、洗ったっていいんだけどさ、いや、使った食器を洗わない訳にはいかないんだけれど、でも、洗っている時に、割ってしまったらどうするんだ。しかも陽子さんは、洗い物をやった場合、それなりの確率で、洗っている食器を割ってしまう自信がある。それ思えば、ここで売っているような食器は、絶対に洗えない。そして、洗えない食器っていうのは、陽子さんにしてみれば使えない食器な訳で。食器売り場で、絶対に〝使えない食器〟を売っているのなら……これは、もう、ここは、そんな食器を使える特別なひと以外、近づいてはいけない、そういう売り場だってことに、陽子さんの気持ちではなってしまうよ、ね？）

そこで、まあ、ちょっといい感じのグラスなんか買って、その売り場を離れた瞬間。

「はああ……」

陽子さんにしてみれば、もう、盛大なため息をつくしかないのである。

「あの売り場、離れることができてよかった……」

「……っていうか……売り場にいる時、何だってあんなに緊張していたのおまえ」

「だって！　あの売り場にいる以上、〝もし割ってしまったらどうしよう〟って、思わなかったの、あなたは！」

「いや、だって、普通、売り場に来ている買い物客は、売り場にあるグラスやカップを割らないよ？」

「私は割るかも知れないのよっ！　っていうか、割るつもりはないんだけれど、でも、割っちゃったらどうしようかって思ったら、もう、あの売り場にいる間中、生きている心地がしなかった……」

「……それ……結構、変、だよ」

「だって……手をちょっと動かしたら、それが変な風に変な処にあたったりしたりして、もし、あそこにあるカップや何やを割ってしまったら……いや、その前に。あのコーナーにいる時の私が、何かの間違いでこけたらどうするの。んでもって、私は、何もない処でもよくこけるんだよ！　こけて、あわあわあわあわって手を振り回して、それが棚にあたったりして、その辺に展示してある商品をなぎ倒してしまったら……」

ああ、成程。ようやっと、陽子さんが何を心配していたのか、正彦さんにも判った。でも、正彦さん、ゆるゆると言ってみる。

「確かに、あそこにあったグラスやカップやソーサーは、結構高いよ？　でも、そりゃ、どんなに高くても数万円程度であって、本当の骨董品なんかとは桁《けた》が違うから。だから、そんなに怯《おび》えなくても……」

……え。

あそこにあったグラスやカップやソーサー。数万円のグラスやカップやソーサー。

これだけだって、あっていい訳がないって、陽子さんは思っている。

だって、そんなもん、そんなもん、すでに、グラスやカップやソーサーでは、陽子さん基準ではまったくないっ！（だってそんな値段のもの、洗えないし、使えない。）

けど。

正彦さん基準では、これは、〝あり〟なのね？（というか。陽子さんが知らない〝お金持ち基準〟では、これは普通にありなのかも。だって、普通の売り場で普通に売っているんだから。）

けれどけれど。もっと問題なのは。

骨董基準では、これはむしろ、安かったりするのか？　だって、「桁が違う」って言ったよね、正彦さん。ということは、骨董基準では、数十万もするグラスなんかがありだって話になってしまいそうで……。（というか、なるのだ。）

この瞬間。

陽子さんは思った。

許すまじ、骨董基準。

高いにも程というものがあるだろうがよ。そんなもん、存在を許していいとはまったく思えない。

……って、なんか話がずれたな。

とにかく、お高い食器売り場を離れることができて、陽子さんはほっとしたのだ。

ほっとしたから、ほんとに安心したから、ゆっくりと呼吸をして、のんびりとあたりを見回して。

そうしたら。

みつけてしまったのだ。

「え……あれ？」

どこかで見たような、ちょっと深めのお皿のセット。お皿が一枚、ディスプレイされていたんだけれど、これは、なんか、六枚セットみたいで、籐《とう》の籠にはいっていて、スプーンやスプーン置きまでついている。そのお皿の模様が。

「あれ、うちの、お魚カレー皿だ」

「え？」

「ほら、旦那がこの間、骨董市で買ってきたお魚のお皿。今出来だって言っていたけど、ほんとに今の商品なんだね、今、ここで売ってる」

「え……ええええ？」

　この瞬間、陽子さん、笑いを堪《こら》えることができなくなった。

「しかも」

「これ、カレー皿セット、なんだって」

「ええええええ？」

「お皿、六枚、このお皿を収納できる籐の籠つき、その上スプーンが六本ついていて、スプーン置きも六個ついていて、それでいて、お値段は、旦那が五枚で買ったカレー皿と同じ」

「えええええええ！」

「凄いよ旦那。これ、そもそもカレー皿だってことになってる。これはもう、ほんとに出自はカレー皿なんだよ。カレー皿として売っていたんだよ。……うん、何の事前情報もなく、よくこれがカレー皿だって見抜いたもんだ」

「えええええええええ！」


　正彦さんが骨董趣味に走り出した頃から。骨董を鑑定するっていうＴＶ番組があって、これは、会社員時代の正彦さん、時間があればよく見ていた。定年になってからは、時間は全部自由になるんだ、ほぼ、毎回、見ていた。

　そして、そこには、焼き物を専門にしている鑑定士の方がいて、そのひとは、「焼き物を見抜く男」って二つ名を持っていた筈だ。んで、それにひっかけて陽子さん。

　この先、時々、正彦さんのことを、こんな二つ名で呼んでみたりした。

「大島正彦。カレー皿を見抜く男」

また。

さすがに、五、六十冊も骨董の本を熟読しているのだ、この鑑定番組を見ている時の正彦さんは、時々、鋭い。

「これは備前。こっちは古伊万里」

とか、言うのが……あたっているんだよねー。いや、陽子さんは、骨董について詳しくはないので、だからこんな言い方になるんだが、実際の正彦さんは、もっと詳しいことを言っている。しかも、それが結構あたっている。(この〝備前〟は、あーだこーだいう奴で、これは時代的にはいつで、その他色々、どーのこーのって。)そんで、あたっていると正彦さん、「ふふふん」って感じで胸をそらす。

ま、大体の場合、陽子さんは、これを微笑ましいって思ってはいるんだけれど……時々、その「ふふふん」が鼻につくこともある。

そんな時。陽子さんは、ぼそっと言ってみる。

「大島正彦。カレー皿を見抜く男」

これ言われた瞬間、正彦さんはしゅんとしてしまって……陽子さんは、こんな正彦さんのことを、とても可愛いと思っている。

☆

その他、正彦さんの趣味としては、囲碁があげられる。いや、これは陽子さんの趣味でもある訳で。

ただ。

この趣味は、正彦さんの定年と時を同じくして、コロナがどんどんどんどん酷くなっていった為……ちょっとやりにくくなってしまったのだ。

というのは。

囲碁というのは、ひとと対面をしなければいけない、そんな要素を含んでいるから。

そうなのである。

ネット碁なんかを除けば、普通の囲碁は、二人の人間が、同じ空間にいて、そして、対局しなければいけない。この時の、この二人の距離は、数十センチ。（碁盤を挟んで対局しているんだ、だから、最低でも碁盤のサイズだけは距離がある筈なのだが――それでも数十センチである――、が、勝負が白熱すれば、この二人はお互いに碁盤に対して身を乗り出した姿勢になるのが普通だ、こうなると、二人の距離は、どんどん詰まっていってしまう。まあ、コロナが一番酷かった頃は、日本棋院なんかも考えて、対局者の間にアクリル板をたてる、なんて対策をしたこともあったのだけれど……当たり前だが、これはとても不評であったらしい。すごく邪魔なんである。）

こちらも、二人はいくつかの会に所属していたのだが、コロナのせいで、いくつかの会がお休みになった。

また、その頃、正彦さんが、かかっていた病院の検査結果により、他の大学病院に入院することになったり、陽子さんが、通院していた病院から「これ、ちょっと最初に思っていたのと違うみたいだから……大学病院へ紹介状を書きます」なんて言われて、手術をする為転院したりした為……囲碁の会に、もの凄く、行きにくくなってしまった。

一番判りやすい理由は。

大学病院っていうのは、必ず予約が必要で、しかも、この予約が、正彦さんや陽子さんの都合によってくれない。大体、病院側が、「この日」って指定をして、そして、患者側は、それを受けるだけなのだ。（いや、勿論、「この日は私駄目なんです」って言えば、大学病院側でも都合をつけてはくれるのだろう。けれど、もともと予約がとりにくいのだ、病院側が指定する日を拒否するだなんて、普通の患者にはできない……。というか、正彦さんも、陽子さんも、できなかった。）

しかも。大体の大学病院は、全然、大島家の近所にはないのである。片道一時間二時間、当たり前。（ということは、往復で四時間超えたりするんである。）

しかもしかも。予約時間が仮に一時だとして、診療時間が十分だとして、それで、これが、一時十分に終わる訳がない。（基本的に、予約時間に診て貰えることが少ないし、診て貰ったあと、その結果を持って会計へ行き、手続きをして、場合によっては薬を出されることになり、最近は院外処方箋がある病院が多いから、その為の手続きをして、そして、会計。会計に至っては、病院によるのだが、それこそ、どのくらいかかるんだか、やってみなければ判らない。数分で済むこともあれば、軽く半時間を超すことだってある。しかもしかもしかも。場合によっては、この後、処方箋を持って、院外の薬局へ行かなきゃいけないんだ。んで……ここでまた、処方によっては、結構待たされる可能性が高いんだよな。）

つまる処。

病院の予定がはいってしまったら最後、その日には、正彦さんも陽子さんも、他の予定はいれてはいけないっていう話になる。

また。

大学病院なんて、正彦さんも陽子さんも、実は怖いのである。

だから、正彦さんが大学病院へ行く時には、陽子さん、それに付き添っていった。（行ってみて判ったんだけれど、大学病院の場合、〝付き添いのひと〟って、結構いるのね。まあ、御老人が多いんだけれど。確かに御老人の場合、付き添いがいないと病院に来るのが難儀なひともいるみたいだし、年老いた親が病院で先生の話を聞くの、絶対に同時に聞きたい四、五十代の方もいるんだろう。病院によっては、受診票みたいな奴に、あらかじめ〝付き添い者の氏名を書く欄〟がある処もあったし。コロナが一番酷かった時期、大体の受診票には、そのひとの体温を記入する欄があったんだけれど、付き添い者の体温を記録する欄がある記入用紙も結構あった。そんでもって、陽子さんと正彦さんは、二人共に六十を超えていたので、普通に付き添いだって認めて貰えたのだった……。）

また、陽子さんが大学病院へ行く時には、正彦さんも、それに付き添っていった。

結果として、どんなことになったのか。

二人が、おのおの、月に五、六回、大学病院へ行くことになったのなら。

おのおの相手に付き添っているのだ、月に十何日も、この二人は大学病院へ行くことになる。

そして、大学病院へ行く予定がはいったら、その日は、もう、他の予定、いれること、不可能。


これで。

この二人は、もの凄く、囲碁の会に行きにくくなってしまったのだ。

そもそも、通院的な事情で、月の三分の一以上は、予定をいれることができない。しかも、その〝次〟の予定が、いつになるんだか、これが実際に病院に行ってみるまで、判らない。(病院に行ったあと、そこで、次の病院の予定がはいるのだ、これはもう、その月の予定がまったく確定できないっていう話にならない?)

また。陽子さんは、仕事をしている。勿論、原稿の締め切りがいつ、とか、いつまでにこの原稿のゲラを返せ、なんて奴は、病院の予定がどうであれ、何とかなる。けれど、稀《まれ》に、取材とか対談とかインタヴューとか、先方の予定がある事態が発生して、この予定が、もの凄く、いれにくい。けれど、何とか「この日は確実に病院に行かないだろう」って日に、そういう予定をいれると……も、趣味の会には、いつ参加できるのか、そもそもその日は参加が可能なのかどうか、これがまったく判らなくなってしまう。

また、まったく別の事情だって、ある。

まず、正彦さん。


コロナが本当に流行りだした頃、正彦さんは入院をしたのだが、その時、お見舞いが、ほぼ不可になってしまったのだ。

お見舞いが不可。

これはほんとに正彦さんにしてみればショックで……同時に思ってもしまったのだ。

俺って……なんか、もの凄い、感染症弱者？

いや、これは違う。これは、あくまでもこの時期のコロナの状況が問題だったのであって、正彦さんの感染状況とは、まったく関係がない。

でも。

入院した正彦さんが、こう思ってしまうのは……しょうがない、よね？

だから。退院した後も……自分が、感染症的に弱者かなって一回思ってしまったら……これはもう、不特定多数のひとと碁を打つなんて……正彦さん、ちょっと怖くなってしまう。

また。

この後も正彦さんは、定期的にこの病院に通って、経過を診て貰わなければいけないのだ。んでもって、この病院に入院しているのは、本当に〝感染症弱者〟のひと。

だとしたら。

万が一にでも、自分はコロナに感染する訳にはいかない。

ここで、自分がコロナに感染してしまい、通院している自分が、この病院にコロナを齎《もたら》してしまったら……そんなに怖い話は、ない。

だから。

この時、正彦さんは、ほんとに外出を自粛していた。（あ、さっきの、骨董市のエピソードは、正彦さんが入院をする前と、退院して一年以上がたった時のこと、ね。入院から一年は、ほんとに正彦さん、他人と接触がある外出を控えていたのだ。あと、前に書いた〝俳句〟のエピソードは、これの影響をまったく受けなかった。だって、基本的にリモートだもん。むしろ、〝骨董〟や〝囲碁〟ができない分、〝俳句〟に集中してしまったって処はある。）


ついで、陽子さん。

皮膚科の病気がこじれて、近所の皮膚科から大学病院への紹介状を書いてもらい、そこで手術をした陽子さん……最初は、とっても怖かったのだ。

だって。

そもそも、陽子さん、疣《いぼ》だと思われるものを、近所の皮膚科で治療してもらっていたのだが……それが、まあ、一年たっても治らずに。

「これ……手術して取っちゃうのが簡単だと思うんですけれど……このサイズだと、直径一センチくらいの穴があいちゃうから……手術すると、ちょっと歩くのが難しくなるんじゃないかと」

疣があるのは、右の足の裏。自分の足の裏に、直径一センチの穴があいちゃうこと自体、そもそも考えると陽子さんは嫌で（これが嫌ではないひとはいるのか）、だから、手術はやめましょうってずっと言っていたんだけれど。

一年がたった頃。近所の皮膚科の先生が、いきなりこう言ったのだ。

「ここまで治らない疣は、考えにくいので。もう、大学病院に紹介状を書きます」

「……って？　……って、あの、先生？」

「もう、これは普通の疣ではない」

「……って、先生？」

「なんか、他の病気を考えた方がいいと思います。紹介状を書きます。多分、手術をして、この疣を切除することになると思います。そして……紹介状にも書いておきますが、手術をした場合、絶対に組織検査をするよう、大学病院の先生にお願いしておきます」

「……って……って、え？」

組織検査？　何だってそんなものが必要なんだ。だって、そんなものが必要になるって言えば……。

「あの……最悪、皮膚のガン、とかっていう……」

言いかけた陽子さんの台詞は、先生の言葉により、遮《さえぎ》られる。

「組織検査をしてみなければ判りませんから」

そして、この後。陽子さんが何を聞いても、先生は、「とにかく組織検査をしてみなければ判りません」としか言ってくれなかった。となると……何か嫌な考えがもう……。


大学病院へ行って、最初に、大学病院の先生に診て貰った処。

「あ、これ、疣ですねー」

軽くこう言われてしまったので、陽子さん、ちょっと、反感。だって、最初に診ていただいた皮膚科の先生も、一番最初は、軽くこう言ったんだよ。でも、それがずーっと、治らなかったんだよ。と、そんなことを言ってみたら。

「この疣、結構大きいですし。疣って、適切な治療をしても、二年くらい治らないこともあるんですよ？　ま、でも、手術で、これ、取ってみましょうか。前医の先生からも、そんな連絡来てますし」

ごくん。手術か。

これは、あくまで陽子さんの勝手な事情なのだが……陽子さんには、実は、〝手術〟というものを嫌がる、正当な理由があるのである。

麻酔が、効かない。

これはもう、何でなんだか、陽子さんにも判らない。

けれど、陽子さんの実家である原家のひとは、かなりの場合、麻酔が効かないのだ。

陽子さんの実母である光子さんは、子宮筋腫の手術をした時、途中で「いったあいいっ」って絶叫したという話がある。

妹である粒子さんも、やはり、麻酔が効かなくて手術中に叫んだという話が。

実際に、陽子さんも、そうだった。

以前、胸にアテロームができ、局所麻酔下で手術をした時。この麻酔が本当に効かなくて、本当に陽子さんは痛くて痛くて……結果として、陽子さんが握りしめていた、その拳の下のあたりがびしょびしょになってしまったっていう話があった。あまりにも痛くて、痛くて痛くて、握りしめている拳に汗をかいて、それが、あたりに、滴《したた》ってしまったっていう話なんである。これが、どんなに〝痛い〟ことなのか……それは、ぜひ、みなさんで想像してみてください。（結果として、この手術では、陽子さんの病巣、取りきれず、入院して硬膜外《こうまくがい》麻酔の手術になった。けれど、これがまた効かなくて……ほんとに麻酔が全然効かないので、最終的に、陽子さんは全身麻酔の手術を受けることになった。）

あ、いや、つまり。

陽子さんは、麻酔が効かない体質なんである。というか、陽子さんの実家である原家っていうのは、あんまり麻酔が効かない家系らしい。

と、なると。

手術は、嫌だよなあ……。

しかも。

大学病院の先生は、もの凄いことを言うんである。

「……あの……麻酔を、しますが」

はい、効かないよね、それ。

「でも、場所が、足の裏、ないしは足の指、です」

……はい？

「ここは、末端ですので……えーと……麻酔注射が、結構痛いかも知れないです」

……って？

「他の部位とは違いまして、足の部位に、麻酔注射をする場合……それ、麻酔注射自体が、痛いと思うんです。麻酔をするのに痛いだなんて、大変申し訳ないのですが……」

うわああああっ！

これ。

この先生は何を言っているのか。

この先生は、麻酔注射をするのが痛いのが申し訳ないって、そんなことを言っているんだよね？

けど。そんなこと、どうでもいいのに。

他の部位だって、麻酔注射は結構痛いに決まっている。でも……そんなことより。

麻酔注射をされた後にされること、本当に痛いのは、そっちに決まっているのに。麻酔注射がどんなに痛くったって、そんなもん、麻酔注射をされた後に麻酔が効いていない状態でされることに比べれば、も、問題にならないでしょう。

でも、こんなことを言われるってことは。麻酔注射だけでも本当に痛そうなんだ、その後にされることは……うわあああ、嫌だー、嫌だあ、やりたくなあいいっ。

でも、そういう訳にもいかずに。

そして。実際。

本当に痛かったのだ、「うわあ」って思うくらいは、痛かったのだ。足の裏（というか、殆《ほとん》ど足の指）の麻酔注射。

痛かった。呻《うめ》いちゃった、陽子さん。でも……それ、だけ。

その後。

陽子さんは、何か、足の裏でごちょごちょやっているなあって思い……ふいに、気がつく。

「あ！　ひょっとして、只今、私の足の裏で、手術とか、やっています？」

そのくらい、痛くも何ともなかったのだ。ただ、なんか、ごちゃごちゃやっている感じがあるなーって気分が、あっただけで。

「痛いですか？」

「あ……いえ、まったく痛くはありません」

この瞬間。陽子さんは、ほんとに心から感動したのだ。

こ、こ、これは！　これが、〝麻酔が効いている〟っていうことか？

歌いだしたい気分になってしまった、陽子さん。

いや、だって、麻酔さえ効いていれば、手術ってこんな感じなのかー。

痛くない、ほんとに痛くない。

そうか、世の中のひとは、麻酔が効いている限りにおいて、この程度の〝痛さ〟（というか、〝痛くなさ〟）で、手術されているのかあ。

そりゃ、楽だよね。

あ。考えてみれば、最近は、歯医者さんの麻酔も、結構効いているよね。ということはつまり……足の裏とか、顔とか……えーっと、人体における、末端部分は……私にも麻酔が効くんだろうか？

……いや。違うと思う。昔は、歯医者さんの麻酔も、そんなに効いていなかった気がするし（大体、顔って、人体の末端ではないと思う）。

私が胸のアテロームの手術をしたのは、すでに二十年以上前。ということは、この二十数年で……医学が、もの凄く、進歩したんだ。いや、医学が進歩しているのかどうかは判らない、けれど、麻酔は、とってもとっても、進歩したんだ。

心からの感動をもって、陽子さんは思った。

医学は、進歩している。

間違いなく進歩している。

素晴らしい！

手術が終わって、患部の手当てをした処で。先生は、こんなことを仰った。
「この後は普通に歩いてくれていいです。というか、むしろ普通に歩いてください。一センチくらいの穴があいてますけれど、そこ、ちゃんと手当てしてありますから。普通に立って歩いてくだされば、それ、この患部に対する圧迫止血になります。あ、勿論、痛み止めはだしますよ、痛くなったらすぐにこれを飲んでください」

この先生のお話を聞いた瞬間、付き添いで来ていた正彦さんが、うえって表情になった。一センチの穴があいているのに、立って歩くと〝圧迫止血〟？　いや、確かに傷があって、それに体重がかかれば、それは圧迫止血にはなるよな。けど……。

正彦さんは、「それ、ありかよ？」って表情になったんだけれど、陽子さんの方は平然と。
「はあい、判りましたー」

しかも。

結局、陽子さんは、いただいた痛み止めの薬を、まったく飲まなかったのだ。

いや、そりゃ、確かに、手術の時に使った（のであろう）麻酔が切れたあとは、陽子さん、痛かった。歩けば歩く程、痛かった。けど、それって、「まったく麻酔が効かない状態で足の裏手術されて、一センチも患部を掘り起こされたかも知れない」時に感じるだろう痛さにくらべれば、何事でもなかったので。

うん。痛いわ。でも、これは、単に痛いだけ。なら、放っとこ。

実際、放っといたら、翌日にはこの痛みは何とかなった。何日かは、歩きにくかったけれど、でも、それはそれだけ。

また、次にこの大学病院へ行った処。陽子さんの足を診た後で、先生は。

「あ、大島さん、前医の方から厳重に申し送りがありましたので、患部の組織検査、やってみました。疣です」

こう言われて、ほんとに、陽子さん、心から安心。

「疣ってね、結構、治らないものは時間がかかるんですよ。そして、大島さんの患部ですが……」

はい。手術したんだよね。全摘したんだよね。でも、この言い方だと。

「あの時、肉眼で判別できる疣の組織は、全部取った筈なんですが……手術から時間がたった今、診てみたら……まだあります。これ、ほんとにしつこい疣ですね」

……と、いう訳で。

この後も、陽子さんはこの病院に通うことになる。

それから。もうひとつ、正彦さんには、定年になってから始めた趣味があった。

……いや。これ、趣味って、言えるのかな？　むしろ……夢？

「うちの庭をれんげ畑にしたい」

新年。

冬の、枯れはてた庭を前にして、いきなり正彦さんがこう言った瞬間、陽子さん、このひとは一体何を言い出したのかと思ったものだった。

「俺のね、子供の頃。近所にあった田んぼは、時々れんげ畑になったんだよ。もう、全面的にれんげ。れんげのみ。それこそ、山村暮鳥《ぼちょう》の〝いちめんのなのはな〟じゃなくて、〝一面のれんげ〟。……ああいう景色を、もう一回、見たいなあ」

……はあ。なんとなく……正彦さんが言わんとしていることは、陽子さんにも判った。れんげっていうのは、稲が枯れたあと、水田に種を蒔《ま》くこともあるお花なのだ。これがあると水田の土壌が肥沃になる、だから、休んでいる田んぼに農家さんがれんげの種を蒔いて、そしてできるのがれんげ畑。

けど。あの。うちのお庭って……えーと、面積、ほぼ、ないよ？　いや、四畳くらいの面積はあるのかな、でも六畳はないような気がする、これをれんげ畑にしようっていうのは……このひとの頭の中の〝れんげ畑〟って、一体どんなものなんだろう。六畳間が全部れんげで埋めつくされているとして……でも、それは、れんげ畑って言わないと思う。（それは、琵琶湖を海だって主張したり、石神井《しゃくじい》川を大河って呼んだり、三十センチの水槽を池だといい募るのより、変だと思う。）

「だから、俺は通信販売でこれを買ってみた！　これをうちの庭に蒔く！」

って、正彦さんが陽子さんに見せてくれたのが、れんげの種のはいっている袋。それも……普通の〝種〟は、ちっちゃな紙パッケージにはいっている奴なんだけれど、これは、陽子さんがいつも買っている三温糖の袋くらいのサイズがあって……ってことは……えっ、二キロって書いてある？　れんげの種、二キロ？

くらっとした、陽子さん。

種を二キロも買って、それでどうしようっていうんだ正彦さん。二キロもの種を蒔く為に、どの程度の面積が必要だと思っているんだ正彦さん。

ましてや。

「あの……旦那……判ってる？　もし、今、ちょうどいろんなものが枯れはてているうちの庭に、枯れた草全部毟《むし》って、そしてこの種を普通にばらまいたとして、それで、春に、うちの庭にはれんげが咲き誇ることにはならない……よ？」

「え、って、何でだ」

「あのさあ。あなたの記憶の中にあるれんげ畑は、多分、農家さんが休耕田に蒔いている奴だと思うの。だから、もともと、蒔かれているのは、すっかり作物がなくなった田んぼ」

「うん。それと、うちの庭と、どこが違うんだ？」

全然違うっ！

「田んぼっていうのは、土がほんとにいいの！　ずーっと農家さんが手入れして、いい土に作ってるの！」

「うちの土だっていい土だ」

「違うううううっ！」

ほんのちょっとでも庭仕事をした経験がある陽子さん、こう叫ぶしかない。（陽子さんの実家では、陽子さんを育ててくれたお祖母ちゃんが農家の出身であったので、庭で野菜を作っていた。だから陽子さん、それを手伝った経験があるのである。）

「あなた、うちの庭、掘り返したことないよね？　あのね、ここは、もともと大きな一戸建ての家があって、それを更地にして、分割して、売りにだした、分譲の住宅地なの。その一部を買って、ここに私達が家を建てたの。土の手入れなんかまったくされてないの。だから、ちょっと掘り返すと、石だの何だのがごろごろはいってて、その上、東京だから、三十センチかそこら掘り返すと、関東ローム層の赤土になっちゃって、いや、その前に、うちの庭はもう、硬くて硬くて、プランターならともかく、お庭でお花を栽培しようと思ったら、土、掘り返す処からやらないと駄目な庭なの！」

　この家に越してきてすぐ。ちょっとチューリップの球根でも植えてみようかなあって思った陽子さん、この庭を掘り返してみて、「あ、これは本腰をいれて土のお世話からやらないと駄目だから、チューリップ止めよう」って思ったことがあったので、このあたりの台詞まではでは、するする出てくる。

「え……だって、うちの庭、なんも植えてないのに、草が一杯生えているじゃん。ということは、種さえ蒔けば……」

「あなたは何も判ってないいっ！　いいっかあ、今、うちの庭に生えている草のひと達は〝雑草〟っていう名のひと達であってね」

　すべての生物を、ひとって呼んでしまうのは、陽子さんの癖。

「あのひと達は、アスファルトの隙間とか、下手したら雨樋の中とか、も、普通の植物のひと達が生きてゆけない処でも繁殖することができる、草の中でも最強に近いひと達なんだよ。で、〝雑草〟なんていう称号を受けている」

「……雑草……って……称号、なのか……？」

「当たり前じゃん。こんなに凄い植物って、あんまりいないと、少なくとも私は思っている。雑草っていうのは、ほんとに凄い植物に対する尊称なんだよ」

……まあ……この辺は、陽子さんが勝手に思っていることだ。

「雑草のみなさまが生えることができる地面と、栽培種のちょっと弱い植物のひとが生えることができる地面を、一緒にするなあっ。栽培種のひとは、間違いなく雑草のひとより弱いのよ。雑草のみなさまが生えているからって、そんな地面に栽培種の種を蒔いて、それで栽培ができるだなんて思うなあっ！　そんなことができるのなら、農家のひとは何の苦労もしていないいっ！」

「……え……じゃ……俺は、どうすれば……」

「もし、あなたがほんとにれんげを植えたいのならね。まず、うちの庭を、耕しなさい」

「た……耕すって……」

「とにかく土を掘り起こす。掘り起こしてみたら、多分、石や何かがごろごろしていると思う。そして、それを、取り除く。これ、多分、あなたが今思っているのよりずっと沢山ある筈だけれど、それを、全部、取り除く。そして、それがなくなった処で、腐葉土とか、そういう奴を、地面に混ぜてあげる。うん、肥料を混ぜるのは、土を耕した後で、ね。こうやって、土を作って、そして、その後で、種を蒔く」

「……っ。……それ、もの凄い時間がかかるんじゃないかと……」

「かかるんだよ、当たり前だよっ！」

「じゃ、それ……ほんとに凄い手間がかかるって話に……」

「なって当然なんだよっ！　私はね、自分では農業をやったことがない。だから断言はできないんだけれど、農家さんは、これやってるから凄いんだよ。食事をする時、毎回、手をあわせて、『いただきます』っていうのは、神様に感謝を捧げているのと同時に、食べ物を作ってくれている農家さんにも感謝を捧げているんだよ。『あなたが作ってくださったお米や野菜を、今、私はいただいております、ありがとうございます、ですから、いただきます』って。で、それはなんでかって言ったら、そもそも、農家さんがやっていることが本当に大変なんだから、なんだよ！」

「…………」

陽子さんにここまで言われて。正彦さんは、まず、素直に、庭を耕しだした……らしいのだ。（まあ、陽子さんも結構忙しかったし、正彦さんがやっていることを監視していた訳では勿論ないので、〝伝聞〟というか〝推測〟になってしまうんだけれど。）

そして。

一週間たたないうちに、正彦さん、降参した。

「……駄目だ。おまえに言われたように、土を掘り返してみたんだけれど……石とか岩とか、取り除いてはみたんだけれど……やってもやってもやってもやっても、いつまでやっても、どこまでやっても、なんだか石がある。その上、土は硬い。もうこれ以上できない……。これ以上続けたら、俺の腰がどうにかなってしまう。だから、ちょっと狭いけれど、俺が石を取り除いた部分で、れんげ畑を作ることにする」

……ああ……そうだろうなあ……。でも、正彦さん、一週間近く努力したんだ、一畳分くらいは、耕せているかな？

そう思った陽子さんが庭に出て、そして見たのは……。


庭の、ど真ん中。

どこかの端にはまったく寄っていない。

まさに、庭のど真ん中に……週刊誌を四冊並べたくらいの、掘り返した跡がある。そしてそのまわりには、散乱している石。

いや。

一週間努力して、やっと石を取り除けたのが、たったこれだけっていうのは、陽子さん、納得だ。判る。というか、たったこの程度の面積でも、人力で、シャベル使うだけで、きっちり掘り返して石を取り除いただけでも、それは偉いと思う。

けど……何で？

何が哀しくて、庭の、ど真ん中？

「な……」

陽子さん、つい、こう言ってしまう。

「何が哀しくて、庭のまさにど真ん中に、こんなもん作ったの？」

　普通、花壇というのは、庭のどこかの隅に寄せられて作るものではないのか？　いや、正彦さんが作りたかったのは、花壇じゃなくて〝れんげ畑〟だから……庭全部をれんげ畑にするつもりで、まず、中心から始めたのか？

「……いや……だって……しゃがんで作業するのに、一番楽なのは、やっぱり庭の真ん中だったから……」

　……うー。

　うー、うー、うー、でしょうね。それは確かに判るんだ。けど。

　ここにれんげの種を蒔いたとして。れんげ畑と言えるようなものがここにできたとして。それは一体、どんな景色になるんだ。

　何故か、庭のど真ん中に、週刊誌四冊分くらいのサイズで、れんげが群生している処がある。

　その状況って……想像してみると、かなり、異様だ。

　まして、正彦さんは、(そもそも週刊誌四冊分くらいのサイズの地面の石を取り除くだけで疲れ果てているんだから)、そろそろ生えだしているまわりの草を、まったく毟っていない。というか、手を触れていない。これは、春になったら、あたりは雑草で埋めつくされるだろう。そんな中に、週刊誌四冊分くらいのれんげが咲き誇っている処があったとして……それ、脇からみて、そうだと判るのか？　(間違いなく、春になったら、どんなにれんげが咲いたとしても、あたりの雑草に覆われてしまい、見えなくなるに、陽子さん、一票。）

まあ。でも。

正彦さんの努力と苦労は、陽子さんにも判った。だから、できるだけ、陽子さんはこの正彦さんの努力を尊重しようとは思った。

この後。

春になり、正彦さんの〝自称れんげ畑〟のまわりの雑草を、できるだけ積極的に、陽子さんは抜いた。抜こうとした。

ただ。もともと、陽子さんの家事基準において、「庭の手入れ」は優先順位が低い。どう考えてもそれ以外にやらなければいけないことが沢山ある。だから、それは放っておかれる可能性が高くて……。

そして、気がついたら。


「……まわりの雑草をできるだけ毟ってみたら……こんなことになっちゃった……」

のである。

正彦さんが耕した週刊誌四冊分の空間。

ここには、確かに、他の処に生えているのとは違う草が、生えていた。

ただ、それが……。

「これ……俺が思っているれんげじゃない……」

なのである。

正彦さんが〝耕した〟地面には、まわりに生えている雑草とは違う植物が生えている。それは、確かに、そう。

でも、それが〝れんげ〟かって聞かれると……「そういうものもちょっとはあるけど、基本的には違う」としか、言いようがない。

「れんげってさあ、花の形が、ここに生えているものとは違う……よね？」

「ああ。どう考えてもこれはれんげではない」

「でも、このピンクの小さな花をつけている奴が、この辺における最多植物だよね？ あなたはここにれんげの種を蒔いたんだよね？ ということは……これが、れんげ？」

「の、訳がない。もしこれがれんげなら、俺の心の中のれんげ畑はなくなっちゃうし……いや、別に俺、この花を貶《おとし》めるつもりはないよ、けど、俺が、心の中で欲しかった花は、これじゃない」

「……うん。私もそう思う。……というか……れんげ、生えてはいる……ような気は、するよ？ ここに生えている奴と、あそこの奴、むこうの奴と、そっちの奴。この四つは、この〝れんげ畑〟における、れんげ、じゃ、ないの？」

「……この空間では、この四本が、俺が思っているれんげである、それに異議を唱えるつもりはない」

ただ。

確かに狭いとはいえ、それでも週刊誌四冊分くらいの空間を耕したのだ、そこに腐葉土や肥料をいれ、一所懸命土地を養生して、れんげの種を思いっきり蒔き……それでも、〝れんげ〟だと断定ができる植物が四本しか生えてこないって……これはないんじゃなかろうかって、陽子さんも正彦さんも、思った。（まだ、ほんとに生えたばかりで、何とも名付けようのない新芽はいくつもあったので、その大多数は、ま、れんげかも知れないんだけれど、これは、この時点では植物にあんまり詳しくないこの二人、よく判らない。）

「あ！」

で、ここで陽子さん、言ってみる。

「あなた、確か、植物の写真をとったらそれが何だか判るアプリっていう謎の奴、スマホにいれていなかったっけか？　それ、使ってみたら？」

「あ、成程、あのアプリがあった！」

で。正彦さんがそのアプリを使ってみたところ。

今、問題になっている植物の名前は判った。カラスノエンドウだ。

…………………。でも、名前が判っても、何故ここがカラスノエンドウの畑になったのか……これがまったく判らない。

「それにさあ、俺が買ったれんげの種はどうしたの。四本しか生えてないなんて」

これまたまったく判らない。

けれど、これを〝判る〟為に、何をどうしたらいいのか、それがまったく判らない。

（と、言うか。

実は陽子さん、正彦さんが通信販売か何かで買った種を、「不良品ではないのか？」って思ってもいた。だって、正彦さん、結構凄い量を、〝耕した〟地面に蒔いたんだもの。これで、数える程しかれんげが育たないって、何かどっかに間違いがある……ような気がする。

……まあ……実は調べてみたところ、カラスノエンドウもれんげもまめ科で、畑に蒔くことがあるらしいので、種がまざっていたのかも、とは思っていた。）

「……でも……れんげ畑にはほど遠いけど、四本はれんげが咲いた訳で。……じゃあ、来年は菜の花畑を」

うわあああああっ！

「やめれっ！」

瞬時、陽子さんは叫んでいた。

いや、仮にも小説家として、陽子さんの台詞は、変だ。

この場合の正しい台詞は、「やめろっ！」、ないしは「やめてっ！」だ。

でも、この時の陽子さん、文法の正しさなんかに拘泥できる気分ではなかった。だから、ただ、叫び続ける。

「やめれっ！　それ、絶対やめれっ！」

……まあ。

この陽子さんの言葉が効いたのか、あるいは、これからまた週刊誌四冊分の地面を耕したら自分の腰がどうなってしまうのか判らなくなった正彦さんが、諦めたからか。

大島家菜の花畑計画は、実施されなかった。

というのは。

その計画実施前に。

この、正彦さんのれんげ畑は……結構素っ頓狂な弊害を齎してしまったから。


大島家の家事において、庭の手入れはかなり優先順位が低い。

とは言うものの、まったく庭の手入れをしない訳にはいかない。

というのは、大島家とお隣の間、その狭い空間に、定期的にメンテナンスをしなければいけないものがいくつかあるから。大島家では、太陽光発電をしているのだけれど、それに付随する（陽子さんには何かよく判らない）器械が、大島家とお隣の間、五十センチくらいの空間においてあったり、なんかよく判らないけど、専門家が時々、調べなきゃいけない器械が、やはりその五十センチくらいの空間にあったり。

そして。

大島家と、お隣の間の、五十センチくらいの空間に到達する為には、大島家の庭を通る必要があるのである。

だから。年に数回、お隣との間の空間にひとがはいることができるよう、その為だけにも、庭の雑草を抜かなきゃいけないのである、陽子さん。

そして。

この時、正彦さんの〝れんげ畑〟は、おそろしい程の効果をあらわしたのだ！

ひたすら庭の雑草を抜いている陽子さんは、それやっている時、あんまりあたりに目を配っていない。ドクダミとか、シダの一種とか、ああ、ほんとにこれは雑草として強いねって奴を抜き、ロゼットになっている雑草のみなさまを根から抜くように毟り……。

そして。

ずぼっ。

草を毟りながら後じさる陽子さんは、何回か、後じさった足を、何かに捕らえられて、転んだのだ。

ずぼっ。

って……何で庭の草むしりをしている、私の足を、捕らえる穴があるんだよおっ！

落とし穴、か？

いや、これ、落とし穴としか思えない。

でも、何だって自分ちの庭のど真ん中に、落とし穴があるんだ！

いつ、誰が、何だってそんなものを作ったんだ！

と……思った瞬間。

その答が判ってしまったので……陽子さん、本当に哀しくなった。

ああ。

これは、〝落とし穴〟なんかじゃ、ない。これは、旦那の〝れんげ畑〟なんだ。

旦那が。本当に頑張って土を耕して、そこにある石や岩を取り除いたから。ここは、柔らかい、ある意味、いい土になって……だから、下手に足を踏み入れると、その瞬間、ずぼって沈む。草毟りをしていて、うっかりそこに足を踏み入れると、ずぼって陽子さん、そこに足を取られて、転ぶことになってしまうのだ。

普通は、ねえ。

花壇なんて、庭の隅の方にあるものなんである。

けど、旦那の〝そうならなかったれんげ畑〟は、何故か、庭のど真ん中にあり……ということは、庭で作業をするひとは、ほぼ確実に、ここに足を取られてしまうことになるのだ。

そして。

この〝れんげ畑〟は、時間がたつに連れ、酷いことになってゆく。

やがて秋が来て、落ち葉が庭につもるようになると、この〝れんげ畑〟は、落ち葉にまったく埋もれてしまい、庭の落ち葉を除去しようとして作業をしている陽子さん、何度これに足を取られたことか。(正彦さんがほんとにちゃんと土を耕してくれた為、かなりの間、このれんげ畑は、れんげが咲いていないのにもかかわらず、土地だけはましで。確実に柔らかく、確実に庭作業をしている陽子さんの足をひっかけることになったのだ。）

そして、冬が来て、雪が降ると。今度はまったく、これが見えなくなる。そして陽子さんは、何度、これにひっかかって転んだことか。

自宅の庭の中央に。落とし穴がある。

これはもう絶対に認めたくないことではあるのだが……でも、同時に、〝厳然たる事実〟でもある訳で。

しかも。これを作ったのは、陽子さんの夫である正彦さんなんだよ！

夫が作った罠《わな》。これが、何故か、庭の中央にある。

れんげ畑に落っこちて。もう、陽子さんにしてみれば、ため息をつくしかない。

何故。

何故、うちの庭のど真ん中には、落とし穴があるんだよおっ！

第十章　「二番目に好き」校庭の暮早し

「ねえ、これ、どんなゴミになるの？　燃えるゴミかなって思うんだけれど、なんか雑誌みたいな気もするし、雑誌なら雑誌や新聞や段ボールを纏《まと》めて回収する日に出さないといけないような気がするし……どんなゴミ？」

ある日。

正彦さんから、こんな台詞と共に小冊子みたいなものを渡された陽子さん、受け取ってすぐ、これは燃えるゴミじゃなくて雑誌のくくりで、資源ゴミの日に他の雑誌や何かと纏めて捨てるものだよねって思い……同時に、何だって雑誌みたいなものを、正彦さんが自分に渡したのかなって、ちょっと疑問に思う。普通にこのサイズの小冊子なら、〝雑誌〟のくくりだって、正彦さんだって判るだろうに。

で、渡された小冊子をじっくり見てみる。

見てみて……そして、驚いた。

こ……これは……雑誌というよりは、練習帳だ。Ａ４の雑誌サイズの、ペン習字の練習帳。普通に五十音を書く欄もあれば、住所なんかを書く欄もあり、東京都とか神奈川県とかお手本が書いてあり、手紙の時候の挨拶なんかの常套句《じょうとう》もあり、それを丁寧になぞってボールペンで書いてあるこれは……。これは、旦那の、字？

「……これ……何？」

いや、ペン習字の練習帳だ。それは判っている。けれど……陽子さんとしては、こう聞いてみるしかない。そんな気分になる。

「いや、ペン習字の練習帳」

だからそれは判っているんだが。

「何でこんなもん……それも、全部ボールペンで字が書いてある、なんでこんなもん捨てるの……」

「全部書いちゃったから。終わったから。だから、これ捨てようと思ったんだけれど、字を書いたから、これ、雑誌の扱いで捨てていいのかどうか判らなくて……んで、捨て方を聞いてみたんだけれど」

「い、いや。いやいやいや。書いたって、何？」

「だってこれ、ペン習字の練習帳だろ？　で、課題を全部、書いちゃった。終わった。だから、これ捨てて、次にまた新しい奴を……」

「って、書いたって、誰が」

「……俺が」

「何で」

「字の練習をする為」

「何で」

「……字の練習をするって、綺麗な字が書けるようになりたいから、それ以外の理由があるのか？」

いやいやいや。それは判っている。うん、それは、判っているんだよ。だから、陽子さん、自分が聞いていることが何か変だっていうのも、よく判っている。けれど……正彦さんと、字の練習、この二つの単語が、どうしても自分の心の中でくっついてくれなくて。従って、何か、呆然《ぼうぜん》として。

「これ……あなたが、書いた、の？」

「って、先刻っから俺はそう言っていると思うんだが」

「何で」

「あのさ、陽子、おまえは何を聞きたい訳？　おまえの台詞、なんか循環しているよ？　俺は字の練習をしたかった。故に、これを買って、練習してきた。一冊分の練習が終わった。故に、これを捨てて、次にまた別の練習帳を買って練習をしようと」

うわあああっ！

俳句を始めた時から。

正彦さんが、自分で勝手にお習字を始めた、それは陽子さん、知っていた。けど、まったくの我流でお習字を始めても、おそらくは何の実も結ばないであろう、陽子さんはそう思って、正彦さんのお習字をちょっと莫迦《ばか》にしていた。（というよりは、洗面所が墨で汚れるから、できれば止めて欲しいと思っていた。）そして実際、句会がＺｏｏｍになってからは、正彦さん、お習字を止めていたのだ。（Ｚｏｏｍ句会は、パソコンで投句する為、字が綺麗である必要がなくなったから。）

けれど。実は正彦さん……我流お習字を止めた後も、こつこつと努力を続けていたのか？　今度はペン習字の練習帳を買って、それをひたすらなぞってお稽古をするっていう形で。

ここで陽子さん。受け取った正彦さんのペン習字練習帳をそのまま正彦さんに突き返し、リビングの食器棚に貼ってある正彦さんの予定表の処へと走る。ここには、正彦さんの一週間の予定を書いてある紙が貼ってある筈なのだ。

この予定表は、正彦さんがサラリーマンの時代には、陽子さん毎日確認し、絶対に書いて欲しいって要求していたものだ。（つまり、日・月・火・水……って文字の下に、〝接待〟だの〝残業〟だのって文字が書いてある奴で、その週のうち、いつといつ、正彦さんが家で御飯を食べるのか、それが判るようになっている奴だから。これがないと陽子さん、この週のうち、いつ夕飯を作ればいいのか判らなかったので、サラリーマン時代の正彦さんには、絶対にこれを書いてもらっていたのだ。だって、御飯を食べる日の前日に、それが判っていないと、そもそも買い物をする時にとても困る。）

そして。定年になってからも、正彦さんは律儀にこれを作り続けていて……いや、むしろ、サラリーマン時代より細かく時間で区切られた予定表を作り続けていて……実は陽子さん、それ、あんまりちゃんと見ていなかった。（現役のサラリーマンの頃は、そもそも週のうち家で御飯を食べることができるのが二回かそこらだったんだけれど、定年になってからは、家で御飯を食べないのが週に二回以下になっている。その前に、原則的に帰宅予定時間というのがない。だから、今週のうち、いつ、正彦さんがうちで御飯を食べないのか、それだけチェックすれば、陽子さんにしてみればOKだったのだ。故に、正彦さんの予定表、ほぼ、陽子さんは見ていなかった。)

その、正彦さんが作った予定表を見てみたら。

陽子さん、驚いた。

「な……何、これ、あなた、何だって、こんなに細かくて丁寧な予定表、作っている訳?」

いきなり陽子さんにペン習字の練習帳を突き返されて、最初のうちは目を白黒させていた正彦さん、陽子さんが予定表の処へ走ってゆくのを見て、自分も予定表の前まで来て、そして。

「……いや……ほぼ……趣味?」

あ、あああ、そうだった。

正彦さんというのは、話で聞く限り、昔から予定表を作るのが好きなひとだったらしい、のだ。

これは三十年を超す、正彦さんと陽子さんの結婚生活で、なんとなくいつの間にか、陽子さんが正彦さんから聞いた話なんだけれど。

中学生くらいから、正彦さんは、テスト前とか、やたら〝予定表〟を作るのが好きな子供だったらしい。

ああ、それ、判る。

確かに、昔、いたよねー。テスト前になると、日付を区切って、月曜日、何時から何時まで英語、その後十分休憩して、一時間数学、また十分の休憩を挟んで、一時間古文、なんて、予定表を作るひと。

「俺はさあ、予定表作るの好きで、大体テスト前はそういうの作っていて……」

でも。こういうことをするひとの末路、なんとなく、陽子さんには判る。

「……で、結局……予定表作ると、満足しちゃって、結果として、予定表はまったく守れず、ということは予定していた勉強もできず……とどのつまりは、全然思うような成績がとれなかった」

「……何で判るの陽子」

「判らいでかっ。大体、そういうのがよくあるパターンだよ」

「あ！　そうか、実はおまえもこれやっていた？」

「……私は、そこまで真面目じゃなかった。予定表なんかまったく作らずに、とにかく、今日は英語やろー、明日は数学ーなんて思っていて……でも、その時読んでいた本が面白かったら、それ、読みやめることができなくて、結局それ読み続けてしまって、そんで、その日は、おしまい」

これを聞いた正彦さん、ちょっと「えええ」って顔になり。

「いや、だって、そんなこと許しちゃったら……おまえ、テスト前に勉強なんてまったくできなかったんじゃ……」

今の陽子さんの読書状況を見ている限り、そうとしか思えない。一回本を読み出したら、そして、その本が面白かったら、多分陽子さん、この時、テスト前勉強なんてしている筈がない。

「ううん、中学や高校の頃は、まだ、子供だったから。今だったら、本を手にとった瞬間、〝これが私にとって面白い本であるのかどうか〟、かなりの確率で判断ができるんだけれど、しかもそれが大体あたっているんだけどさ、昔は、その判断がまだ甘かったから。たまには、全然面白くない本にあたっちゃったことも、あったんだよ。あとさあ、昔は、本を買えるお金がまったくなかったから。お小遣いだけじゃ、月に文庫本数冊しか買えないんだよ？　あの頃だって、三日で一冊くらいは、本を読んでいた筈なのに。なのに、自分で選んで買える本が、月に数冊。するっていうと、あとは図書館で借りるとか、そういう方法しかなくて、私にとってあんまり面白くない本にあたる確率もそれなりにあって……そういう時は……しょうがない、真面目に勉強をしました」

……この状況。正彦さん、考えてみて、しみじみと。

「……よかったな……」

「……って？」

「本を読まずに、真面目に勉強をする時間がなかったら、おまえ、ほんとにテストなんてぐだぐだになったんじゃないの？　したら、大学で、俺に会えなかったかも知れない」

ここで、陽子さん、ちょっと上を向く。そして、上唇を舌でなぞって、笑いながら。

「でも、大学であなたに会えたのがよかったことかどうかは謎だよね」

「！」

と、今度は。

これを聞いた正彦さんの方がむうっとした顔になり。

「陽子、あのな」

「あ、嘘、嘘」

で、二人でちょっとこづきあったりして（基本的に仲のよい夫婦なんである）……って
……なんか、話が、ずれたな。


正彦さんが作った予定表には、〝ペン習字〟なんてものが、確かにはいっていた。一日、十分くらい。

一日十分、正彦さんは、ペン習字の練習をする。

少なくとも予定表によれば、そんなことになっていて……実際に、正彦さんは、〝そうした〟のだろう。一日十分、毎日、ペン習字の練習を。だから、正彦さんがそれまで使っていたペン習字の練習帳は一杯になり、正彦さんは新たなペン習字の練習帳を用意し、今まで使っていたものを捨てることになった。

それに。

正彦さんがペン習字をやっている、それについては、納得がゆくことがある。

ちょっと前から。

正彦さんが書く字は、歴然と読みやすくなっていたのだ。

正彦さんは、時々、自分の好きな句を原稿用紙に書いては陽子さんに見せることがあった。それまでは陽子さん、「なんだろう、自分が好きな句を私に見せたいのかな？」って思っていただけだったんだけれど……今になってみれば、思い至る。これ、正彦さん、句を清書する自分の字が、どの程度読めるようになっているのか、陽子さんをマーカーにして、測っていたんじゃないのかなあ。

そして、そう思ってみれば。これまた、思い至ることもある。

ちょっと前から、正彦さんが属している句会は、Ｚｏｏｍだけではなくなったのである。実際に、面と向かってやる句会、そういうものも、ぽつぽつと発生しだしていて、そんな中には、参加者が、ランダムに混ぜた他の参加者の句を清書しなければいけない句会もあったのだ。（本人が自分の句を、自筆で書いてしまうと、筆跡を見ただけで、つきあいがあるひとには、その句が誰のものだか判ってしまう可能性が高い。だから、短冊に書かれた句を適当に混ぜて、他人がそれを清書するっていう方式をとっている句会が多いらしい。）

正彦さんが、ペン習字をやっていたのは……ほぼ、この形式の、句会の為、なんじゃ……ない、のか？

だって。

正彦さんの字が汚くて、それで、正彦さんの句が、不当な評価をされてしまうのは……まあ……これは、〝字が汚い〟段階で、正彦さんの自業自得と言える。それこそ、自己責任である。

けれど、他人の句を清書することになった場合……自分の字が汚いが故に、ひとさまの句が、不当な評価をされてしまったら。

そりゃ、誰がどう考えても、悪いのは正彦さんだ。

いや、その前に。自分の字が汚くて、それで、ひとさまの句が、〝読めなく〟なったらどうしよう。最初に句会に参加した当時、ほんとに正彦さんの字は酷かったので……これは、可能性として、〝ある〟ことだったのだ。そして……そして、それは、あまりにも、あまりにも、句会の他の出席者に対して、失礼である。

それで。

「綺麗な字は書かなくてもいい。というか、書けない。けど、最低でも、読める字を書かなくては。自分が書いた字が読めなかったせいで、自分が清書をした句の作者の作品が、まっとうな評価をされないこと、これだけはあってはいけない」

おそらくは。正彦さんは、こう思ったのだ。それで……始めたのが、ペン習字のお稽古……？

ここまで推察した処で。

陽子さんは、感動した。

感動しまくってしまったのだ。

うちの旦那だけどさあ、このひとって、結構いいひと？

それにまた。

毎日、十分、ひたすらペン習字のお稽古をしていた旦那は……他のことも、毎日、十分、お稽古していた可能性がある。予定表にはそんなことも書いてある。

だって、この間、陽子さんは正彦さんと一緒に、近所では一番大きな書店の大学受験の為の参考書がある処へ行った。それは何故かって言うと……。

この瞬間、陽子さんは、そんな過去を思い出していた。

「ねえ、陽子、うちに、『万葉集』とか『古今和歌集』とか『新古今和歌集』とかって……ある？」

大島家の蔵書。これは、三万冊もあるので、陽子さんが勝手に分類している。（いや、ほんとは、普通の図書館がやっているように、日本十進分類法にのっとって分類をしたいって陽子さんは思っていたのだが……蔵書の数に、あまりにも特異な傾向があるので、これは無理だったのだ。蔵書の殆《ほとん》どが小説であるのは当然として——そんな図書館は普通ない——、それ以外のものも、例えば、生物学に分類されるものがあまりにも突出して多い、とか、物理学に分類されるものがほぼない、とか。また、棚の高さも決まっている処が多いので、陽子さんが勝手に作った、それこそ、「ここは骨董《こっとう》」「ここは囲碁」みたいな基準を作らないと、効率的に蔵書を収納できなかったのだ。だから、大島家の蔵書をちゃんと活用したい場合は、今、正彦さんがやったように、「この○○って本はあるの？」って陽子さんに聞くのが、一番早くて正しい。（何たって、陽子さんは、すべての蔵書をエクセルにいれている。その前に、このひとは、大体の蔵書のことを覚えている。こと、本に関する限り、何か特異な能力があるんじゃないかと思われるようなひとなのである、陽子さん。）

「ん、勿論《もちろん》あるよ。んーと、確か岩波の日本古典文学大系が全部ある筈だから、常識的にいって、万葉も古今も新古今もあるに決まってる。あ、万葉はね、文庫版もあったと思う。（ここで陽子さん、エクセルをチェック。）うん、文庫では、角川と講談社と旺文社があるね。……それに、岩波の日本古典文学大系は、箱にはいってるし重いし、ただ、万葉を読みたいだけなら、文庫の方、出そうか？　あ、訳注しているひとの情報は、エクセルじゃ判らないんだけど、実際書庫に行ってみればすぐ判るから」

　この辺、陽子さん、ほぼ司書さんのノリである。（陽子さんは、司書さんに憧れてもいたので、「特定のとある図書を出して欲しい」って依頼には、もっの凄《すご》くのってしまうのである。まして、大島家の書庫は、陽子さんが勝手に分類して司書やっている、陽子さんの為の本棚だからね。けれど、こんな陽子さんに対して、本についての情報を求めてくるひとはまったくいないので、こんなこと、言われてしまうと、陽子さん、も、嬉しくなってしまうのだ。）

「あ……いや……文庫は……この間、ちょっと本屋さんでぱらぱらしてみたんだけれど……もの凄く……判りにくい」

「……って？」

「いや、本文があって、脚注がある、だろ？　でも、そもそもの本文が……和歌、それ自体がね、何書いてあるんだかよく判らないし、脚注読んでもこれまたあんまりよく判らないんだ」

「……そういう感じは、確かにあるよね。……あ、ちょっと待って。少なくとも新古今なら、新潮の日本古典集成もうちにはあったかも。岩波の方はね、私が生まれた頃の奴なのに対して、新潮の方のは、私達が結婚した頃だから。随分新しいよ。その分、読みやすいかも知れない」

……って……随分新しいよっていっても……そりゃ、どっちも、昭和だろ！　これを、〝新しい〟って言ってしまう陽子さんの感覚も……いかがなものなのか。

そう思った正彦さんが、うーんって顔になると、今度は陽子さんが。

「で、何だって旦那は、今更、『万葉集』や『古今』や『新古今和歌集』を読みたくなったの？　俳句の為？」

「……他に理由があると思うのか？」

「ない……よね。じゃ、『万葉集』とか出す前に、うちには芭蕉の本があるよ」

「……って？　え？」

「いやあ、岩波の日本古典文学大系。芭蕉句集と芭蕉文集があるみたいなんだけれど、俳句の為に万葉集読むくらいなら、その前にこっちを読んでみる？」

「あ。もしそんなものがあるのなら、それは、是非」

で、そんな本を手にした挙げ句、どっちも正彦さんにはまともに読めないっていう事実が判って。

と、そんな話を陽子さんにしてみた処、陽子さんから、まったく違う提案をされてしまったのだ、正彦さん。

「うん、旦那が、本文がよく判らなくて、脚注もよく判らなかったってことは、よく、判った」

「……それ……何か皮肉なこと、言ってる？」

「いや、言ってない、言ってない。ただ、私は、こんな時に、ほんとにかい摘《つま》んで、しかも判りやすく書いてある本のことを知っているっていうだけで」

こんなことを言われてしまうと。正彦さん的には、もう、もの凄く盛り上がる。

「そ、それは、何だ！」

で、もの凄く盛り上がって、凄い勢いで陽子さんに迫っている正彦さんに対して、陽子さんの方は、あっさりと。

「学習参考書」

答を言ってしまうのである。

ただ、言われた正彦さんは、まさかこれが〝答〟だってまったく思わずに。だから、言葉を続ける。

「参考書がどうしたっていうんだ！」

それに対して、陽子さんは、ゆるやかに。

「大学受験の参考書にはね、いろんな奴があると思うんだ。特に『古事記』や『日本書紀』なんかは、勿論本文も書いてあるんだけれど、本文を基にして、丁寧に解説書いてあるものがある筈。文法なんか書いてある奴だって勿論あるんだろうけれど、というか、そういう奴の方が主流かも知れないんだけれど、もっと違う奴だって、ある筈じゃない？　……これは感覚なんだけど、『源氏物語』とか、すっごく判りやすく書いてある奴、ある可能性、なくない？　今ではよく判らない言葉や習慣をひたすら解説してくれている奴。んでもって、あなたが読みたいのは、そういう本、なんじゃないの？」

「か……かも、知れない……」

「勿論、全部を書いてはいないかも知れない。けれど、一部でも、判りやすい奴が書いてあるのなら。それ、参照するのが、一番判りやすくない？」

「……た……確か、に」

「んで、『万葉集』とかね、『古今和歌集』とか、『新古今』あたりくらいまでなら、これ、絶対、それに特化した参考書がある筈だと思うんだよね。現物の、『万葉集』とか『古今和歌集』とか『新古今』とか読んで、判りにくかったのなら、受験用の参考書を読むのが、一番楽じゃない？」

「うわあああっ！　確かに」

で。ついこの間。陽子さんは、正彦さんを近所の本屋さんに案内して、一緒に、受験生用の古典の参考書を買った覚えがあったのだ。

（何故、陽子さんが〝案内した〟のかと言えば、正彦さんは、単独ではこの参考書を発見できなかったからだ。これまた何故かと言えば、この書店さんでは、古典の参考書が、何故か、「物理」に分類されているコーナーの最初においてあって……まあ、「物理」コーナーにそんなものがあるって思うひとはほぼいないだろうから、正彦さんが発見できなかったのはしょうがないと思う。）

んで、これを見た時、当然、正彦さんは文句を言った。

「何故！　何だって古典が物理のコーナーにあるんだ！」

「ん……その気持ちは判るんだけれどね……普通の町の本屋さんって、棚の容積にもの凄い制限がある訳よ。だから、結構、訳判らない感じで、本の並びを詰めてしまっている。この本屋さんの場合、この辺では最も参考書に棚面積を割いてはいるんだけれど、それでも面積自体がそんなに大きくない」

「だからって、何で物理」

「んー、この本屋さん、〝物理〟の前にあるのが、〝国語〟の参考書でしょ？」

「国語と古典は違うだろうが」

「うん。けど、この面積の本屋さんだと、国語と古典を分けるの面積的に無理だと思うし。ということは、国語が終わった後に、古典が並んでいるんじゃないかなーって推測できる訳だし。んで、国語の参考書のあとに物理が並んでいるのなら、古典は物理の最初にはみだしている可能性結構あるかなって思って」

……正彦さん。

ちょっと驚いたような表情になり、陽子さんのことを見つめる。すると、陽子さん、えへへんって胸をそらして。

「私はねー、本屋さんに通う、プロのお客さん、なんだよ」

「プ……プロのお客って……それは何だ」

「自分のお小遣いで本が買えるようになってから五十年。毎日毎日、いろんな本屋さんに通っているプロなの。雨じゃない限り、別に欲しい本がなくっても、お小遣いがなくて本買えなくても、私はいろんな本屋さんに通っている。だから、大体の本屋さんは、はいった瞬間にどんな傾向の本屋さんだかが判る。棚を見れば品揃えの傾向も判る。平台を見れば何を売りたいと思っているどんな本屋さんかも判る」

「……おまえ……書く方の……プロなんじゃ……？」

「いや、勿論、お話を書く方でも、もう四十年もやっているんだ、自分で自分のこと、ちゃんとプロだと思っている。けど、本屋さんに通う方はね、もうちょっと凄いプロなの、私。だって、書店さんや出版社の営業以外で私程本屋さんに通っているひとなんて、他に知らないし」

……確かに。本屋さんのはしごを毎日のようにやっている人間なんて……正彦さんは、陽子さん以外知らなかった。しかも、それは、何か欲しい本があり、それを最初の本屋さんでは入手できなかったからはしごしているっていうものではなく……はしごしたいからしているだけなんだよね。また、陽子さんは、何故かすべての文庫の発売日や新刊の発売日を把握しており（新刊案内や宣伝のちらしを全力で熟読しているのだ）、発売日にその本屋さんにその本があるかどうかを確認している……みたいなのだ。何故、そんなことをやっているのか、それは、考えるだに、謎なんだが。

「だから、まあ、当該本屋さんの売り場面積を考えて、あなたの欲しかった本が〝物理〟コーナーにあるなって推測ができた訳なんだけれど」

……まあ、確かに。

陽子さんのおかげで、正彦さんは、この本を買えた訳なんだけれど。

正彦さん、思った。

何か、ちょっと。

自分の妻であるんだけれど……陽子って、こいつ、何か変！　って。


あ。

また、話がちょっとずれたな。


とにかく、陽子さんのナビゲートにより、正彦さんは、古典の参考書を買った。そして、和歌の勉強をしているらしい。

……これは……凄い。


正彦さん。

本当に努力をしているらしいのだ。

あと。

この間、陽子さんは、正彦さんが読んでいる文庫を見て、驚いたことがあった。そんなことも陽子さんは思い出していた。

その本って、かなり古いミステリの復刻版で、陽子さんならともかく（このひとはミステリ好きだ）、正彦さんが読むような本だとは思えなかったので、陽子さん、聞いてみた。

「旦那、こんな傾向のミステリも好きなの？」

「……あ……いや……粗筋《あらすじ》見て、面白そうかなって思って買ったんだけれど……あんまり好みじゃなかった、かな」

でも、読み続けているんだよね。だから、陽子さん。

「？」

好みじゃない本を、何故、読むのだ。いや、最初に手を出した理由は判る。けれど、好みじゃないと思ったら、すぐさま読むのを止めるのが正彦さんなのだ。（陽子さんは、買った以上、意地でも半分くらいまでは読むけれど。そんな余計なことをしないのが、正彦さんのいい処。）と、まあ、まず、ここが陽子さんにはよく判らず……そして、その本をちらっと見て、陽子さん、もっと驚く。だって、これ、旧かなで書かれていない？

「いや、実はね、この作者がね、俳人なの」

あ……ああ、俳句をやっている作者が書いた本なら、何でも読むのか。そう思いかけた陽子さんなのだが、正彦さんの返事は、陽子さんの思いの斜め上をいっていた。

「俺さあ、俳句詠む時、文語っていまひとつよく判らなくってさあ」

「……まあ……そりゃ、私やあなたの世代ならそうだよね。私だって文語の文法なんてまったく判らないもん」

「だから、この本、俺には向いていないなーって思ったんだけれど、文語で書かれた、それも俳人が書いた本を読んだら、少しは文語って判るかなーって思って。だから、ちょっと頑張って読んでみようかなって」


この瞬間の、陽子さんの思いを、何て言ったらいいんだろうか。

感動した。

そう、としか、言えない。


そもそもが、陽子さんの世代は、文語には弱い。何たって、日常で文語に接することが殆どない。(って、陽子さんが若者だった時代には、この言い方は〝あり〟だったんだけれど、今はなー。陽子さんが若者だった時代には、上に、〝日常で文語に接していた〟〝教養としてそういうことをよく知っていた〟世代が、それなりにいたんだけれど、只今現在では、陽子さん自身が、すでに還暦超えている。ということは、日常で文語に接していた世代って、今、どのくらいいるんだって話になってしまう。……と、いうか。あんまりいないかも……なんである。)

で。

文語に弱い、陽子さんが、昔、先輩からいただいたアドバイス。

「江戸の読本、楽しみたいと思ったのなら、まず、とにかく読んでみれば？　いや、勿論、当時の読本なんて手にはいらないだろうけれど、例えば滝沢馬琴の『南総里見八犬伝』なんか、岩波かどっかの文庫で揃ってる筈だから。あれならちゃんと活字になってるし。最初のうちは、訳判らなくても、最初の一冊さえ無理して読み通せば、大体意味が判るようになるから。一冊目、読み通せば、ほぼ自在に読めるようになるし、意味も判る筈。その前に、一冊目さえクリアすれば、あれはほんとに面白いんだから、続けて読まない訳がない」

とても魅力的な提案だと思った。けれど、この提案をいただいた時、陽子さんは結婚したばかりで仕事も無茶苦茶忙しく、その提案を実行できる状態ではなかった。だから、この提案、のびのびになっていたんだけれど……。

今。正彦さんがやっていることは、まさに、〝これ〟だ。

また。

陽子さん、ちょっと違うんだけれど、これと似たようなことをやった覚えがある。

自分が小学生の頃。

祖父と父の蔵書を食い荒らして読んでいた陽子さん、昔の岩波文庫なんかを結構読んでいたのだ。(その頃、陽子さんは、父に買って貰った子供用の北杜夫《きたもりお》の著作が好きで、大好きで、北杜夫がトーマス・マンが好きだって話をどこかで読んで、トーマス・マンという作家の著作を読んでみたかったのだ。けれど、当時の陽子さんのお小遣いではどんな本も買うことができず、トーマス・マンの著作なんか小学校の図書室にある訳がなく……でも、自分の家の、祖父の書斎には、あったのだ。で、祖父の書斎に忍び込んで——そこにはいっていたことがばれたら怒られる——トーマス・マンを読もうとしたのだが……当たり前だけれど、これは、旧漢字、旧かな遣い。そのお話が面白いか面白くないかの前に……そもそも、読めない！　ほぼ、暗号解読の世界である。でも、頑張って、ずっと、読んでいたら……いつの間にか、陽子さん、これが読めるようになっていたのである。一回、こうなったら。あとは、祖父の蔵書、結構陽子さんは読めるようになったのだった。旧漢字も旧かなも、本一冊分、頑張って読んだら、あとは、何とか、読めるようになるんだ。これは本当にそうなるのだ。）

　そして。

　まったく文法なんかは判らないんだけれど、陽子さんには、〝感覚〟ができた。

「これは、多分こういう意味」

「こっちのこれは、きっと過去形」

　まあ、この時の陽子さんは、現代日本語の文法だって判っていない。（というか、この時代はまだ、「国語」っていうものだってちゃんと習ってはいなかったのだから、〝文法〟ってものをまだ知らなかったんだけれどね。）だから、当然、文語の文法なんて、判っている訳がない。でも、本一冊分くらい読んでしまえば、そして、それを楽しんでしまえれば、〝感覚〟として、判ることがある。そして、この時陽子さんが思った〝感覚〟は、きっと、正しいのだ。その上、この時の陽子さんは、旧漢字も、旧かなも、不思議な程、読めてしまえたのだ。読めるようになっていたのだ。（こののち。中学の国語の授業で、漢字の成り立ちってものを教わった陽子さん、ほんとに驚いた。自分が、感覚でなんとなく理解していた〝漢字〟。これにはほんとに意味があって、ヘンが主にその属性をあらわし、ツクリが音を担う。これを知った瞬間、今まで何となく判っていたことが、ぱきっとジグソーパズルのようにはまってしまい、泣きそうなくらい、嬉しくなったのだ、陽子さん。）

そして。

そして、だ。

今までずっと、本を読んでいて思っていたこと。

文法なんてまったく知らないけれど、それでも、多分、自分は、正しくこの本を読めているような気がする。

本さえちゃんと読んでいれば、本がちゃんと読めるのならば、文法なんてまったく判らなくても、漢字を書けなくても、それでもその本の意味は判るのだ。（だから。とにかく、江戸の読本を読みたければ、『南総里見八犬伝』の一巻をまず読んでしまえって言葉は、すんごく正しいんだろうなあって、陽子さんは思っていた。）

正彦さんは、多分、この時の陽子さんが〝正しい〟と思ったことを、無意識のうちにやっている。

とにかく。

沢山のお話を読めば、ちゃんと読めば、いずれそのうち、その〝読んだ〟という経験は、飽和する。これが〝飽和〟してしまえば、今度は次のフェーズに至ることになる。

飽和してしまえば、正彦さんは、きっと、旧漢字旧かなであっても、文法なんかまったく知らなくても、旧かな、旧漢字、文語の文章を読めるようになる筈。そして、そういう文章を、いつの間にか自在に書けるようになる、そんな境地に至る筈。


一日十分でも二十分でも。

正彦さんが、毎日、これをやっているのなら。


絶対、こいつ……いつの日か、そういう境地に達するよね。

自分が過去、似たような経験をしていたから。

だから、陽子さんは、自信をもって、断言できる。

いや、正彦さんの方が、もっとずっと凄いかも知れない。

だって、これをやった時の陽子さんは、小学生。もう、何が何だか判らないまま、無理矢理そんなことをしていたんだけれど……子供だから、何が何だか判らずに、とにかくひたすら突き進むことができたんだけれど……旦那は、今、還暦超えてる。この年の人間が、何が何だか判らないまま、とにかくひたすら突き進むことって、なかなかやりにくいような気がするんだが……でも、旦那は、これを、やっているのだ。

うん。

こいつ。

……自分の旦那だけれど。

でも……それなりに、凄いの、かも。


それにまた。

もうひとつ、陽子さんが驚いたのは、TV番組についてなのだ。

ちょっと前から、正彦さんは、いろんなTV番組を予約録画していた。

そして、時間があれば、順次それを見てゆく。

陽子さんは、勿論、そのTV番組を一緒に見ている訳ではないのだが、なんか、その番組には、傾向があるような気がしていた。


俳句の番組。『NHK俳句』みたいに、判りやすい俳句の番組は勿論、俳句をとりあげている番組なんかも、かなりこまめに正彦さんはチェックしている。これは、時間的な問題で、毎回放映時間に見ることはなかなかしにくいので、定年になってしばらくした後から、正彦さん、凄い勢いでいろんな番組を予約録画している。

また。

まったく違う番組も、結構正彦さん、予約録画をしているのだ。


何なんだろう、これ。

陽子さんがそう思ってしまった番組も、結構、あった。

美術館を特集したものとか、その他にも色々。


「ねえ」

で、陽子さんは、聞いてみる。

「あなた……いろんな番組を予約録画してるけど……その、基準は、何で？」

「あ、いや、勿論、主に自分が好きな番組を予約しているよ」

だよね。骨董の番組とか、俳句やってる『プレバト！』とか、囲碁で興味がある対戦とか。でも、その他の番組も、かなり沢山、予約録画をしていると思うんだけれど。

「んー……それはね、今、句友のひとのツイッターとか、結構見てるから」

おおお、ツイッター。これは陽子さんにはまったく判らない世界だ。（陽子さんは、ツイッターはおろか、そもそも、スマホにはできるだけ触らないようにして人生を送っている。）

「句友のひとが言っている、お薦めの番組とか、これは見た方がいいよって奴は、できるだけ見るようにしている」

「ほおお」

「実際、美術館関係の番組なんか、見たら感動するよ。ああいうのって、もし、句友のひとに教えて貰えなかったなら、自分では絶対に見ないと思うから。ああいうのを教えて貰えるだけでも、句友って素晴らしいと思う」

……成程。

「それに実際にね、美術館特集なんかで見た作品を、本当に美術館に足を運んで見に行くと、これがまた凄いんだよねー」

ああ。陽子さんも正彦さんと一緒に、何回かそれまで正彦さんが興味を持っていなかったであろう作者の美術展なんかに行ったよなあ。あれは、俳句関係のひとに教えて貰ったから、か。


陽子さんは、思った。

正彦さん。

信じられない程の努力をしている。

まあ、努力は別にどうでもいいんだけれど。(〝努力〟をすれば報われるっていうのは、〝夢〟だからね。)けれど。

けど、これだけのことをやっているのなら。

いつか。

時間がたったら。

それなりに俳句がうまくなるかも知れない。

……と、言うか……ほんとにこいつ、それなりに、〝俳句〟のひとになれるのかも知れない。

だってまあ、入れ込み方が、普通ではない。

というか、自分が、〝お話〟に入れ込んだ時のような〝入れ込み方〟をしているよね、正彦さん。

自分が〝お話〟に入れ込んでしまった（そして結果的に小説家になってしまった）時のことを考えると、この年で、正彦さんが俳句に入れ込んでしまうのは、どうなんだろうって思わない訳でもなかったのだが……まあ……六十超した後で、ほんとに入れ込める世界があるのなら……それは、きっと、幸せだよね。

とりあえず、陽子さんは、そう思うことにした。

第十一章　……俺は猫の玩具《おもちゃ》か

正彦さんが定年になってから。大島家の家族の中で、多分、一番変化したのは、猫達ではないかと思う。

☆

大島家には、天元《てんげん》っていう名前のオス猫と、こすみっていう名前のメス猫がいる。

正彦さんと陽子さんの夫婦は、結婚してすぐ、ファージという名前の猫を飼っており……ファージは、何と二十三まで生きてくれた猫だった。猫の二十三って結構凄い年で、人間に換算すると、いつの間にかこの二人の年を超えてしまい……亡くなる前には、尊敬をこめて、この二人、ファージのことを〃お猫さま〃って呼んでいた。（また、ファージは、正彦さんや陽子さんが出かける時、お見送り、お出迎えをやってくれ、どこまで遠出をしても迷子にならず——間違いなく陽子さんの十倍は賢い——、十匹以上の鼠《ねずみ》をとり……最後のひとつはどうかと思うのだが、とにかく素晴らしい猫だったので、ほんとに心から〃お猫さま〃って呼べたのだった。）

　そのお猫さまが亡くなったあと、しばらくしてから大島家にやってきたのが、天元とこすみ。勿論《もちろん》、正彦さんも陽子さんも、猫の比較なんてするつもりはないんだけれど、とにかくお猫さまが素晴らしすぎたから。この二人は、二匹の猫のことを、〝お猫さま〟に対して、〝猫ズ〟って呼んでいる。（まあ、ただ。飼ってみてこの二人は思った。猫って……ある意味、莫迦《ばか》だったり駄目な処があったりする方がむしろ可愛いのでは？　……って、何のことはない、二人とも、親莫迦なのである。）


　天元は、結構ひと懐《なつ》こいっていうか、甘え猫。生まれたばかりの頃、ちょっと足に問題があり、歩くのが上手でなかった分、正彦さんと陽子さんが甘やかしてしまったので、本当に甘え猫。（これはこれで凄く可愛い。）

　それに対して、こすみは完全に独立独歩、誰が何をしても、ほんとに我関せずって態度を貫いている猫だったのだ。

　すっくと座って、上を向くこすみ。陽子さんは、こういうこすみの状態を〝スフィンクス・キャット〟って呼んでいて……いや、スフィンクスが独立独歩なのかどうかは陽子さんだって知らないんだけれど、というか、あれは猫ではないんだけれど……それに大体、スフィンクスってひとに謎をかけてそれが解けないと殺すようなものだったと思うんだけれど……でも、すっくと座って、上を向いているこすみは、ほんとに陽子さんのイメージの中ではスフィンクスだったのだ。なんか、威厳があって、ちょっと、近寄りがたいような感じがする、そんな猫。

　うん。天元が〝可愛い猫〟だとすると、こすみは〝かっこいい猫〟。――端的に言えば、陽子さん、単なる親莫迦である――。

（あと、〝すっくと座って〟っていう表現は、非常に妙だと陽子さんも思ってはいたのだけれど……猫の場合、〝すっくと立つ〟のが、ほぼ、不可能だから。まず、立てないし、絶対に猫背だし。けれど、こすみの座っている姿は、猫背の癖にすっきり背筋が伸びている雰囲気で、ちょっと孤高のイメージもあって、陽子さんの心の中では、〝すっくと座って〟としか言いようがないものだったので。）


　それに対して天元の方は。陽子さん、〝地雷猫〟って呼んでいた。

　これは何かっていうと、天元は普段、床にのへーっと寝っころがっていることが多く……普段は本当にのへーっとしているだけなのだが、場合によると、天元の気分によると、近所を陽子さんや正彦さんが通りかかった時、いきなりその足にじゃれつくことがあったのだ。

「構ってー、構ってー、構えー、僕に構うのだあっ！」って。

　これは、油断して歩いている場合、かなり危険で（とは言うものの、家の中で常に注意をして歩くって、これは無理でしょう）、だから、天元は、〝地雷猫〟。うっかり近所を歩いてしまうと、いきなり爆発して、足元にじゃれつくので――とはいうものの、じゃれつかない確率の方が高い――、これをされると、じゃれつかれた陽子さん、転んでしまったりする。

　しかも。この地雷は、移動性地雷でもあるのだ。

天元が二階の廊下にいて、そこで「のへー」ってしているから、油断して陽子さんが階段を下りようとする。すると、この移動性地雷、いきなりむくっと起き上がって、階段を下りようとしている陽子さんの足元に、全力ですべりこみ、じゃれついてきたりするのだ。

陽子さんは心から言いたい。（と言うか、何度も何度も天元に言った。）

頼むから、お願いだから、これは、これだけは、やめて欲しい。

何故って、これやられると、陽子さん、階段から落ちてしまう可能性があり……実際に落ちかけたこともあり……今のね、陽子さんの年では、階段から落ちると結構酷いことになってしまう可能性があるんだよ。（若い頃は。それこそ、高校生くらいの頃は、大変粗忽《そこつ》である陽子さん、月に数回は階段から転げ落ちていたのだが、だから、高校生の頃の陽子さんは、階段をとても落ち慣れており、落ちたってたいした怪我はしなかったのだが、四十を超すようになってからは。どう考えても、これは、危険。あまりにも危険すぎる。故に、今の家を建てた時、階段の勾配《こうばい》はできるかぎり緩《ゆる》いものにしたし、手すりも作ったし、踊り場も作ったんだけれど……移動性地雷猫に襲われると、緩い勾配も手すりもあんまり意味がなくって……。）

そして、それだけではなく。

地雷猫にこんなことをされると、陽子さんは、「絶対したくない」と思っている、とあることを、やってしまう羽目になる可能性があるのだ。

その、とあることって。

「猫、踏んじゃった」

陽子さん。自分の体重と、天元の体重を比較するに……自分が「猫踏んじゃった」をやるのはまずいって、これは絶対に思っている。自分がほんとに全体重をかけて猫を踏んでしまったら、猫、大怪我をするか……下手をすると、踏み処が悪ければ、死んでしまうかも知れない。（これは、どんなにダイエットしても、〝そう〟なるんだよね。体重三～六キロの猫を踏んでも大丈夫な処まで自分の体重を減らしたら……その場合、陽子さんは〝生きてはいない〟ってことになるんじゃないかと。）

けれど。地雷猫にこれをやられて、自分が階段から落ちないようにひたすら手すりにしがみついたのなら……なら、その時は。やる気がなくても、やる意思がまったくなくても……それでも、やってしまう可能性がある、「猫踏んじゃった」。

（今でも陽子さん、思い出す。天元がこの家に来てから一年がたっていなかった頃。階段で、移動性地雷猫に攻撃された陽子さん、ほんとに〝猫踏んじゃっ〟て。その時は、幸いなことに、天元の尻尾を踏んだだけで済んだので、天元は、「ふぎゃあああっ！」という凄い叫びをあげ、階段を駆け下りただけで済んだのだが……そのあと、何日か、天元は陽子さんに近寄らなかった。

あれは、陽子さんもほんとに悪かったと思い、また、何日も天元に無視されたのでへこんでもいたのだが、同時に、安心してもいた。

ああ、踏んだのが、尻尾でよかった。

だって、もし、胸とか頭とかお腹とかを思いっきり陽子さんが踏んでしまったら……多分、天元、「ふぎゃあああっ！」なんて叫ぶだけじゃ、済まなかったよね。

とは言うものの。天元が、移動性地雷猫である以上……この危険性は常にあるのだ。廊下を歩いているだけなら、まだ対処のしようもあるんだが、階段でこれをやられたら、これを避けること、陽子さんには、多分、無理。)

だから。

頼むよー、ほんとにお願いだから、地雷猫は止めてーって思っていた陽子さんなのだが……だが、こんな地雷猫になってしまう天元は。

可愛い。

ここまで足元に来てしまう猫は、可愛い。ここまで暴力的に、「僕に構ってー」って言ってくる猫は可愛い。

いや、止めて欲しいんだけれど。絶対に止めて欲しいんだけれど、これが可愛くないかって言えば、もう、絶対に、〝可愛い〟に一票。(……親莫迦である。)

で。

こんな、天元とこすみなのだが。

この二匹の態度が……正彦さんが定年になった時から、変わった。

驚く程変わってしまったのだ。

最初に、その変化が際立《きわだ》ったのは、こすみ。

こすみは、そもそも、独立独歩っていうか、飼い主である陽子さんや正彦さんが何をしていても、それでも態度に変化がない猫だった。その筈だった。

ところが。

正彦さんが定年になり……いや、猫は、多分、〝定年〟っていう概念を理解していないだろうから……正彦さんが、常時家にいるようになってからは。

☆

「何なんだよう、こすみ」

定年になってからは、正彦さん、家にいる時は、自分の部屋とリビングのアール部分を行ったり来たりしている。

正彦さんの部屋には、勿論、正彦さんの机があり、正彦さんはＺｏｏｍ句会をそこでやっている。

けれど、リビングにも、正彦さんのコーナーがあり、それが、リビングのアール部分。このアール部分にも正彦さん、時々パソコンを持ってきて、いろんなことをしていた。（このアール部分は、ピクチャーウインドウになっており、実は大島家の中で一番景色がいい。しかも出窓になっているので、パソコンを置くことも可能。で、アール部分に椅子を置いて、そこに座ってパソコンを使っていると、アールの前にあるのは大島家の庭木の中で一番立派な石榴《ざくろ》の木。道を挟んで向こう側は、区の野鳥誘致林。このロケーションだと、作業をしながら、各種の鳥が舞い飛ぶのを見ることができる、大島家の窓の景色、特等地なのである。）

そして。

正彦さんがアール部分にいて、そこで何かをやっている時に限り……何故か、こすみが、こんな正彦さんにじゃれつくようになったのである。

じゃれつく……いや……違う、か？

正彦さんの膝に登る。正彦さんの肩に飛び乗る。ダッシュして正彦さんに体当たりをする。正彦さんに噛《か》みつく。

……これ……最初のひとつ、〝正彦さんの膝に登る〟だけなら……まあ……じゃれついているって言って言えないこともないような気もするが……残りの行動は……あんまり、〝じゃれついている〟とは言いにくいようなもので……。

「あのう……こすみ、何をしたい訳？　俺に何か言いたいことがあるの？」

こすみは何も言わない。ただ、とにかく正彦さんに攻撃をしかけてくる。

と、こんなことが続くと。

今度は正彦さん、陽子さんに聞いてみる。

「……あのさあ、陽子。こすみ……何が言いたいんだろうか……。なんか、俺に文句があるんだろうか……」

「い、いや、私は、猫の言いたいことは判らないから」

「でも、今まで、俺が会社に行っていた時、ずっとこすみと同じ家にいた訳なんだろ。なら、俺より判ることがあるんじゃないのか？　こすみは何が言いたいんだ。俺に何をして欲しいんだ」

……いや……判らないんだけれど。

ただ、推測するとすれば。

「……あのさあ。これは、私が勝手に思っているだけのことで、本当かどうかはまったく判らないんだよ？　それでいいのなら……」

「い、いいっ。言ってくれ」

なら。言うけれど。

このこすみの反応は……。

「あなたに甘えているんじゃ、ないの？」

「……って？」

「いや、あのね、私はね、あんまりちゃんと猫を構わない類の飼い主なの。少なくとも、こすみはそう思っていると思うの」

「……って？」

「私はね、猫と同居しているだけの飼い主なのよ。御飯はあげる、水も換えてあげる、トイレの掃除もする、でも、それだけ。あんまり遊んであげてない。むしろ、こすみや天元が子供の頃は、この二匹がやった部屋の破壊の片づけばっかりやってた。……猫飼っているなら、もっと積極的に遊んであげるべきかなあって思うこともあるんだけれど、こいつらが小さかった頃は、とてもそんなことやってる余裕がなかった。で、こすみも、いつの間にか私のことを、そんな〝飼い主〟だって思うようになったんだろうと思う」

「いや、おまえだってちゃんと天元やこすみのこと……」

「これは程度の問題だから。だって、あなたはこすみが何かやる度、必ず反応してあげるじゃない。毎回毎回、〝こすみー、なんだあ〟って言いながら、こすみ撫《な》で回したり何だりしてる。……ま、それに、今のこすみは大人になったから、植木鉢を倒したりテーブルからお皿払い落としたりパソコンのキーボードほじくり返したりしないしね」

言い替えれば子供の頃のこすみは、そんなことばっかりしていたって話なんだけれどね。だから陽子さんは、そんなこすみに構っている暇がなく、ひたすら〝部屋の破壊の片づけ〟だけをやっていたって話になるんだけどね。

「だからさあ……言葉は悪いんだけれど……んー、こすみは、今のあなたのこと……ずーっと家にいることになった、新しい〝玩具〟だと思っているんじゃないかと……」

「お……俺は……猫の玩具、か？」

「という扱いをされているような気がするなあ……私」

うん。肩に飛び乗る。体当たりをする。

これ、絶対、結構乱暴な扱いをしても壊れない、いきなり現れた素敵な玩具って扱いなんじゃないかと……。

　また。

　こすみの変化につれて、天元の方も変化してきた。


　ここでまたちょっと話は変わってしまうのだが。

　大島家は、夫婦二人の家にしては、結構多くの部屋がある。まず、一階にでかい書庫があり（とにかくでっかい〝本棚〟を作りたいっていうのが陽子さんの悲願だったので、まず、巨大な本棚を一階に作り、その上に生活部分を載せてしまった、そんな設計の家になっている）、二階は、リビングダイニング、台所、お風呂、トイレ、夫婦の寝室、正彦さんの部屋、陽子さんの部屋って構成。

　このうち、リビングダイニングには、前の猫、ファージがいた時からついている廊下に面した猫ドアがある。だから、猫は、この家の中で、リビングダイニング、それにドアなしでくっついている台所、廊下、階段、一階の廊下、玄関を、好き勝手に移動することができる。逆に言えば、一応ドアで区切られている、二階の寝室、正彦さんの部屋、陽子さんの部屋、お風呂、トイレには、はいることができない……筈、だった。

　ところが。この家のドアは、ノブで開けるものではなく、下へ押して下げる形式のバーで開け閉めをするようになっていて……驚くべきことに、こすみは、このバーに飛び乗って、バーを押し下げ、体重を前後移動することにより……内開きでも外開きでも、ドアを開けることができるようになってしまったのだ。

これがどんなに凄いことであるのか。

つまり、こすみを前にしたら、この家のすべてのドアは……（はいっているひとが内鍵をかけることができるトイレを除けば）ほぼ、開けられてしまうのだ。

この時、陽子さんが思ったのは、こんなこと。

おお！　なんて賢いんだこすみ！

すっげー、すっごいわ、猫とは思えないくらい凄いいい。（親莫迦である。）

けれど。

こんなことを言っている場合ではない。

これらの部屋の中には、猫が勝手に開けてしまうととても困る部屋があるのである。その筆頭が、陽子さんの部屋。

陽子さんの部屋は、引っ越しして殆どすぐに物置になっていた。（陽子さんはリビングでしか仕事をしないので、すぐに使わないもの、邪魔なものを、陽子さんと正彦さんの二人は陽子さんの部屋に突っ込むことになり……あっという間に、物置確定。）んで、この〝物置〟には、キャットフードが置いてあるのである。

キャットフードが置いてある部屋。ここに、猫が勝手にはいることができたら……それは、まずい。誰がどう考えたって、まずいでしょう。まして、この後、ちょっと時間が進むと……体重的な問題で、獣医さんの健診に天元がひっかかり、天元はダイエットをしなきゃいけないことになる。しかも、ダイエットをするだけじゃない、特別なダイエットフードを食べなきゃいけなくなったのだ。――また、これは陽子さん、猫じゃないから判らないんだけれど、どうやらこのダイエットフード、ほんとにおいしくないらしく、天元も、こすみも、このフードを猫またぎしていた――。

こんな状況で。過去のキャットフードが無造作に置いてある部屋に、猫が勝手にはいることができるのなら……それは、問題だ。

いや、問題なんじゃない、これは、まずい。

（……いや……いやいや。この場合、過去使っていたキャットフードを捨てれば？　っていうのが、一番建設的な意見だろうな。ただ……昭和生まれの陽子さん、傷んでもいない御飯を捨てるのが、感覚的にとっても嫌だったのだ。だから、天元がいない時に、こっそりこすみにこのフードを与えて消費することを企んでいたのだ。こすみにはまったくダイエット的な問題は発生していないので、こういう解決法はありだったのだ。）

いつの間にか、陽子さんの部屋のドアが開くようになったら……この部屋に置いてあるキャットフードは……食べられだしたのだ。

食べたのは、間違いなく天元。でも……この部屋のドアを開けたのは、間違いなくこすみ。

……まあ……なあ……。

兄妹だからなあ。

猫同士がどうやって意思疎通をしているのか、それは陽子さんには判らないんだけれど……天元がこすみに、「このドア開けて」って頼む。こすみがそれを開けてあげる。天元が陽子さんの部屋にはいる。そして天元は、好きなだけ昔食べてたおいしいフードをむさぼる。

……こんなことになっていたんじゃないかなあ。（こうなったらしょうがない、陽子さん、過去のフードを全部捨てた。）

のち。

かなりおいしくない（んじゃないかと陽子さんは思っている）ダイエットフードに、天元とこすみが慣れた頃。

このフードに替えても、それでも食欲がおさまらなかった天元は、そもそもフードの量を獣医さんにより制限されることになる。

そうなったら。

また、絶対に閉めた筈の陽子さんの部屋のドアが、知らないうちに開いている、そんな状況になったのだ。

これはもう、間違いなく開けているのはこすみ。

そして、ダイエットフードの袋が破られ、量が減っている。

これはもう、間違いなく食べているのは天元。

……まあ……兄妹だから、なあ。

兄妹の仲がいいのは、いいこと、だよね。うん、仲よきことは、美しきかな。

とは言うものの。

陽子さんや正彦さんがやっているように、計量カップで量って猫御飯を袋から取り出すんじゃなく……勝手に猫御飯がはいっている袋を食い破って、適当に猫御飯を食べ散らかすと、どういうことになるのか。まず、天元のダイエットは失敗する。それに……あたりに、猫御飯が散らばるのである。そして、こうなると……。

この部屋には、ゴキブリさんが発生することになるのである。（いや、生き物は自然発生しないんだけれど。ただ、陽子さんがどんなに片づけても掃除機かけても、それでも目が届かない部屋のあっちこっちに猫御飯が散乱するようになると……これは、もう、もの凄いいきおいで、ゴキブリさんが登場してしまうのである。）

……こりゃ、もう、どうしようもないので。陽子さんは、大島家大掃除を敢行《かんこう》した。（別に掃除をしたかった訳ではない。この家を作った時、確か、建築会社のひとから、〝陽子さんの部屋〟〝正彦さんの部屋〟〝寝室〟の鍵を貰った筈だということを思い出したからだ。この三つの部屋だけは、〝私室〟なので鍵がついていたのだ。そして、掃除をしたら、この鍵を発見することができた。――逆に言うと、〝大掃除〟でもしなければ、建築時に建築会社のひとから貰った鍵、どこにあるんだか判らなかったっていう、とても情けない話になるんだが――。）

そして、掃除で発見できた鍵を、〝陽子さんの部屋〟〝正彦さんの部屋〟〝寝室〟に、挿《さ》した。挿して――鍵を、かける。

これにより、〝陽子さんの部屋〟〝正彦さんの部屋〟〝寝室〟は、猫、はいれない部屋になる。（さすがにこすみがどんなに賢い猫であっても、ドアノブがわりのバーに飛び乗り、バーに乗ったまま挿されている鍵を回し解錠し、しかるのちに体重移動でバーを押す、なんて離れ業はできなかった。また、鍵穴に常に鍵が挿さっている状態なので、ひとであれば誰で生息する猫になったのだけれど……正彦さんが定年になったら、話が変わってしまったのだ。

　これでまあ、大島家の猫ズは、最初の予定どおり、リビング、台所、廊下、階段、玄関でもこの部屋を開けることができる。）


　夏、冷房をいれている時。冬、暖房をいれている時。陽子さんが毎日のように猫に言っていた台詞は「開けたドアは閉めろー！」である。ドアを開けた時、こすみは絶対にそのドアを閉めないいし、自力ではドアを開けることができなくても、常にこすみの後をついて回っている天元は、こすみがちょっと開けたドアをより大きく開け放して……そして、絶対に、そのドアを閉めない。

　そして。定年になってずっと家にいるようになったら初めて判った、正彦さんもまた、開けたドアをあんまりちゃんと閉めないひとだったのだ。

「ドアを開けたら必ず閉めろー」

　正彦さんに言う方が、猫ズに言うよりは、確かに多少なりとも効果はある。正彦さん、人間語が判るし。ただ……言葉が判っている分、よりたちが悪いというか何というか……一応、正彦さん、言われた時にはドアを閉める。けど、言わないと……天元のように大きく開け放つ訳ではないんだけれど、あんまりきっちりと閉めない。なんとなく、猫がするってはいれるくらいの隙間が空いているような閉め方をする。そんで、こんな閉め方だと、常に誰かのうしろをついて歩いている天元が、より大きくドアを開け放ち……。

　正彦さんが定年になってからは。陽子さん、冬場はなんか寒い風が吹き込んできて、夏はエアコンがあんまり効いていない感じがして……ふと気がつくと、リビングや台所のドアが大きく開けっ放しって状態になっているのを発見するのが、もう、ほんとにしばしば。その度に、パソコンの前から立ち上がって、ドアを閉めなきゃいけなくなった。（人間語が判らないって判っている分、猫に怒るのはストレスがたまるものだったのだが……人間語が判っている筈なのにかなりしばしばうっかりする正彦さんを怒るのは、より、ストレスがたまる。まあ、正彦さんの場合、エアコンをつけている時に、そんなに大きくドアを開け放っている訳じゃないんだけれど……大体、こすみや正彦さんのうしろを、もれなく天元が歩いていて、こちらは、開いているドアを見つけると、必ず大きく開け放つのだ。）

そして。

陽子さんは、寝ている時を除けば、ほぼ、リビングか台所のどちらかにいる。リビングで本を読んでいるか、台所で料理をしているか、あるいはリビングでゲームをしたり掃除をしたり、稀《まれ》に仕事をしたりしている。

だから。かなり長い間、気がつかなかったのだが。

実は、正彦さんの部屋も、ドア、正彦さんが定年になってから、ただ開きになっていたのだ。

せっかく家中の大掃除までして発見され、正彦さんの部屋のドアに挿されていた鍵。正彦さんがあんまりちゃんとドアを閉めないせいで、正彦さんが定年になってからは、ほぼ、挿している意味がなくなっている。

というのは。正彦さんが自室のドアを開け、それをきっちり閉めずにいると、すかさず天元がするっと正彦さんの部屋にはいってしまい、そしてドアを開け放つから。

「俺さあ、天元のこと、かなりトロい猫だって思ってたけど、家にいるようになったら判った。そんなこと、ないんだな」

正彦さんが、こんなこと言ったこともあった。これには陽子さん、いささか異論が。

「……いや……天元って……相当、トロい、よ……」

「そんなことないんだ。俺がほんのちょっと自分の部屋のドアを閉めずにいると、ほんと、いつの間にか、するって天元がはいりこんでいる。あの移動速度とあの反応のよさは、凄い。凄すぎる。あれはもう、トロいだなんて言ってはいけない反応速度だ」

……それは、違う。違うような気がする。

それはね、天元が素早いんじゃなくて、あなたが自分で思っているのよりずっと、ドアをちゃんと閉めないってだけの話なんじゃないかと……。（あと。ほんっとに、天元って、こすみとか正彦さんとか、誰かのうしろをついて歩く猫なんだなあってこと。考えてみれば、陽子さんも、ほんとにしょっちゅう階段で移動性地雷猫の被害にあっている訳で、これも、天元がひたすら陽子さんのうしろをついて歩いているんだと思えば、納得だ。）

まあ、でも、そんなことを言い争っても意味がないので。


そして、気がついたら。

正彦さんが定年になった後、天元の定位置は、いつの間にか正彦さんの部屋の中だっていうことになった。

正彦さんが会社に行っている間は、正彦さんの部屋、常に鍵がかかっていて、猫ズが侵入できない部屋だった。

（まあ、会社に行っている頃も、実は正彦さん、あんまりちゃんと自分の部屋のドアを閉めていなかったんじゃないかと思うんだけれど……その頃は。陽子さんが結構、正彦さんの部屋に出入りしていた。というのは、洗濯物を干す為のベランダは、正彦さんの部屋に面しており、洗濯物を干す時、取り込む時、陽子さんは正彦さんの部屋にはいることになる。そして、陽子さんは、正彦さんの部屋から出たら、必ずドアをちゃんと閉め、鍵をかける。また、その時、正彦さんの部屋の中に猫がいないかどうか、絶対に確認していた。部屋のどこかに猫が隠れていて、それに気がつかず、外から部屋の鍵をかけてしまうと、猫を正彦さんの部屋に閉じ込めることになってしまい……猫トイレが、廊下とリビングにある関係上、猫をこの部屋に閉じ込めてしまうのは可哀想だって思いがあったので、ほんとに厳重に確認していた。）

それが。今となっては、正彦さんの部屋が、ほぼ、天元の定位置。

猫っていうのは、何か定位置がある生き物なのである。家の中で、そこにいると自分が一番落ち着く、そんな場所を確保する生き物。

それが、何故か（いや、正彦さんがちゃんとドアを閉めないからだ）、正彦さんの部屋になってしまい……それも、なんか、場合によっては、凄い処に。

まあ。基本的には、正彦さんの机の脇、ぬいぐるみと並んで床にのへーっとしているのが定位置なんだが、時々は正彦さんの部屋に付属しているウォーキング・クローゼットの中に。

（これをされると、正彦さんの服は猫の毛塗《まみ》れになるのだが、陽子さんと違ってかなりおしゃれな筈の正彦さん、不思議とこれを気にしなかった。）

そして……凄い処っていうのは。

正彦さんが、Ｚｏｏｍ句会をやっている、パソコンが載っている机、その……最上段のひきだしの中に。

これは、どういう経緯でこうなってしまったのか、陽子さんには判らない。というか、そもそも、何か作業をしている時、自分の机のひきだしを開けているひとって……いる、のか？　いるとしたら、それは何故？

……まあ……多分……陽子さんが推測するに、ドアと同じで、正彦さんは机のひきだしも、ちゃんと閉めないひと、なんだろう、なあ。

で、ある日、天元が、このひきだしにはいり込んでしまった。

猫っていうのは、土鍋の中で丸くなったり、段ボール箱にもぐり込んだり、ちょっと閉所恐怖症の気がある陽子さんからすると、信じられない処に納まってしまう生き物だから。だから、開けられたひきだしの中に、一回、納まってみたら、それが、とても具合がよかったんじゃないかと思う。

そして、そこから先は……開けられた、ひきだしの中が、天元の定位置のひとつ。

これ、さあ。

どうなの？　って、陽子さんとしては思わない訳ではない。

そもそも、陽子さんにしてみれば、自分が使っている机のひきだしを常に開けっ放しにしているのって、それだけで気になってしょうがないっていうか、ストレスなんだけれど。正彦さんは、これが気にならないのか。

その上、そのひきだしの中には、猫がぎっちり詰まっている。

この状態、陽子さんはあんまり容認したくはないんだけれど……正彦さんは、平気なのか。

……いや。

平気、どころか。

この机で、正彦さんは、Ｚｏｏｍ句会に参加している。で、ひきだしの中にぎっちり詰まっている天元の様子は、Ｚｏｏｍのカメラをちょっと動かすと、映せるのだ。

実際、正彦さん、どうも時々、自分の机のひきだしに詰まっている天元を、句友に紹介することがあったらしいのだ。そして、それが、とっても受けたらしいのだ。

……ま。

気持ちは判る。

それは、受けるだろう。

正彦さんの句友には、猫を飼っているひともいて、Ｚｏｏｍ句会をやっていると、たまにひとの家の飼い猫がカメラに映る、そんなことはよくあるらしい。（これは、陽子さんの方も納得。複数のひと達でやっているＺｏｏｍの打ち合わせなんかでは、時々、ひと様が飼っている猫が画面を過《よぎ》ったり、打ち合わせの最中に「なー」とかいう、のんびりした猫の声がはいったりすることもあり、これはこれで、和《なご》むのだ。）

……ただ……けど……。

自分が只今使っているパソコン、それが載っている机、その一番上のひきだし。

ここに、猫が、ぎっちり詰まっているっていうのは……陽子さんにしてみれば、なんか、辛い気がする状況なんだけれど……正彦さんは、そういうの、あんまり気にしないのか。

（そもそも、その前に、何故、机のひきだし開けっ放しで作業ができるのか、そこの処から陽子さんにはよく判らないのだが。）

☆

まあ、ただ、ともかく。

正彦さんが定年になって。

天元の、新たな定位置ができた。

天元は、その定位置に順応しているらしいし、正彦さんの方も、むしろ大手を振ってそれを諒解している。

この状況下で。

多分、こすみは、新たな自分の定位置を探したんじゃないかなって……陽子さんは、推測している。

天元が、正彦さんの部屋を自分の新たな定位置にしたのなら。

なら、こすみは、どこを自分の定位置にする？

そして、こすみが発見したのが……リビングの正彦さんの処。


こすみは……リビングのアールの処に座って、俳句の勉強をしたり選句をしたりスマホをチェックしたりしている正彦さん、人間の正彦さんそれ自体を、新しい自分の定位置にしたんじゃ……ないのかなあ。


うん。

膝に乗っかる。肩に乗っかる。遠くから走ってきて飛び乗る。

こんなことをやっても、まったく怒らない正彦さん。いや、怒らないどころか、毎回毎回、「どーしたこすみ、何やりたいんだおまえは」なんて言いながら、わしゃわしゃわしゃわしゃわしゃこすみのことを撫でまわしてくれる正彦さん。

これはもう、陽子さんの対応とは違いすぎる。

もし、陽子さんがこんなことをやられたのなら、間違いない、陽子さんは、こすみのことを撫でまわすなんて絶対やってくれない。かわりに。

「こすっ！　止めっ！　止めてっ！」

って言って、膝や肩に載っているこすみを床に下ろすに決まっている。

だから、こすみは。

遠くから走ってきて飛び蹴りしても壊れない、肩に載っても壊れない、噛みついても怒らない、こんな正彦さんのことを、新たな玩具だと思い……そして、新たな定位置にしたのではなかろうか。

☆

こすみや、天元が変わったのと同時に、正彦さんも、変わった。

一番判りやすい話だと。

獣医さんへ行く回数が増えた。

いや、これは、天元とこすみが病弱になったという話ではない。

もっと、正彦さん目線で、獣医さんへ行く必要が、発生しだしたのだ。

それ、何かって言えば……。


「こすみのっ！　こすみの爪を切って欲しいっ！」

話は、ほぼ、これに尽きる。

新しい、壊れない玩具として認定された正彦さんは、ひたすらこすみに乗っかられ、体を押しつけられ、飛び掛かられて……そして。

「痛いんだよっ！　いってー、痛い痛い、いってーってば」

ほぼ、毎日、悲鳴をあげることになってしまった。これは何かって言えば、こすみの爪がとても鋭いからであって……。

毎日。こすみにのしかかられる正彦さん、こすみの爪の被害が、本当に甚大である。

「ねえ、旦那、猫の爪って、素人でも切れるよ？　その為にこの間、私達猫専用の爪切りを買ったじゃない」

「判ってる、それは判ってる！　けど、こないだ俺がこすみの爪を切ろうとしたら、そもそもこすみ、暴れて暴れて、爪切るどころか、抱いていることすらできなくなったじゃないか」

「ん……それは……確かに……」

陽子さんがこすみの爪を切ろうとして抱いた時には、そんな反応にはならなかったんだけれどね。だから、より、「ああ、旦那って、ほんっとにこすみの玩具なんだ」って、陽子さんは思ったんだけれどね。

「だから、陽子がそれ使ってこすみの爪を切ってくれよっ！」

「……それは、嫌だ」

……それは、嫌だ。何故かっていうと……勿論、この、猫専用の爪切り、猫の爪に対応できるようになっている筈なんだけれど……人間と同じで、爪を切るだけなら、猫、そんなに痛くない筈なのに……なのに。一回、やってみたら、凄い反応があって……。

「あれは私が悪かったのかなあ、爪、切っただけなのに、ほんのちょっと出血しちゃったよね？　爪切って出血って、変だよね？　私……こすみの皮膚まで切っちゃったのか、なあ」

そう思うと。もう二度と陽子さんは、こすみの爪を切りたくない。

「けど、こすみの爪を切らないでいれば、俺の方が流血沙汰必至だ」

……それもまあ……本当に、そう。実際に正彦さん、流血している。

「獣医さんでは、一回千円で爪切りやってくれるじゃない。あれをお願いしよー。絶対にお願いしよー。もう、そうするしかないと思うんだよ」

「……まあ……でも……あ！　そう言えば」

「そう言えば、何？」

「この間、獣医さんから葉書が来ていたじゃない。定期健康診断をやりましょうって奴。あれに、のっかってみよう。定期健康診断に行った時に、ついでにこすみの爪を切って貰う」

「あ！　それは、いい。それ、やろう。定期健康診断は、やって悪いことじゃないと思うし、それと一緒に爪を切って貰えるのなら、そんなに素敵なことはない」


かくて、こうして。

大島家では、猫の健康診断をよくやるようになったのである。（ついでに爪を切って貰う。）

この頃には、コロナ騒動真っ盛りだったので、この二人が旅行をすることはあんまりなくなった。かわりに、正彦さんのお母さんの病院とか、どうしても行かなければいけない案件が発生し、その時には、猫ズを獣医さんに預けて。（ついでに爪を切って貰う。）

大島のお母さんのお葬式とか、いろんなことがあった。その時には、この二人、猫ズを獣医さんに預けて。（ついでに爪を切って貰う。）


とにかく。

〝爪を切って貰う〟為に、猫ズをひたすら獣医さんに連れてゆく。

そのせいで。

ファージは、晩年、本当に状態が悪くなり、最初は週に一回、のち、ほぼ毎日のように〝点滴〟に通うようになるまで、ほぼ、獣医さんとは縁がなかった猫だった。それに比べると、こすみと天元は（主にこすみの爪を切って貰う為に）、とても獣医さんに通う猫になってしまったのだった。

ファージはやらなかった予防接種なんかも、天元とこすみは万全。（とにかく爪を切って欲しかったから。）


これが、天元とこすみの健康に資してくれるといいな。

陽子さんは、そんなことを、思った。

第十二章　……あれ？　何で私は立てないんだろう……

陽子さんが、最初にこの現象に気がついたのは、ある日、本屋さんに行っていた時だった。

☆

大抵の本屋さんでは、新刊の書籍は、目立つ処に置いてある。

また、それとは別に、文庫の新刊も、その月毎に新刊のコーナーに置いてある。

そして、ほぼすべての文庫の発売日をあらかじめチェックしている陽子さんは、「今日はあの作者の○○シリーズの続きとか、シリーズじゃないけどこの作者の新刊が出る日だよね」って思いながら、新刊が出るとそれをチェック。

けど、時々は。

陽子さん、過去の文庫をチェックしたくなることもある。

（時々、何とかシリーズ第二巻とか、第三巻、なんて文庫をチェックした時――陽子さんは、自分が買いたいと思っている文庫でなくても、文庫の新刊は、全部チェックする――、その粗筋《あらすじ》を読んで、「あ、これ、読んでみたいかも」って思うものが、ある時がある。そんな時は、解説を読んで、あとがきを読んで、それがなかったら帯を熟読して、そしてそれから。まず、その文庫のシリーズ第一巻を探す。あるいは、別にシリーズでなくても、「このひとの本を読んでみたい」って思った作者の本は、過去作も陽子さんは読みたいと思っている。そして、著者の略歴を読めば、そのひとが今までどこの出版社で本を出しているのか、大体判る。）

で。

普通の本屋さんでは、文庫は、例えば、新潮文庫とか、文春文庫とか、中公文庫なんて、出版社毎に並んでいて、しかも、大体が著者名五十音順になっているのだ。

「この作者は……××文庫で、よりにもよって、名字が〝は行〟のひとかあ……」

いや、別に。××文庫が悪い訳ではないし、作者の名前が〝は行〟で悪いことは何ひとつないんだが……この本屋さんの場合、××文庫の位置が悪い。この文庫で、名字が〝は行〟だとすると……うーむ、この作者の本は、あるとしたらこの文庫の棚の最下段にあるわな。

ということは、しゃがみこまないと、この作者の文庫、手にとることができないではないか。

（いや、これ、ほんとに、本屋さんによるんだし、文庫のせいでも著者の名前のせいでもないからね。本屋さんによっては、文庫によっては、〝あ行〟の作者の本が、最下段にあるケースもある。ただ、この本屋さんでは、××文庫で〝は行〟のひとは、最下段にあったっていうだけの話だからね。それに、別に最下段にあって悪いことはなにひとつない……この時の陽子さんの状態を除けば。）

で。
しゃがんで。
この作者の本を二、三冊、手にとる。
ぱらぱらって内容を確認してみる。
この本を購入する気持ちになる。
で。

で！

ここで、凄いことが、起ったのだ。

☆

……え？
え、あの……？
〝立てない〟。

陽子さんが思ったことを端的に言うならば……これに尽きる。

〝立てない〟。

いや、これ、何で？

何で私は今、〝立てない〟の？


いや。

落ち着け。

陽子さん、自分で自分にこう言い聞かせる。

落ち着け、私。

大丈夫だ。

体重を自分の爪先にかけるようにして、そして立とうと思ったら……ああ、ほら、立てた。

そうだ。

実際に落ち着いてやってみたら判った。私は、しゃがみこんでも、ちゃんと立てる。落ち着けば立てる。

ただ、これって……逆に言うと、〝落ち着かないと立てない〟って話に、なるんじゃない？

そうだ。

この瞬間、陽子さん、判った。

私は……なんということなんだろう、私は……一回しゃがんでしまったら、もの凄く、立ちにくくなってしまっているのだ、今。

いや、膝をかがめたくらいではこんなことにはならないよ。でも、お尻まで床に落とすような……重心を完全に後ろにしてしまう、そんな、〝本当にしゃがみこんでしまった姿勢〟を一回とると、その後は、とても、立ちにくくなっているのだ。

え、何で？

何で？

しゃがんで立つだなんて、これ、ごく普通の動作でしょ？

いや、待て、私。

落ち着けば立てるんだからね、ちゃんと力をいれれば立てるんだからね、だから、私は立てるんだけれど……。

けれど。

〝立ちにくくなっている〟っていうのが……そもそも……変、だ。

〝老化〟。

瞬時、この言葉が、陽子さんの脳裏に浮かんだのは……これはもう、当然のことだと思って欲しい。

〝老化〟。

そうだ、今の私は……思いっきりしゃがみこんでしまったら……もの凄く、立ちにくい。普通に立つことはなかなかできなくて、落ち着いて「よっこらしょ」って思わないと、なかなか、立てない。

いや、立てるんだけれど。勿論《もちろん》立てるんだけれど、これがやりにくくなっているのが、とても〝変〟だということは、陽子さんにも判る。(だって昔はこんなこと絶対になかった。)

これが、〝老化〟か。

この時、陽子さん、六十二歳。

老化していて何の不思議もない年だ。

この時。

陽子さんの脳裏に浮かんだのは、「ああ……ほんとの〝老化〟ってこういうことなのか……」っていう言葉だった。

陽子さんの職業は小説家であり、それまで、陽子さん、色々な小説を書いていた。そして、そんな中でも、陽子さん、お年を召した方をキャラクターにするのが結構好きで。それまでの陽子さんの小説で、評価を得たもののひとつに、ヒロインが七十超しているっていうお話があったのだ。

　このお話を書いている間中、陽子さんはこのヒロインに感情移入していて（このヒロインは、七十をとっくに超しているにもかかわらず、その惑星では〝子供〟だということになっており、まだ十代の気持ちで動いていたのだ）、このヒロインの行動を書いている間中、陽子さんは、原稿の中に向かって心の中で叫んでいた。

「あ、あんた！　あんた、実質年齢七十超してるんだからね！　走るな！　頼むから走るな！　あんたの年で下手に走ると、なんか酷《ひど》いことになる可能性がある！」

「やめてー。階段を二つ飛びなんかで下りるなー。あんた、七十超してるんだからね、もし足がすべったら最後、あんた、こけて死んじゃう可能性があるってば。少しは考えろよっ！」

　このお話を書いた時には、陽子さんはまだ三十代終りだったから。だから、判らなかった。

　今の処、まだ、七十にはなっていないのだが……三十代の終わりより、自分が七十に近くなってみれば判る。そのキャラクターは……自分が若いって思っていれば、というか、自分の〝老化〟を理解していなければ、確かにこんなことをしてしまう可能性がある。だから、このキャラクターは、走ったり階段を二段飛びで下りたりしている。ただ、それを書いている陽子さんは、その行動をとても〝危険〟だと思っていて、だから、自分のお話の中で、陽子さんが規定している範疇《はんちゅう》を超えて、勝手に動き続けるキャラクターに、ひたすら叫び続けていたのだ。（完全にキャラクターに感情移入をしてお話を書いている時、陽子さんは、そのキャラクターの行動をまったく掣肘《せいちゅう》できなくなる。――感情移入をして書くって、陽子さんにしてみれば、〝こういうこと〟だ。お話の進行よりも、キャラクターの感情の方が、絶対優先になってしまうのね――。これがまあ、キャラクターが勝手に動いてしまうっていう状態であって、大体、こういう状態になった方が、お話はうまく進むんだけれど……それと、陽子さんが、自分のキャラクターに、原稿用紙の外から叫び続けるのは、また、話が違うからね。)

だから、陽子さんはひたすら原稿書きながら心の中で叫び続ける。

「危ないから、お願いだから、あなたの年では絶対にそんなことしない方がいいから、だから、そんなこと、やらないで」

って。

けれど。

実際に自分が六十を超してしまえば、判ることがある。また、三十代では判らなかったこともある。

陽子さんが、心の中で思っていた、『走るな!』は、今になってみれば、とても正しい。あの時は、心の表面で思っただけだったんだけれど……今となってみれば、全面的に、正しい。

六十代の陽子さんは、今になって、ほんとに心から、あの時書いた自分のお話の主人公に対して言える。

「走るな！　んなことやった瞬間、あんたは危険に陥《おちい》る！」

けれど、同時に。……今なら、多分、まったく違うことを思う。

……多分……この時、自分の心の叫びに即して、このキャラクターの行動を制限してしまったら……それは、きっと、間違いになっちゃったんだな。

うん。

変な言い方なんだけれど……この年になったら、やっと判った。

あの原稿は、あれで正しかったのだ。

ほんとに危険なんだけれど。できれば絶対にやって欲しくはないんだけれど。それでも、あの原稿の中で、あのキャラクターが、走っちゃったり階段を二段飛ばしで下りたりするのは、〝あり〟なのだ。というか、正しかったのだ。

そんなことが、今になって――自分が六十を超してみたら――やっと、判った。

☆

人間というのは、とても〝個人差〟がある生き物である。

運動能力で言うなら、一番判りやすいのが、アスリートって呼ばれるひと達かな。

運動神経というものが殆《ほとん》どなく、運動能力もまた底辺にいた陽子さんは、自分がほんとに若くって、体力的にも最高であった十代くらいの時に全力疾走をしたとしても、それでも、百メートルを走るのに何秒かかるか判らない。（というか、百メートルも全力疾走をすること、それ自体が、不可能だったと思う。絶対に途中で辛《つら》くなって、気がつくと後半は〝流している〟感じになるに決まっている。）

けれど。

世の中には、百メートルを普通に全力疾走しちゃうひとが、いるんだよね。（これは、別に、アスリートでなくても、普通にいるような気がする。）

しかも。十秒とか、とんでもないタイムで、百メートル走っちゃうひとだって、いるんだよね。

陽子さんは……多分、運動能力的に自己最高であった十代だって、五十メートル走、十秒よりずっとかかっていた筈なのに。（運動会では、下手すると後続の組に追いつかれるくらいの、凄《すさ》まじいビリだった。）

陽子さんとアスリートのみなさまが、同じ〝人間〟というくくりにはいっていることを思えば、これはかなり〝変〟な話だ。同じ種類の動物なのに、ここまで〝運動能力〟に差があってもいいんだろうか。（いや、あったんだから、〝あるとしか言えない〟んだけれどね。）

だから、この時陽子さんが書いていたお話の登場人物は、七十代にしてみれば運動能力があるキャラクターだと思えば、七十代なのに走ろうとしたり、階段を二段飛ばしで駆け下りたりする、こんな描写は、別に、間違ってはいない。（それに実際、ＴＶ番組で、農家の方々が出ているものを見ていると、陽子さん、思う。農家の七十代、八十代の方は、農作業がとても運動能力を使うものであるせいか、只今六十代の陽子さんから見ても、異様な程に体力と運動能力がある。なら、まあ、このお話において、このキャラクターが走ったり階段を二段飛ばしで駆け下りたりしても……間違っては、いない、よね？）

でも。

同時に。

六十を超えた陽子さんには、判ることがある。

「私……このお話の主人公を、原稿の外から、パソコンに向かって、必死になって窘《たしな》める必要なんて……なかった？」

この理由は、とても簡単。

だって。

そもそも、もし、年をとって運動能力が低かったら……そんなこと、無理、なんだもん！

窘めるも何もない、そもそも、根底から、無理なんだもん！　だから、この行動が本当に〝無理〟なら、このキャラクター、そういうことを、していない筈なんだもん！

☆

そうなんである。

無理なんである。

六十を超したら判った。

頭で、〝この年になったらこういう動きをするのが辛い〟とか、〝危ないからこういうことはしない方がいい〟、そんなこと……六十を超した人間は、考えなくてもいいのだ。

何故か。

本当に年をとってしまったら……そもそも、〝無理な動き〟をすることができなくなるからだ。


だって、陽子さんは今、しゃがみこんでしまうことができない。

いや、できるんだけれど、〝しゃがみこむ〟ところまでは楽勝でできるんだけれど、でも、これをやってしまうと、次に、〝立つ〟ことが、とてもやりにくくなる。

それが判っている以上、日常生活において、陽子さんは絶対に〝しゃがみこみ〟たくはない。できる限り、そういう動作を避けるようにして、日常生活を営んでいる。そうだ、この本屋さんで〝は行〟の作者の本を取ろうとした時、「よりにもよって〝は行〟かよ」って思ってしまったことが、それを裏付けている。無意識のうちに陽子さん、〝しゃがむ〟という動作を避けていたのだ。（それが、「よりにもよって〝は行〟かよ」って思いに表れている。）


階段、二段飛ばしで駆け下りる。

これまた、今の陽子さんが、絶対にやる訳がない。

ま、ちょっと話が違うのだが、今の陽子さんには、右足の裏に疣《いぼ》があって、その治療の為、病院に通い、足の裏を液体窒素で焼かれている。これはほんとに痛いので、この治療を受けたあと二日くらいは、陽子さんは絶対に右足の裏に負担をかけたくはない。こんな陽子さんが、階段を二段飛ばしだなんて、できる訳がない。（今の陽子さんは、特に、疣の治療を受けた後は、階段を上り下りする時、手すりに摑《つか》まって、ほんとに一歩一歩歩いている、そんな感じになっているのだ。それ以外の動きは、痛いからできないのだ。この状況で、階段を、二段飛ばし？　できる訳がないだろう、やりたい訳がないだろう、これはもう、絶対に〝できない〟ことなのだ。――能力的に〝できない〟訳ではなくて、状況として、絶対にやりたくないから、だから、〝できない〟、そんなことなのだ。いや、そもそも、〝やろう〟という気に絶対ならない、そんなことなのだ――。）

そうなんだ。

実際に、自分が六十を超してみたら判った。

六十を超えているキャラクターが、無理な行動をとること、それを、四十前の作者が、掣肘する必要は、実はまったくなかったんだよ。

だって、六十を超してしまったら……本当の意味で〝老化〟が始まってしまったら……作者に掣肘される、とか、そういうこと一切なしで……ただ、単純に、その年の人間は、〝そういう行為が〟〝できなく〟なるんだ。いや、〝できなくなる〟んならまだいいよな、〝そういう行為をしようだなんて思いもしなくなる〟んだ。

だから、昔の私。

原稿を書きながら、その原稿の中の登場人物に対して、怒鳴る必要なんて、まったくなかったんだよ。実際に、その年になってしまったら、〝できないひと〟は、〝そんなことはできない〟んだから。そして、〝できない〟ということは、〝絶対にそういう行為をしようとは思わない〟ってことに通じて……つまりは、〝やる訳がない〟。

そして、その登場人物が、それをできてしまったのなら、それは、「その登場人物にはそういう能力があった」っていうだけの話であって……つまりは、アスリートの話なんかと同じで、これは〝個人の能力の範疇〟っていう話になってしまうのだ。


……こんなこと。

こんな了解。


間違いなく三十代の頃に言われたって、判らなかった。理解できなかっただろうと思う。納得しかねたに違いない。

だが。

六十代になった今なら……判るのだ。

肌感覚で、判ってしまう、のだ。

全然、判りたくはないのに。

なのに、判ってしまう。

ある意味、判ってしまうことがとても哀しいのだが……それでも、判ってしまう。

☆

また、同時に。

全然違うことを、陽子さんは、考えてもいた。

「ああ……足が攣《つ》るのも……そういうこと……かな？」


これはまた、話がちょっと違ってきてしまうのだが。


この間から、陽子さん、結構足が攣ることがあったのだ。

一番驚いたのは、パソコンの前に陽子さんが座った時。

この時、何故かいきなり、足が攣ってしまったのだ。これは、ほんとにいきなり。しかも、結構凄く。この状態があんまり酷くて、この状態になったら陽子さん、もうパソコンを前に仕事なんてしていられる状況じゃなくなってしまい……「えっと、足が攣った時って、攣っている足の親指とかを手で反らせるといいんだったっけか、そうやれば治るんだったっけか」とかっていう知識を基にして、とにかくそれをやってみて……でも、それが、まったく、役に立たない。

　と言うか……端的に言って、攣っている足、治らない。

「じゃあ、攣ってしまった足の、ふくらはぎとか、そういうの、マッサージしてみる？　撫《な》ぜてみる？」

やってみたけれど、治らない。

と、こうなると。

「ああ、もう、どうしたらいいのかまったく判らない！　んでもって、まったく判らないと、きっと、この足の攣りは治らない。で、これが治らないと、私は仕事がまったくできない！」

いや、その前に。足が攣っていて痛いんだから、そもそも、日常生活が、送れない。そもそも、机の前に座っていられない。

どうしよう。

どうしよう、どうしよう。

…………。


幸いなことに。

この陽子さんの状況は、その後、四、五十分くらいで、自然に解消した。

ただ。これはあまりにもショックだったので。

だって。

この時の陽子さん、〝仕事ができない〟だけじゃなくて……そもそも、足が攣ってしまったせいで、日常生活がほぼ送れない、そんな状況になってしまったんだよ。

この後も。

もし、時々、こんな事態が発生してしまう可能性があるのなら。

これは、〝根源〟を何とかしなければいけない、将来的にとても困ってしまう事態になる、そんな可能性があるのでは……？


そして。

その〝根源〟が、何か変な姿勢をとっていた、とか、ある種の運動不足とか、そういうものではなくて、〝老化〟であったのなら……あったのなら……。

陽子さんは、この事態を何とかする為に、自分でできる努力を、ひたすらやってみた。

陽子さんにしてみたら、〝やってみた〟つもりだった。

けれど。

この時、陽子さんの心の中に忍び込んでいたのは、こんな〝疑惑〟。

もし。

もしこれが、〝老化〟で発生してしまった事態ならば……これ、治しようがないのでは？

☆

陽子さんが一番最初にやったのは、通っているスポーツクラブに付随している整体の先生にかかること。

で、予約を取って、そこへ行き、状態を診て貰った処で、陽子さんは聞いてみる。

「あの、ほんとにね、いきなり足が攣っちゃって……何であぁなったのか、私にはほんとに判らなくて……」

これに対する、整体の先生の言葉は、ひとつ。

「ストレッチ……するしかない、かな」

「……って？」

「あのね、大島さん、あなたの筋肉って、今、がちがちなんですよ。今からマッサージしますんで、これで少しはよくなってくれると思うんですが、そもそも、あなたの体、がちがちです。どうしてここまで酷いことになったのか、よく判らないんですが……」

「……え……あ……あの、私、最近は仕事が忙しくって、ほぼスポーツクラブに通っている暇なんてなくて、だから、もう、何週間ここに来ていないのか……」

「あ、もうずっと運動をしていないってことですね？　判りました。そういう話か。……なら、定期的に運動をして、そして、ストレッチをする。足が攣ることに対する、根本的な対策は、これだと思います」

「……って？」

「今、ほんとにあなたの筋肉はがちがちになってますから。今から、できるだけほぐすつもりなんですが、こちらでやれることには限度がある。その後は、あなたが自分で、ストレッチをやってください。できるだけ筋肉を伸ばす。……あ、ＮＨＫで、なんか体操みたいなこと、やっている番組があるでしょう？」

　この時。陽子さんは、大学病院の皮膚科に通っていて、ここはもう、会計にとても時間がかかるので、先生に言われたこの番組、会計を待っている間に、見るともなく見ていたのだ。だから、うんって、頷くと。

「あの番組でやっている体操を、やってみてください」

「……へ？」

「あれは結構いいです。まったく何もやらないのに比べれば、あれやるだけで随分効果的だと思います」

「あの……ＮＨＫの体操が……？　強度的にも、ほぼないような気が、見ているだけの私はしているんですが……」

「それでも、あれをやっているだけで、本当にいろんな処で差異が出てきちゃうんですよ。あれ、やってください」

「……あ……はい……」

「あと、絶対にやって欲しいのが、ストレッチ。これは、これだけは、本当に絶対にやって欲しいです。毎日これをやるだけで、あなたの筋肉は、きっと、少しはほぐれる。今よりはましになる筈です。そうなると、足が攣る可能性は低くなると思います」

成程。

と、思っていた筈なのに。

なのに、どうしても、「これだけはやって欲しい」って言われていたことがひとつもできずに。ＮＨＫ体操は録画したのにそれを見ることもなく。とにかく仕事が忙しく、毎日、やらなければいけないことを消化するだけでその日が終わり、そんな日々を過ごしていたら。

ある日。

いきなり、それは、やってきた。

☆

足が、攣った。

この時陽子さん、心の中で、「ぴきっ」なんて言ってしまった。そのくらい、まるでそんな音がしたかのように、唐突に凄いいきおいで……足が、攣った。

それも、パソコンの前に座ろうとして足が攣った時なんかとは全然違う、足の一部でも部分でもなく、足全体が、も、攣ってしまって、痛い！

しかも。この時は陽子さん、何もしていなかったのだ。座ったら足が攣ったとか、そういう話ではまったくなく……。

この時、陽子さんは、もう眠るつもりでベッドにはいっていた。ただ、まだ眠気がまったくきていなかったので、徒然なるままに手近な本をとりあげて、ベッドの中で本を読んでいただけだったのだ。

なのに、攣った。足が。それも、〝ぴきっ〟なんて擬音を心の中で唱えたくなるくらい、瞬間的に、衝撃的に。

足、動かしてもいないのに。

横になって本を読んでいただけなのに。

なのに、何故、足が攣る？

起き上がって、足の指を反らしてみようかな……って、無理だ。

足が完全に攣ってしまっているので……そもそも起きようがない。というか、動ける自信がまったくない。

隣のベッドでは正彦さんが眠っている。

正彦さんに助けを求めてみようかな……って……て……それは、意味がないような気がする。

これが、もし、横になっている時に脳梗塞の発作や心筋梗塞の発作を起こしたのなら、正彦さんに声かけて、救急車を呼んで貰うって選択肢もあるのだが（いや、その前に、そういう発作を起こしたのなら、隣で寝ている正彦さんに声をかけること、それ自体が不可能なような気もするのだが）、足が攣ってるっていうだけじゃ、ねえ。逆の立場なら、声かけられてもどうしようもない気持ちがする。うん、いきなり起こされて、正彦さんに、「陽子、俺、足が攣った」って言われても……言われた陽子さん、どうしようもないもんねえ。まさか、「夫の足が攣りました」って、救急車呼ぶ訳にもいかないし、救急車呼んで、だからどうなるって話でもないような気もするし。

で、陽子さん、ベッドの中で、少しでも楽になるよう、体を色々動かしてみて、やがて、まだ足は攣っているものの、何とか立てるような気になって、そうなった瞬間、いきなりトイレに行きたくなって、ベッドに縋《すが》りながら何とか立ち上がり、トイレへと行き、まだ足は攣っている感はあるものの、何とか動けたのでちょっとはほっとし、そのままリビングのソファにへたりこみ、足をさすって。

そうこうするうちに、何とか少しは楽になったので、ふうって思いながら、陽子さん、ベッドに戻る。

ただ……この時……。

横になって本を読んでいただけなのに。それでも、いきなり、ぴきって感じで足が攣ってしまったことを考えると……ベッドにはいるのが、なんか、怖い。

自分の人生において、ベッドにはいるのが怖いだなんて経験……これ、たったの二回目だ。一回目は、ベッドの中で『シャイニング』っていう小説を読んでいて（とっても良質なホラー。読んでいて陽子さんが心から怖くなった、素晴らしいお話だ）、一回トイレに立ったあと……スタンドの照明しかないベッドに戻って、あの本の続きを読むのは、ほんとに怖かった。けれど、このまま、あの続きを読まずに眠ってしまうのはもっと怖くて……あの時は、ベッドにはいるのがとても怖かった。そして、二回目が、只今。

まさか。まさか、ベッドにはいるのが怖いだなんて訳判らないことになるだなんて……それも、お話を読んでいてそうなるんじゃなくて、物理的な事情として、こんなことになるだなんて……こんなのほんとに想定外。

と、そんなことを思いながらベッドにはいった陽子さんなのだが……この時、もっととんでもないことに気がついた。

横になっていたらいきなり足が攣った。だから、ベッドにはいるのが怖い。

これは、名作だって聞いていたホラー小説を読んでいて、ベッドにはいるのが怖いっていうのとは、事情が違わない？　だって、小説を読んだせいでベッドにはいるのが怖くなってしまうのは、陽子さんさえ意識すれば、避けられる。けれど……足が攣ってしまうかも知れないからベッドにはいるのが怖いっていうのは……陽子さんの努力では、避けようがない。

そもそも、足が攣るのは、陽子さんの努力では、回避のしようがない。

こ……こ……これが、〝老化〟か。

まあ、この時陽子さんの足が攣った原因が何なのかは、実の処よく判らないのだが……もし、これが〝老化〟の一端だとすると。

どうしたって、これ、陽子さんには避けようがないじゃないのお。

ただ。

この時、冷静な陽子さんの心の声はこう言った。

「避けようがないのが、〝老化〟」

あ、その通り。

自分の心の声に、陽子さん、頷く。うん、避けようがないのが、老化だよね。老化って、そもそも、そういうものだよね。

（あと。この時は陽子さん、こんなこと色々悩んでいた筈なのに、ベッドに横になったら、結構すぐ、くうくう寝てしまったのだ。で、翌日、正彦さんに、「昨日は何があったんだ」って聞かれて驚く。陽子さんが声をかけなかったのに、ぐうぐう眠っていた筈の正彦さんは、陽子さんのこの状態に、実は気がついていて、ずっと気にしてくれていたらしいのだ。これを聞いた瞬間、陽子さん、ありがたいやら正彦さんに申し訳ないやら、結構いろんな気分になったのだが……ありがとう、愛夫。——愛妻っていう言葉に対して、〝あいおっと〟って冗談で書いてみたら、ほんとにこんな言葉が変換されてしまった。ほんとにあるのかこんな言葉。少なくとも陽子さんは聞いたことがなかった。ま、それはともあれ、とにかく、ありがとう、愛夫——。）


ところで。

このエピソードには、問題点がひとつある。

足が攣ってしまった後、色々やっていた陽子さんが……トイレに行きたくなったこと、だ。

そうだ。

ここの処陽子さんは、夜、ベッドにはいった後、トイレに行く回数が増えている。それも、圧倒的に増えている。別に、とっている水分量が増えている訳でもないのに。

この日だって、ベッドにはいる前に、トイレには行った筈だった。なのに、足が攣って、色々やっていたら、トイレに行きたくなってしまった。ベッドにはいる前、トイレに行った時の時間を考えると、そもそも、こんな時間にトイレに行きたくなる方が変なんだけれど、それでも、トイレに行きたくなってしまった。

また。

昔に比べると、熟睡をしているっていう感覚が……あんまり、ない。眠っていると、なんか、よく、トイレに起きる。

うん。昼間、起きている時はそうでもないのだが、夜、寝る時間になると。そして寝ていると。やたらとトイレの回数が増えているような気がするのだ。


これもまた、老化か。


うわ、こう並べてみると、なんか、凄いよね、〝老化〟。

しかも、これが不可逆だと思うと、ほんとに凄いよね、〝老化〟。

ただ。

陽子さんというひとは、ある意味、無茶苦茶前向きなひとである。ほんと、ポジティヴ思考しかしないひと。

だから、色々考えているうちに。

なんか、陽子さん、わくわくしてきた。

以前、三十代や四十代で七十代の登場人物を書いていた時とは、まったく違うお話が、今の私には書けるかも。

うん、六十代になったんだもん、六十や七十のひとのお話が、きっと、前よりうまく書ける。

不可逆で能力が下がって、能力によって行動が制限される——いや、制限されるって思ってもいない、そもそも、そういう行動を取ろうとはまったく思わない登場人物達のお話を。

これ、考えてみたら、四十代、五十代の私には絶対に書けないお話で……うわあ。

それ考えたら、これから私が書けるお話の世界って、今まで想定もしたことがないような方向に広がる可能性、あるのかな？

おっもしろい。

面白いじゃん。

うん。

年をとるのには、それなりの価値が、きっとある。

うん、年とってよかったって、思える自分になりたい……っていうか、きっと、なってみせる。

だって、今までとはまったく違うお話が書けるかも知れないんだもん！

第十三章　激動……の定年後

正彦さんが定年になって、三年が過ぎて。

ここしばらく〝老化〟を意識するようになり……それもあってここ三年を振り返ってみたら。

なんか、陽子さん、驚いてしまった。

この三年……激動の三年だったような気がする。

うん、二〇二〇年と二〇二一年と二〇二二年と二〇二三年……やってることが、おそろしく違ってきてしまっている。

考えてみると、これは、なんだかとっても変な気がする。

正彦さんが会社に勤めている時ならね、〝激動の三年〟っていうのは、ありなんじゃないかとは思う。会社員やっていて、三年たてば、そりゃ、社会情勢だの会社の状況なんかで、〝激動の三年〟になってしまうのは、ありでしょう。いきなり昇進することになったり、リストラ問題なんかが発生してしまったり、何かしら会社に大問題が起こったり、まったく違う部署に異動になったり、現役のサラリーマンなら、〝激動の三年〟は、ありだ。もっと若い頃なら、それこそ、子供ができた、とか、転職した、とか、思いっきり激動してしまう三年も、あり、だ。

けど……定年っていうのは、陽子さんの気分で言えば、まあその……社会から引退した状況、だよね？　引退して、のんびりと、悠々自適とか、晴耕雨読みたいに形容される日々を過ごす、それが〝定年〟だと思うのに……この状況で、〝激動の三年〟っていうのは、何なんだ。……引退したひとが、何だって激動の三年を過ごさなきゃならないんだ。引退した後の激動って、一体それは何なんだ。


実は、定年になって、正彦さんが一番変わったのは、陽子さんの希望で、家事に参画してくれるようになったってことだ。で、正彦さんが主にやっているのは、洗濯と台所の洗い物とトイレ掃除。

三十何年主婦業をやっている陽子さんは断言したくなる、洗濯と洗い物とトイレ掃除で、〝激動の三年〟は、ないだろうって。いや、昭和初期の主婦で、家に初めて洗濯機がはいったのなら、それは〝激動の洗濯改革〟なんだろうし、平成の主婦で、家に初めて食洗機がはいったのなら、それは〝激動の洗い物改革〟なのかも知れないけれど、令和でそれはなあ……ない、と、思うのよ。

ところが、あった。

不思議なことに、正彦さん、どんどん精力的に洗濯をするようになり――〝洗濯〟に、〝精力的〟という形容がつくのが、すでに、陽子さんにしてみたら謎だ――、これがもう、本当に激動の三年。

そもそも、陽子さんは、常に兼業主婦だったので——これは、陽子さんが作った言葉。このひとは、十七で仕事始めて以来、専業で何かをやっていたことが、ほぼ、ない。〝作家であり高校生〟とか、〝作家だけど受験生〟とか、〝作家であり大学生〟とか、〝作家であり主婦〟とか、大体何かを兼業していたのだ——、兼業主婦歴三十年の陽子さんにしてみれば、家事はもう、手を抜くのが前提条件。

勿論それは好ましいことではないんだけれど、仕事が忙しい時には、家事をさぼる、これを前提にしていないと、そもそも生活が回らなかった。中でも、陽子さんにとっては、第一に手を抜くべき家事は掃除であり——家が散らかっていても埃《ほこり》があってもひとは死なない、が、陽子さんのモットーだ——、次に手を抜くのが洗濯。——ある程度予備の服というものがあるのだ、洗濯物が山になっていても、その日に着ることが可能な服があるのなら、ひとは死なない——。調理だけは、御飯を食べないとひとは死ぬので、これは絶対に手を抜けない家事なんだけれどね。

だから。正彦さんに洗濯と洗い物とトイレ掃除をお願いした時、陽子さん、これだけは正彦さんに保証したのだ。

忙しくなったら、手を抜いていいからね。だって、洗い物が台所のシンクに溜まっていても、洗濯物が山になっていても、トイレがどんなに汚れていても、それでもひとは死なないから。まあ、〝死ななきゃいい〟というレベルで家事を考えるのは、そもそもどっかおかしいとは、陽子さんだって思わない訳じゃないんだけれど……こう考えないと、ほんとに忙しい時、大島家の家事は回っていかなかったから。それにまた、〝原稿を落とすこと〟と、〝シンクが洗い物で一杯になること〟、〝洗濯物が洗濯機の前で山積みになっていること〟を比較すれば、〝原稿を落とすこと〟が一番避けなければいけないっていうのは、陽子さんにしてみれば、自明の理だったたので。

ところが。

陽子さんが本気で保証していたにもかかわらず……気がつくと、いつの間にか、正彦さん、どんなに忙しくなっても、洗濯と洗い物とトイレ掃除の手を……抜かなくなっていたのだ。特に洗濯は、ほんとに凄いいきおいで手を抜かなくなってきたのだ。

夜、十一時を過ぎて。その頃まで俳句をやっていた正彦さんが、そんな時間から洗い物や洗濯を始めようとした時、陽子さん、言った。

「だからね、家事はね、手を抜いていいんだってば」

けど、正彦さんは、そんな陽子さんの（陽子さんにしてみれば〝思いやり〟である）台詞に、まっこうから首を振って。

「洗い物をやってシンクを空けておかないと、明日おまえが御飯を作れなくなる」

ま、そりゃそうなんだけれど。けど、正彦さんが会社員だった時代は、そもそも陽子さんが、すべての洗い物をやり、そして御飯を作っていたのだ、だから、シンクに洗い物が山になっていたとしても、陽子さんはそれをすべて洗って、御飯を作ることができる。締め切りさえ迫っていなければ、むしろ洗い物なんて気分転換にもなる。

「洗濯物は、もっと酷い。……洗い物が溜まっていたら、おまえはそれを洗って御飯を作ってくれるだろうとは、俺も思う。けど……洗濯物が溜まっていても、おまえ、それ、無視するだろ？」

……ああ……それは確かに、そのとおり。こちらは、陽子さんにしてみれば、〝台所の洗い物〟より、一段重要度が下がる家事だから……陽子さん、たとえ締め切りがまったくなくても、かなり暇でも、絶対に、無視するに決まっているよね。

「洗濯物が溜まるのは困る。これだけは無視される訳にはいかない」

……そ……そ……そうか。確かに正彦さんは、陽子さんとは違う。このひとは、根本的におしゃれなひとなのだ。夏場のＴシャツなんて、清潔であればどれ着たっていいって陽子さんは思っているのだが、正彦さんは違う。明日はどのＴシャツを着ようか、なんて、陽子さんにしてみればどうでもいいことを本気で考えているし、コーディネートなんて奴まで、しているのだ。（清潔でありさえすれば、組み合わせなんてどうでもいいじゃん、というのが、陽子さんの根本的な服装に対する意見だ。）

「そして何より、今、洗濯機の中には、洗い終わった洗濯物がはいっている。これはすぐに干さないと、臭《にお》うようになってしまう可能性がある」

……………？

この言葉を聞いた瞬間。陽子さんは、ちょっとあっけにとられてしまった。

何日も同じ服を着続けているのがまずいっていうのは、陽子さんにも判る。不潔な服を着るのがまずいっていうのも、陽子さんは、判る。けど……〝洗濯機の中にはいっている洗濯物をすぐに干さないと、この洗濯物が臭うようになってしまう可能性がある〟っていうのは……あの……それは……それには、一体どういう問題が？
それはあの、とても強い臭いとか、腐敗臭なんかとは、話が違うでしょ？　一日洗濯物を干さなかったからって、ちょっとした臭いがもし発生したとして、それに一体何の問題が？　そもそも、そんな臭いなんて、他人が思いっきり近づいて、こちらの臭いを嗅《か》ごうと思わなければ、なかなか判らないようなものなのでは？　んで、そんな臭いで、ひとが死ぬことは、まず絶対にないよね。だとしたら、何でそんなもん、気にしなければいけないのか。
（以前。正彦さんの実家が、ごみ屋敷になってしまったことがあった。この時は、ほんとに〝臭い〟が大問題だったのだ。ごみ屋敷の場合、コンビニのお弁当の残りとか、いわゆる生ごみをちゃんと始末せず、それがごみ袋の中で腐っている可能性が高い為、どこに発生源があるのかも判らずに、家中に腐敗臭、そして、何だか判らない悪臭が漂うことになる。そして、家の中が一回こうなってしまうと……その家にある程度の時間滞在したすべてのひとに、この悪臭が染みついてしまうのだ。介護の関係で、正彦さんの実家に出入りしていた陽子さんと正彦さんは、実家で何か作業をする度、外に出た時自分の服が臭い、いや、自分自身があきらかに臭い、こんな状態で、着替えなんてできず、ましてやお風呂にはいることなんて不可能で、それでも新幹線に乗って東京まで移動しなきゃいけなくなり……この時は、本当に、一緒の電車や新幹線に乗り合わせていた他のひとに申し訳なく思ったものだった。でも、こんな臭いでも、それはあくまで、はた迷惑なだけで、これで誰かが死ぬって訳じゃないし
……大体、洗濯機の中にはいっている洗濯物をすぐに干さないでいると発生する臭いって、

そういうものとはレベルが違うと陽子さんは思っていたのだ。）

……まあ……でも……。

昨今のＴＶコマーシャルを見ている限りでは。（洗濯物の臭いに関する消臭剤のコマーシャルは結構あって、これを見る度、陽子さんは茫然自失《ぼうぜんじしつ》に近い状態になっていたのだ。何故！　何故ここまで、臭いを嫌がらなければいけないのだ？　特に部屋干しの洗濯物の臭いなんて、そりゃ、ないとは言わないけれど、〝害〟になるレベルとはまったく思えない。これがなんだって問題になるのだ。）

ただ……まあ、これを気にするひとは、ある程度の数、いるのかも知れない。（そういうひと達が、何を思ってこれを気にするのかが、陽子さんにはまったく判らないのだが。）

そして正彦さんも、これを気にしている……らしい……ん……だよ……ね。


結果として。

現在の正彦さんは、たとえどんなに俳句が忙しくても、睡眠時間を削ってでも、洗濯をしてそれを干している。かなり酷い花粉症の正彦さんは、花粉が飛んでいる間は、洗濯物をそもそも外に干すことができない。故に、今の陽子さんは、自分の裁量で洗剤を買うことすらできない。（いや、洗濯物を全部正彦さんに任せたのだから、そもそも陽子さん、自分の裁量で洗剤を買おうだなんて思ってもいなかったのだが……とにかく、正彦さんは、自分が使う洗剤を決めている。何らかの基準があるらしい。それ以外も、食器を洗う為の洗剤も、トイレ掃除用の洗剤も、すべて正彦さんが決めている。それ以外の商品を陽子さんが買っても、使ってくれないかも知れない……。)


あの、何もしなかった正彦さんが。

どんなに時間がなくとも、とにかく洗濯だけはやっている。

そして、洗濯した以上、天気に問題がなければ、ひたすら外干しをして、しかも乾いた洗濯物をすぐさま取り込むようにしている。

これはもう……。


これはもう、この三年。

家事レベルで、正彦さんは〝激動の三年〟を過ごしていたっていう話にしても、いいんじゃないかな。

本当に、そんな気がする……。


(こんな正彦さんが、会社員時代、こういう認識を持っていた陽子さんに文句を言わなかったのには、当然、理由がある。

洗濯に対してこんな認識を持っていた陽子さんだが、勿論、洗濯をしない訳ではなかった。暇な時には、ちゃんと洗濯をして、干して、それを取り込んでいた。——当たり前である——。そして、大島家には、正彦さんの下着や靴下は、もう、売る程あるのである。——前にもちょっと書いたような気がするのだが、独身時代の正彦さんは、まったく洗濯をしないかわりに、下着や靴下は、替えがなくなると新品を買っていたので、結婚した時、大島家にあった正彦さんの下着と靴下の数は、かなりのものだったのだ――。だから、あんまり洗濯に気を遣わない陽子さんでも、下着と靴下だけは、常に清潔なものを正彦さんに供することができたのだった――。

で、正彦さんの凄い処は。

会社員時代、このひと、自分のスーツは勿論、ワイシャツもみんな、全部クリーニングに出していたのである。ポロシャツとか、セーターとか、そういうものも、みんな。

大島家の主婦は陽子さんだったのだが、大島家がクリーニングに出すものは、この当時からすべて正彦さんが管轄《かんかつ》、出入りのクリーニング屋さんに連絡していたのは正彦さん。急いでクリーニングして欲しいものがあった場合、これを連絡するのは、すべて正彦さん。――そもそも、陽子さんは、「え、クリーニング屋さんって、週に何度も来てもらうような職種のひとなの？　何でそんなことしなきゃいけないの？」って認識のひとであり、ほっとけばどんな服でも洗濯機に押し込んでしまうひとだったので、今の家に引っ越してきた当初、クリーニング屋さんからの営業があっても、それをちゃんと理解していなかった。そして、そんな陽子さんを無視して、クリーニング屋さんと契約を結んだのが、正彦さん――。

ただ、まあ。

正彦さんが退職するにあたって。

「ねえ、あなたはもう、お仕事に行く訳じゃないんだから……このクリーニング代、何とかして」

って、陽子さんに言われてしまったのだ。――と、言われるようなクリーニング代であった。いや、そりゃ、そうなるだろう――。

「お仕事の服はね、クリーニングしなきゃいけないのは判る。でも、もう、お仕事自体がそんなにない訳なんだし……普段着はどうでもいいじゃない」

いや、陽子さんがどう言ったとしても。正彦さんにしてみれば、〝普段着はどうでもいい〟訳がないのであって……多分、だから、正彦さんは、自分なりに頑張ったのだろうと思う。

と、まあ、そんな三年だったのだ……。)

☆

本当に。

正彦さんは、この三年、〝激動の三年〟を過ごしてきていた。

そして、よくよく考えてみれば、陽子さんも。

〝激動の三年〟を過ごしてきていた……ような気がする。


これは……何で、だ？

陽子さんの場合は、やっていることは、この数年、ほぼ変わっていないのに。なのに、何故か、〝激動の三年〟を過ごしてきたっていう気持ちがある。（いや、実は、陽子さんの方も、この三年で、仕事以外ではかなりやっていることが変わった。家事のうち、洗濯と洗い物とトイレ掃除をしなくて済むようになったのである。だから、まあ、家事の負担がそれなりに減ったとは言えるのだが、でも、これを、〝激動〟っていうのは、ちょっと違うような気がする。）

☆

激動の三年。何が激動かと言えば……歩けなくなった。

そんな気持ちが、今の陽子さんは、しているのである。


二〇二〇年。

陽子さんは、歩いていた。

この年、正彦さんが定年になり、結果として、定年になった正彦さんと二人で、陽子さんはひたすら歩いていたような気がする。

うん、この年は、緊急事態宣言が出たり何だりして、スポーツクラブは休業、公園や川沿いみたいな、普段ひとがいない筈の処は人込みになっちゃって、もうどうしようもないから、練馬の町中を、陽子さんは、歩いていた。スポーツクラブに行けないんだもの、最低でも一日一万歩歩くことを自分に義務づけて。

二〇二一年。

やっぱり陽子さんは、歩いていた。

この年あたりから、正彦さんは俳句に熱中。なんと、今では、月に十回以上、句会に参加するようになってしまったのである。（句会っていうのは、参加する時、俳句を提出しなきゃいけないのね。ということは、月に十回以上句会に参加する正彦さんには……おそろしいことに、月に十回以上、俳句の締め切りがあるのである。——それに、一回の句会で、一句しか出さないということはまずないのであって……ということは、仮に、一回の句会で三句出さなきゃいけないとすると、このひとは、月に、三十句、俳句を詠まなきゃいけなくなるのである。実際は、提出する俳句はもっとあるので、驚くべきことに、このひとは、一日一句、俳句を作っても間に合わなくなってきている。）

と、こうなると。

正彦さんの〝歩き方〟が、ちょっと、違ってきた。

〝吟行《ぎんこう》〟っていうんだけれど。

基本、正彦さんは俳句を詠む為に歩くようになってきて、この年の前半、陽子さんはそれにおつきあいして歩いていた。（その辺に生えている草花の写真をとって、その草の名前やどんな草だかが判るアプリを、正彦さんが自分のスマホにいれたのがこの頃。そしてそのあと、鳥の写真をとったらその名前が判るアプリとか、いろんなものを次々正彦さんは取得してゆく。)

で、吟行をしてみたら、意外なことが判った。陽子さんは練馬生まれで、つまりは生まれついての都民である。正彦さんの出身は、岡山の、それも割と田舎の方。故に陽子さん、自分のことを都会っ子だと思っていたのだが……比べてみたら、陽子さんの方がはるかに田舎の子供だったのだ。(……陽子さんが生まれた頃の練馬は、どうも岡山の町場より田舎だったみたい……。あるいは、陽子さんが祖母に育てられたせいっていうのも、あるのかも知れない。祖母は農家の出身だったので、庭でずっと野菜や果樹を育てていて……小松菜、ほうれん草、きゅうり、ピーマン、枝豆、とうもろこし、さやえんどう、みんな、陽子さん、おばあちゃんと一緒に作った記憶がある。蕎麦《そば》まで作った記憶もある――さすがにそば粉を挽《ひ》いた記憶はないのだが。なら、何で蕎麦なんて作っていたんだろう?――。また、家の庭には、柿は複数、ざくろ、栗、グミなんかの木があった。その他、お隣の家には非常に大きなビワの木があり、御近所の大体の家に柿は普通に生えていて、斜めお向かいの家では鶏飼っていて……。岡山の町場で育った正彦さんより、余程田舎育ちだったのだ、陽子さん。)

つまり。正彦さんと一緒に歩いていて、吟行だから、正彦さんが「あの木、何?」「この花は何?」「ここに生えている雑草は」って疑問を感じた時、陽子さん、殆どの疑問に答えることができたのである。

(というか、正彦さんの〝知らなさ〟加減に、逆に陽子さんの方が驚いていた。一緒に歩いていて、正彦さんが時々言う。

「この紫の花は何なんだろう。今、アプリで調べて……」

こんな時、陽子さん、本当に驚く。で。

「調べる必要なんてないから。これは、普通の菫《すみれ》だよ」

「……え。菫って、こういう花、なんだ」

って、何で菫が判らないんだこのひと！

「こっちの、このなんかまるまっちい白い花は」

「本気で聞いてるの？　シロツメクサだよ？」

「あー、これがシロツメクサ」

って、本当に知らなかったのか、このひと。いや、まあ、男の子だから。——今は男の老人なんだけれど、まあ、子供の頃は、男の子だった筈だから——。男の子なら、お花には興味がなくてもしょうがないのか。

とはいうものの、お花ではない、こんな台詞を聞いた時には、ほんとに陽子さん、驚倒した。

「あのさ、陽子、次の句会なんだけれど、お題が〝はこべ〟なんだよね。んで……はこべって、どんな草だか、陽子、知ってる？」

……知らないのかはこべ？　むしろ、そっちの方が陽子さんにしてみれば驚きで。

「あのさ、鶏とか飼ってる場合、普通にエサとして、その辺に生えているはこべ、ちぎって持って行かなかった？」

「鶏……普通に飼っていない……」

あ、そうか、でも。

「小学校とか、普通にいなかった？　鶏。あと、うさぎとか。飼育当番とか、普通になかった？」

「なかった。いや、あったのかも知れないけれど、俺は覚えていない」

東京生まれ東京育ちの陽子さん、ここで、岡山生まれ岡山育ちの正彦さんにため息をつく。どんな都会育ちなんだよこいつって。

まあ、でも。ここでそれを追及してもしょうがないから……なら、まあ、はこべを見せてあげればいいんだよね。はこべなんて、普通、その辺のドブ沿いにやたら生えている雑草だから……。

と、ここで。

陽子さん、硬直する。

昭和時代には、その辺の道沿いにいくらでもあったドブ、平成になってからは見たことがないような気がする。まして、令和の今となっては……下手すると、〝ドブ〟というものを知っているひとの方が少数派だって話に……なっていないか？

いや、でも、ものは〝はこべ〟だ。

ドブがなくなっていたって、その辺に生えているに違いない。とはいえ……〝その辺〟って、どの辺？　お庭を丹精しているおうちには、まず生えていないような気がするよねえ……。ドブがないと、アスファルトの道には、そもそもあんまり雑草生えていないし。そこで陽子さん、正彦さんについてくるように言って、ずんずん歩き、近くにあった公園の中にはいってゆく。ここは、確かに手をいれているけれど、雑草が結構ある公園なので、なら……。

しばらく歩いてゆくと、あった。はこべ。

ここで陽子さん、その植物を示すと、正彦さんに指示。

「あのね、あそこの草の名前をアプリで調べてくれる？」

「って……えーと……あああああ！　これ、ハコベってなってる！　これが、この草が、はこべなのかっ！」

うん。はこべ、なんだよ。

いや、別に凄くはないです。

「すっ……すっげえ、すっげえ、すっげえぞ、陽子！　よくこれがはこべだって判ったよなあ、ほんとにすっげえなあ陽子」

というか、むしろ、はこべを知らない正彦さんの方が、何か絶対に〝変〟だっていう気はする。）

この経緯があったおかげで。

正彦さんは、吟行する時、陽子さんが同行するのにまったく抵抗がなくなった。

かくして、こうして。

二〇二一年の前半、陽子さんは歩いていた。

また、二〇二二年になったら。

陽子さんと正彦さんは、再びスポーツクラブに通うようになる。

……まあ……なあ……。

一口に、「一日一万歩を歩くことを義務とする」って言ったって……これは結構大変なのだ。

それに比べると。スポーツクラブに通い、その時、万歩計をつけていたのなら……スポーツクラブで、一時間半歩けば。一万歩なんて、あっという間に達成できるのだ。（しかも、スポーツクラブでウォーキングマシンを使って歩いている時には、陽子さん、本を読むことができる。本さえ読んでいれば、一時間半なんてあっという間だ。）

ただ、この頃、陽子さんは足の裏の疣《いぼ》の手術をして……。


二〇二三年前半。手術で取りきれなかった疣の治療が進み（これは、ピーラーみたいなもので疣を削り取って、そのあと傷口を液体窒素で焼くという治療である）、治りかけてきた。そうしたら……疣が酷かった時は、削っている時も、焼いている時も、その時は痛かったけれど、治療が終わればたいしたことない気分だったのだが……いざ、治りかけてみたら……これがもの凄く痛くなるのである。治療中も痛いけれど、治療が終わったあと、ちょっと時間がたったら、これが痛いのである。立っているだけでも痛い、ましてや歩くだなんて……。

「この治療は、治りかけの方が痛いんですよね……」ってお医者さまにも言われ……まあ、以前は皮膚の表面にある疣を削ったり焼いたりしていたんだけれど（そしてこれはあんまり痛くない）、今は、健康な皮膚の奥にある疣を削って、そして焼いている訳だから……そりゃ……治りかけが一番痛いか。

「ほんとに疣、よくなってきていますよ。随分小さくなって、今は奥の方にちょこっと残っているだけ」ってお医者さまに言われる状態になったら、治療中も陽子さん、呻くようになったし、液体窒素で焼いたあと、ちょっと時間がたって水ぶくれができる頃には……も、泣きたいくらい、痛い。しかも、立っているだけで水ぶくれに体重がかかってひたすら痛い。

　整体の先生にも言われたし、ストレッチしなきゃいけないんだけれど……こうなると、スポーツクラブにはなかなか行く気持ちになれない。外の道を歩いている時と違って、スポーツクラブでは大体時速六キロくらいで歩いているから、これはもう、泣きたいくらいに痛い。

　それにまた。運動した時、何が楽しみって、終わったあとのお風呂が陽子さんは一番楽しみだった。汗をかいて、特に夏場なんてべたべたになった体を洗う、ゆっくりお湯につかる。スポーツクラブに行く時には、陽子さん、着替えと一緒に、紐《ひも》のついた浴用のたわしを持ち歩いていて、このたわしにボディシャンプーをつけて、背中をごしごしするのが一番の楽しみだったのだ——その為に、紐がついている——。ところが！　治りかけた疣があると、これがもう、全然駄目。火傷をした時、ましてそれが水ぶくれになっていたら、その部位をお湯につけたいって思うひとは、いないんじゃないかと陽子さんは思う。そして、足の裏をお湯につけずにお風呂にはいるっていうのは……物理的に、無理なのだ。（実際。正彦さんから、「それだけは絶対にやるな」って厳命されてもいた。家のお風呂で、右足だけを浴槽からだして入浴する、これ、何か事故を起こしそうだから。そもそも、六十超したら、お風呂場っていうのは事故を起こす可能性がとても高い場所である。そんな処で、足の裏をお湯につけずに入浴しようとしたら……百回それやったら、一回は何らかの事故を起こしそう。ということは、その手の入浴をやった場合、年に三回くらい、陽子さん、死にかけてしまうっていう話になる。)

とはいえ。ある程度運動しないと、何故か眠っている時にいきなり足が攣《つ》るっていう恐怖の事態に陥ってしまう可能性がある。

ということは、歩かなきゃいけない。でも、スポーツクラブにはあんまり行きたくない。という訳で、また、陽子さんは正彦さんと一緒に歩くようになり……。

ただ、一万歩を超して歩くってことは……歩く距離がどんどん長くなる。

最近では井の頭公園から歩いて帰ってきたり、西武線の駅だと、中村橋や豊島園や保谷《ほうや》なんかまで歩いてゆく。(路線図見ていただければ判ると思うんだけれど、これらの駅の間は相当離れている。)正彦さん行きつけの床屋さんはひばりヶ丘にあり、正彦さんはここから歩いて帰ってきたりする。最近は、西武線を離れて、中央線の駅まで一緒に歩いたりもする。(正彦さんが最近参加するようになった新たな句会は、世話役の方が杉並区民だったので、杉並区の施設を使うことが多いのだ。それで、句会のあと、二次会で行って正彦さんが気にいった、荻窪や西荻窪や阿佐ヶ谷のお店に、二人で歩いていったりしているのだ。)

と、まあ。

なんか、そんな、〝陽子さんの気分における激動の三年〟だったのである……。

（勿論、普通に道を歩いていたって、治療が終わったあと何日かは痛いのだが、正彦さんの吟行にくっついて外を歩く方が、スポーツクラブで時速六キロで歩き続けるのよりはまし。そのかわり、スポーツクラブに通っていた時と同じだけの距離を歩くのに、三倍くらいの時間がかかる。この辺の時間の使い方も、また、〝激動〟といえば〝激動〟だったんだよね。）

☆

「今度、また、吟行で牧野記念庭園に行ってみようか」

二〇二三年前半、吟行のついでに大泉学園の駅の先にあるお店まで食事に行った後、大泉学園駅を横切った処で、正彦さん、こんなことを言う。というのは、只今、大泉学園駅には結構大きな牧野富太郎先生のパネルが飾ってあって、それがまあ、天真爛漫《らんまん》というか、呵々《かか》大笑《たいしょう》というか……とにかくもの凄いいきおいで笑っているパネルで、正彦さんは、このパネルが、大好きだったのだ。（大泉学園駅の側には、牧野先生が晩年を過ごした家があり、それが只今、『牧野記念庭園』になっているので、宣伝もかねてかパネルを置いてあるのだ。『牧野記念庭園』では、牧野先生や植物に関する企画展をしょっちゅうやっているし、お庭もまた、見て楽しい。）

うん。正彦さん、曰く。

「これ、実際の写真なんだろ？　だとしたら、凄い。こんなに思いっきり笑っている写真なんて……それも、結構このひと、昔のひとだろ？　昔の男性で、それも〝偉い〟ひとで、ここまであっけらかんと笑えるひとって、凄い。この笑顔を見ただけで思う、俺、このひと好きだ」

うんうんうん。牧野先生を褒められると、陽子さん、喜んでしまうので、にっこりして、こくこくこく。

「なんか、今度、ＮＨＫかなんかでドラマになるの？」

「いや……私はそれ、よく知らないんだけどね、でも、牧野先生はね」

「ああ、判ってる。練馬の郷土の偉人なんだろ」

「です」

そうなのだ。陽子さんが子供の頃、練馬の郷土の偉人って言えば、それは牧野富太郎先生だったのだ。小学生の頃、校外学習か何かで、大泉の牧野記念庭園に来たこともあったし、そのあとも何回か、陽子さんはここを訪れている。

「まあなあ……高知のひとに言わせたらまったく違う意見があるだろうし……うちの郷土の偉人に比べたらちょっとあれだけど」

と、言いかけた正彦さん、慌てて言葉を飲み込む。まずい。この話題になってしまうと、陽子さんは絶対に折れないし……絶対に怒る。だから、この台詞、正彦さんは言わなかったことにしようと思ったんだけれど……あいにく、しっかり、陽子さんには聞かれてしまっていた。

ちらん。

もの凄い横目が、正彦さんのことを睨《にら》む。

正彦さんと陽子さんは、そんなに身長が違わない。そんな、ちょっと下の処から、なんだかもの凄い力をもった視線が、正彦さんの目に刺さり……。

「あなたの処の郷土の偉人に対して、うちの牧野先生は、存在が絶対に確かなんですからね。それに大体、あなたの郷土の偉人は、名古屋あたりから文句がついちゃう可能性があって……」

これを言われた瞬間、今度は正彦さんの方も滾《たぎ》る。

「うちの郷土の偉人は、日本全国の偉人だっ！　日本人全員、知っている！」


郷土の偉人問題。

これは、この二人が大学にはいってすぐ、クラスの飲み会か何かで、ま、無難な話題としてみんなの口に上ったのだった。

「うちは武田信玄の地元。やっぱあの、〝ひとは石垣〟っていうの、凄いでしょ」

「あー、そういう意味では、私の地元は上杉ー。上杉謙信のとこ。じゃ、昔だったら私達仇敵《きゅうてき》同士？」

「名古屋は凄いぞ。戦国の有名武将、もとを辿《たど》ればこっちの出身者ばっかりなんだからと、こんな中で。

「うちの郷土の偉人はね、牧野富太郎先生なの！」

って言い張った陽子さんに理解を示してくれるひとは誰もいなくて……。

「あの……ごめん、それ……誰？」

「だから、植物学の先生でね、日本のリンネって言われていて」

「ごめん、リンネって、誰」

「そこからかよっ！　そもそも植物分類学という学問を築いたのは」

なんて会話をやっている間に、誰かが正彦さんにも話を振ってくれて。そこで正彦さん、自信満々で言ったのだ。

「うちの郷土の偉人は、日本人なら誰でも知ってる。織田信長や豊臣秀吉や徳川家康なんて目じゃないぞ。もっとずっと有名人だ！」

こうも堂々と言われてしまったので、しかもその声が結構大きかったので、リンネって誰かなんて問題をほっといて、みなさまの視線が正彦さんに集まる。で、正彦さんが言ったのは。

「うちの郷土の偉人は、桃太郎だ！」

瞬間。場が、凍った。

「……あの……もも……たろう……って……」

「知らないのか？　日本人なら知らない訳ないだろ？　〝ももたろさん、ももたろさん、お腰につけたきび団子、ひとつ私にくださいな〟って奴」

正彦さん、歌ってみせる。すると……場は、より、硬直。

「あの……その〝桃太郎〟が、郷土の偉人……？」

「そのとおり。何たって、岡山駅前には、桃太郎の銅像が立っている。うちの郷土の偉人は、桃太郎だ」

「浦島太郎とどこが違うのかっていう話だよね」

「郷土の偉人と日本昔話を一緒にするなあっ！」

　今度は、場が、沸騰。

「全然違うだろう？　浦島太郎は〝お話〟だけれど、桃太郎は事実だ。龍宮城はお伽《とぎ》話だけれど、桃太郎は史実だっ」

「だから、どこが、史実だっ」

「鯛やヒラメは舞い踊らない」

「それ言ったら、犬や猿や雉子《きじ》はきび団子でお供になるのかよっ」

　この辺から、議論百出。

「でも、確かに人間は動物を餌付けして使役することができるんだから……鯛やヒラメが舞い踊るのより、それは、あり、なんじゃ？」

「ある訳ないって。その前に、きび団子って何だよ、犬が何だって団子喰うんだよ」

「あ、でも、それ言ったら猫だってお団子とか食べないような気がするけど、昔は猫の御飯って、普通の御飯にお味噌汁かけたもの、だったんじゃない？　あたしが子供の頃、おばあちゃんはうちの猫にそんな御飯あげていたような気がする。実際、あれ、〝ねこまんま〟って言ってたと思うし。で、猫が〝ねこまんま〟を食べるのなら、犬がお団子食べてもいいような気がする。栄養学的に言って、構成要素はそんなに違わないいんじゃないかと思うし」

最早、誰が何を主張したいんだか、よく判らない。

「でも、そもそも、川をでっかい桃が流れていて、それを割ったら中から子供が出てくるっていうのが……」

「それ言ったら、かぐや姫だって、光っている竹を切ったら中から出てくるんじゃなかったっけか」

「……そもそも、桃を割ったり竹を切ったりしたら、その段階で、桃太郎もかぐや姫も真っ二つになっているんじゃないかって気持ちが……」

「あの……あたし、思うんだけど。それ言ったら、最初に帝王切開しようとしたひとって、何考えていたんだろうねえ。だって、妊娠しているお母さんのお腹を切って、そこから子供を取り出すだなんて……下手したら子供が真っ二つになってしまうって、思わなかったのかなあ」

……。…………。…………。

もう。完璧に、誰が何を言いたいんだか、よく判らない。この後、話題は二転三転して、気がついたらこの話題のきっかけになった正彦さんも、そして陽子さんも、何を言いたくて自分がこの議論に参加したのか、訳判らなくなっていた。

で、まあ。

一瞬は、滾ったものの。

〝郷土の偉人〟って言葉が出てきた処で、二人はどちらからともなく、このことを思い出して……何となく、話を誤魔化そうとする。

（陽子さんが、滾りかけたのは、〝高知のひと〟って言葉を聞いたから。というのは、牧野先生は、もともとが高知出身の方だったのだ。最初、陽子さんはそれを知らなくて、何年か前、偶然高知に行った処、そこに『牧野植物園』があって……瞬時、陽子さんは、「うちの郷土の偉人を取るな！」って気持ちになってしまったのだ。ところが、その植物園に行ってみたら……何と牧野先生、もともとは高知のひとだったということが判ったのである。つまり、高知出身で東京に出てきて練馬に住んでいたひと、なのね。そしてその上。練馬の『牧野記念庭園』と、高知の『牧野植物園』では……これを認めるのは、陽子さん、とっても辛《つら》いのだが……客観的に言って、高知の方が、素晴らしかった。面積も施設も設備も、そしてかかっているお金も、なんか、比較にならないくらい、高知の方が素晴らしい。これが、陽子さん、口惜しくて口惜しくて。ここの処に話をもってこられると、「練馬の郷土の偉人は牧野富太郎先生！」って思い込んでいる陽子さんには……まあ……その……ちょっと、なんか、いろいろ、思う処があったりするのである。

また。

陽子さんが仄《ほの》めかした、「うちの牧野先生は、存在が絶対に確かなんですからね」、という言葉は……まあ……正彦さんの方の郷土の偉人が桃太郎だとすると……こうとしか言いようがないかも。——どう考えても、〝桃太郎〟より〝牧野富太郎先生〟の方が、実在の証拠が沢山ありそうだ——。それにまた、「名古屋あたりから文句が」っていうのは、以前は、桃太郎って言えば岡山の話だというのが常識だったのだが、そのあと、〝桃太郎尾張名古屋説〟というものが出てきてしまったから。

これまた、聞いた瞬間、正彦さんは切れる。

だから滾ってしまったのだが……これ、二人共、滾ってもしょうがないっていうか、意味がないって判ってしまって。

結果として。

二人が二人共、揃って話を誤魔化そうと目論《もくろ》んだので……話はとても穏やかな処に落ち着くことになる。(二人共、相手の言葉を聞かなかったってことにしたらしい。)

「……ま……ね……」

正彦さんが言う。

「明日は……『牧野記念庭園』やめて、もうちょっと遠く、そうだなあ、鷺《さぎ》ノ宮《みや》あたりくらいまで、歩いてみようか?」

……鷺ノ宮。結構、遠いよな。ここから歩くと二時間では済まないと思う。でも、まあ。歩いてゆける範囲であることは、確かだ。

「ん、じゃ、歩いてみましょう」

第十四章　あの謎の四角には出現時期を選んで欲しいって心から思う

陽子さんは。

それでも、現実に生きているひとだったので……現実に対して、それなりの妥協をしていた。

うん、例えば、あの謎の四角について。（正しい日本語ではＱＲコードって言います。）

これはもう、ほんとに陽子さんには訳判らなかったんだし、アプリっていうのもまったく訳判らなかったんだけれど……でも、世の中のひとは、大体、これに、順応している……ん、だよ、ね。

だとしたら。

本当に順応したくはなかったんだけれど、陽子さんも、順応するしかなかった。

正彦さんは、いつの間にか、あの謎の四角に対応できるようになっていたし、陽子さんはそんなことしたいだなんてまったく思ってもいなかったけれど、でも、「いつの日かひとはあの四角に順応すべきなんだろうなー」って思うようになっていた。（順応できていなかったけれど。というか、アプリを使うかどうかを〝いつの日か〟って言葉でくってしまうあたり、もう駄目駄目だとしか言いようがないんだけれど。）

けど、だからって。

あの四角が、陽子さんの人生の中に登場する、その登場場面には、陽子さん、山のように意見があったのだ。

それって……端的に言えば……この言葉に尽きる。


いきなり現れるなよ、この謎の四角！

☆

その日。

正彦さんと陽子さんは、歩いていた。まあその……二時間近く。（家から吉祥寺くらいまで、適当に歩き続けていたのだ。）

で、さすがにこれだけ歩いていると、疲れる。いや、その前に、午前中からここまで歩いてくると……お腹も、減る。おりよく場所は、そろそろ吉祥寺駅。あたりにちらほらとレストランや喫茶店なんかが見えてくる。

「ちょっと疲れたし、お腹も減ったし、この辺で、座って御飯、食べようか」

「ん、それいいと思う。どっか適当なお店って……あ、あそこ」

そのお店は、店外に写真つきのメニューを提示してあり、その写真がなんかおいしそうだったので。

「このハンバーグセット、おいしそうだよね」

「俺もこれでいいと思う」

「じゃ、ここにはいって……」


お店にはいると。

すぐにウェイトレスさんが来てくれて、二人を空いている席に案内してくれて、その上、お水を持ってきてくれた。ずっと歩いていて、喉が渇いていた二人、まず、何も言わずにごくごくごくってお水を呑み……こんな二人に対して、ウェイトレスさん。

「ご注文は、こちらからお願い致します」

って、なんかラミネートコーティングされている紙を寄越して、そのままテーブルから離れていってしまう。

この時、二人は、まだ、ウェイトレスさんに頂いた水を飲んでいた。だから、反応が、遅れた。

ごくごくごく。

水を呑み終えた正彦さんと陽子さん、改めて、ウェイトレスさんに渡された紙を見て……

そして、硬直する。

こ……こう、ちょく……する、しか、ない。

だって、それは、メニューなんかじゃなかったから。

その紙に印刷されていたのは……陽子さんが大嫌いな、〝あの、謎の、四角〟だけ、なんだもの！

☆

「…………………」

ほぼ、しばらく。陽子さんは何も言えなかった。硬直していた。だって。

「………………これは……何をしろと……私達は、何を要求されているの？」

陽子さんより少しは常識がある正彦さん、ぽつぽつと。

「これは……多分、このＱＲコードを読むと、メニューが出てきて、そこから注文をしろって意味だと思うんだけれど……」

「いや、それは、判る。私にも判る。けど、世の中にはこの謎の四角を読めないひとだって一杯いるんだよ？」

「……あ……いや……一杯は、いないと思う。そもそも、陽子だって、これ、読めないとは限らない。おまえのスマホを出してみろよ。ＱＲコード、読めるようになるアプリだって、きっとすぐにダウンロードできるから。何なら今俺がやってやるから」

おお。すっごい。いつの間に正彦さん、こんなスマホ上級者になったんだ。（……アプリがどうこう言える時点で、そのひとは陽子さんにとって、スマホ上級者である。けど……世間一般では、多分これは違うんだろうな、とは、陽子さんも判ってはいる。）でも。けど。

「私、今、スマホ持ってない。あの子は今、うちのリビングのちゃぶ台脇の岩波の国語辞典の上にいる」

「………」

正彦さん。多分こうなるだろうなあとは思っていたものの、やっぱり、言われるとちょっとため息。

「あのさあ。スマホは、持って歩けよ。おまえだって、いろいろあって、スマホを持って歩くと便利だってことは実感している訳だろ？ なら、スマホ、持って歩くべきだと思うだろ？」

「思わない。だって、あれって、待ち合わせをしているひとと逢えない時にあると便利なツールなんであって、今日は、私、あなたと一緒に家を出てきて、そのあとずっとあなたと一緒にいる訳なんだから、あれ持って歩く意味が、私には判らない」

「い、いや、待て。スマホには、多分、〝待ち合わせをしたひとと逢えない時に連絡がとれる〟以外の用途もある……よ？ と……俺は思うんだが……検索とか、できると便利じゃない？」

「便利かも知れないけれど、私は、何かものを調べたい時、スマホなんか使わないんだよね。陽子さんは、何かものを調べたい時、百科事典とか、とにかく紙の本でそれを調べているよね。百科事典で間に合わなければ図書館へ行く。どんなに即時性がなくても、時間がかかろうとも、断固として。

「まあ、そりゃ確かにそうなんだけれど……あ！ そうだ。一緒に家を出たとしても、あっちこっち歩いている間に、俺とおまえがはぐれてしまう可能性は、ある」

あ、それは確かに。

そこで陽子さんが諾《うべな》うと。

「その時、スマホがあってくれると、俺達は連絡がとれる。ほら、どっちかが迷子になった時、スマホがあってくれたら、それはどんなに便利か」

「……成程」

「大体、そもそも、〝スマホ〟って何かって話になるんだけれど、あれは、〝携帯電話〟だ」

「うん」

「で、〝携帯電話〟って何かって言えば、〝携帯ができる電話〟だ」

「……まあ……語源的に言えば……そう、だ、よ、ね」

「だから、〝携帯〟しろ。携帯電話は、携帯しなきゃ携帯電話じゃない」

「……んー……それは確かにそうなんだよね。……でも……下手にスマホを鞄の中にいれちゃうと……」

あああああ。正彦さん、この先の陽子さんの台詞が、ほぼ、〝読めて〟しまう。

「おまえ、自分の鞄の中にスマホがあることを忘れて、いや、それだけじゃなくて、スマホがどこにあるんだか全然判らなくなって、結果として、スマホが行方不明になってしまうん……だよ、な？」

そうなのである。大体、月に二、三回、陽子さんは正彦さんに、「ねえ、旦那、あなたあたしのスマホがどこにあるか知らない？　あれ、発見できないんだけれど。とっくに充電も切れているみたいで、家電《いえでん》で呼び出しても、も、全然呼び出し音が鳴らないんだけれど」って事態に立ち至っている。そして、それを防ぐ為に陽子さん、自分の家の仕事用のパソコンが載っているちゃぶ台の脇、国語辞典の上にスマホを置いている。ここが、スマホの定位置だって決めれば、そしてそれを守ってさえいれば、陽子さんはスマホを発見できるのである。ただ……この原則は、スマホを持って歩いてしまった瞬間、崩壊してしまう。だから、陽子さんは是非ともスマホを持って歩きたくないいんだが……これ言っちゃうと、そもそもスマホって何なのかって処から、訳判らなくなってしまう。

「だからねー、私のスマホは、岩波の国語辞典の上にあって欲しいんだけれど……」

「それを許してしまった瞬間、それはすでに、〝携帯電話〟ではないわっ！　家のちゃぶ台の脇の岩波の国語辞典の上にしかないスマホって、それ、子機がある家電より、ずっと居場所に不自由じゃねーかっ！」

……なん、だ、よ、ねえ。

それに。

今、問題になっているのは、そんなことではない。

それは、陽子さんも正彦さんも、判っていたので。二人、目と目を見交わして。

「今問題になっているのは、只今の注文を何とかしなきゃいけないってことなんだ……よ……ね？」

「うん。それは俺も判ってる。とにかく俺達は、注文をしなきゃいけない」

「注文をするのは、別に全然嫌じゃないのよ。っていうか、むしろ、ハンバーグとか注文したくて、あたし達はこのお店にはいったのよ、御飯、食べたいのよ。お金もあるんだし、無銭飲食するつもりなんてまったくないっ」

「……なのに……現時点では、注文の仕方がよく判らない……」

どうしよう。本当にどうしよう。（陽子さんが思う処の〝スマホ上級者〟の正彦さんだって……実は、ＱＲコードを読み込んで何とかする、だなんて、えいやって覚悟を決めて、やっと何とかできるかも知れないっていうレベルなのである。ということは……積極的には、絶対に、やりたくないのである。）

二人共泣きそうになったんだけれど、泣いたって現状が改善されるとは思えない。

「このまま、あたし達が黙ってこのお店を出てしまったとしても……まあ……まだ、何も注文してないし……というか、注文それ自体ができないから困っている訳だから……無銭飲食にはならないとは思うんだけれど……」

「でも、ウェイトレスさんに席に案内してもらって、そこで座って、ほっと一息ついちゃった。お水まで供してもらって、ごくごくごくって吞んじゃって……この状態で、このままこのお店を出てしまうのって、あんまり酷くないか？」

「あんまりどころじゃない、すっごく酷いと思う」

「だから、ともかく、俺達は注文をしなきゃいけないんだ」

ここで、正彦さん、覚悟を決める。

「この……ＱＲコード、とにかく俺が読めばいいんだな？　俺がこれ読んで、ここから注文さえできれば、それでこの場合は何とかなるんだな？」

で。

正彦さんは、頑張った。

いや。一応、正彦さんはＱＲコードを読める。陽子さん言う処の、〝あの謎の四角〟に対応できる技術は、あるんだ。

けれど。

普段の正彦さんは、あんまりこんなこと、やりたくはない。というか……陽子さんが絶対的にできないから、だからやっているんだけれど、「何とかかんとかのアプリがどうのこうの」って言われた瞬間、正彦さん、それ、やりたくはないのだ。できるんだけれど、やりたくはないのだ。

ただ。

一緒にいる陽子さんが、絶対にこれをやらないことが判っているので……で、しょうがない。

とにかくＱＲコードを読み込んだ。

なんとか読み込んでみたら、メニューが出てきた。こうなるともう。

「も、何でもいい、最初に出てきたこれ注文しよう」

陽子さんの意見に、正彦さんも賛成。

「だよな。下手に悩んでいるうちに、この画面が消えてしまったら大変だ」（いや……普通、注文終えるまでそういうことは起こらないとは思うのだが……なんせ、ＱＲコードから何かを注文するだなんて、この二人、初体験なのだ。怖くてしょうがない。）

で、まあ、ぱたぱたと、最初の画面に出てきたものを注文して、したら、無事にそのお料理が来た（多分ランチセットだったのだろうと思われる）。食べる。もう、味なんてほぼ判らない。お料理が来るのと同時に、伝票も来て、それを持ってレジへ行ったら、会計もできた。

無事に御飯を食べ終え、会計も終り、店を出た瞬間、陽子さんと正彦さん、ふたり揃って、ほおって大きなため息。

「……結局……お店の外の写真にあったハンバーグセット、食べられなかったね」

「それどころじゃなかったから……」

「おいしいのかどうか、味だってろくすっぽ、判らなかったね」

「それどころじゃなかったから……」

「これはもう、楽しいお昼御飯じゃなかったよ……ね」

「それどころじゃなかったから……」

この時。

正彦さんは、「もうちょっとＱＲコードに慣れて、安心してそれを使えるようになろう」って建設的なことを考えたのだが……陽子さんは、ちょっと違う。

この時、陽子さんが考えていたのは、正彦さんに知られたらきっと怒られるような、こんなこと。

「……もう私……外食って、そのうちひとりではできなくなるかも知れない。外食する度に、あの謎の四角が出てきたら、私ひとりならどうしようもない。無銭飲食をしたくないのなら……この先、私、外食なんて全部やめて、御飯は全部自分で作るようにしないと……」

〝御飯を作る〟関係においては、陽子さん、いくらでも自分でやるつもりだ。その能力もあるつもり。

でも。

同時に陽子さん、心から憤慨《ふんがい》して、思ってもいた。

だって、私は他人とコミュニケーションすることができるし、お店には、コミュニケーションできるウェイトレスさんがいたんだよ？（実際、「すみません、食後の薬を呑みたいので、お水、もう一杯いただけますか？」って陽子さんが言ったら、すぐにウェイトレスさん、笑顔で陽子さんのコップに水を注いでくれた。）この状況で、何で注文するのに、謎の四角が必要なのよ？　ＩＴって……ＩＴって、〝言いたかないが〟〝とにかく不便〟の、〝い〟と〝と〟を略している言葉なんだとしか、陽子さんには思えない。

☆

まあ、でも。

最初のうち、陽子さん、この謎の四角のことを舐《な》めていた。

とにかく、外に出なきゃいいんでしょ、あるいは何かのチケットを取りたいとか、予約を取りたいとか、そういう、自分から打って出ることさえしなければ、私の日常には、この謎の四角は、はいってこないよね？　そりゃ、西武線の時刻表が判らないとか、いろんな不便はあるけれど、家にこもっている限り、この謎の四角は、追いかけてこない。

…………甘かった。

家にこもっている陽子さんの処にも、じわじわと、この謎の四角は迫っていたのだ。

☆

そもそも、陽子さん、その頃、頭を抱えていた。それは何故かって言えば……結構話題になっているインボイス制度である。

これが税務上どういうものであるのか、そんなこと陽子さんは知らないんだけれど……でも、判っていることは、ひとつある。そして、そのひとつが、とても大変。

この制度は、個人事業主に、かなりの負担をかけるものなのだ。（そして、小説家っていうのは、大体、個人事業主なのだ。まあ、町の八百屋さんや酒屋さんなんかとおんなじ括りだと思っていただいてそんなに間違いはない。）

会社ならね、普通、〝経理部〟とか、そういうものに特化した部署がある。けれど、個人商店の八百屋さんや魚屋さんに、経理部がある訳、ないでしょ？　けれど、どんなお肉屋さんや花屋さんも、みんな、これに対応しなきゃいけなくなる。すっげえめんどくさい、経理上のあれこれを、経理部なんて専門部署がない、お肉屋さんや八百屋さんや……小説家が。

経理に特化しているひとが誰もいないのに、これに対応……って、それがどんなに大変なことなのか、「こりゃもう、何が何だかよく判らない」に尽きる。

まあ、でも。

似たようなことは、過去にもあったよね。

マイナンバーである。

この制度が導入された時、ほんとに陽子さんは迷惑した。

というのは、これ、〝取引先に自分のマイナンバーを申告しなきゃいけない〟制度であって(事実は微妙に話が違うのかも知れないけれど、陽子さんにしてみれば、こうとしか思えなかった)、会社員である正彦さんの場合は、取引先っていうか、お金をもらっているのは自分の会社だけ、だから、一回、会社にマイナンバーを申告すれば済んだ話だったんだけれど……陽子さんは。個人事業主は。仕事する度、仕事先が増えるのだ。勿論、メインになっている出版社はある、けれど、仕事をすればする程、新たな取引先が増える訳で(増えなきゃ困る)、その度に、会社毎《ごと》に、マイナンバーを申告しなきゃいけなくなったのだ。それも、ただ、マイナンバーの数字をメールか何かで教えればいいっていうものではない。

毎回、マイナンバーのコピーと、住民票、保険証なんかのコピーを、添付しなければいけないのだ。これを郵便で送り続ける。(しかも書き留めで送らなきゃいけないこともある。その場合は一々郵便局に行かなきゃいけない。)

これが、さみだれ式に何年も続いたのだが……ここで、仰天の事実。

住民票のコピーには、賞味期限があったのだ。（いや、別に、住民票を食べる訳ではないのだから、〝賞味期限〟は、ちょっと違うか。とにかく、半年以上前の住民票は、書類に添付する訳にはいかなかったのだ。）

こうなると。マイナンバーが大騒ぎだった時代には、とにかく陽子さん、マイナンバーの手続きをする為だけに、半年毎に区役所に行かなきゃいけなくなった。そして、結構な頻度で郵便局に行かなきゃいけなくなった。

個人で仕事をやっていて。締め切りが忙しくなると家事が滞る。

こんな人間に、こんな負担を強いるって、それは、あり、なのか？　でも、粛々《しゅくしゅく》と、マイナンバーはありで。

そこに加えて。

インボイス制度である。

これまた、取引先の出版社毎に、全部申告をしなきゃいけないのである。その手続きが、大変、面倒である。経理担当部署があるのなら、それはその部署の仕事なんだが、勿論、個人事業主には、そんな部署がない。と、いうことは、原稿書いている合間に、家事やっている合間に、とにかくこれをやらなきゃいけないのである。

どう考えても迷惑だ。

どうしてこんな〝迷惑〟に私が付き合わなきゃいけないのか、そう思いながらも、粛々として陽子さんはインボイスの手続きをする。付き合いがある出版社全部に……ということは、何回も何回も何回も。もう、さみだれ式に、いくつもいくつも、やってもやってもインボイスについてのお手紙が来る。

　で、そうしていたら。


「……は……はい？」

とある出版社から、インボイスの手続きの手紙が来た。

開けた瞬間……陽子さん、固まる。

だって……そこにあったのは……あの、謎の、四角。

そして、それに添えられたお手紙には。

『このＱＲコードから手続きをしてください』みたいな文章が続いている。

「え……」

聞いているひとは誰もいない、陽子さん、そんなこと、百も知りながら……それでも、「え……」って、言ってみる。

こ……こ……これは。これは、どうしろ、と？

いや、どうしろって相手が言っているのかは、とてもよく判る。

とにかく、このＱＲコードから何とかしないと、この〝インボイス〟の手続きはできないって、そういうことを、この手紙は言っているんだよね。

怒り……沸騰《ふっとう》。

「何考えてるんだよ、この出版社はよっ！」

ぜいぜいぜい。

ほんっとおに怒り狂っているので、陽子さん、呼吸まで荒くなる。

「あの謎の四角をできるだけ避けて、私は日常生活を営んでいるっていうのに。外に出ると、あの謎の四角があっちこっちからやってくる。それが判っているから、外に出たあとも、できるだけ、あの謎の四角が追っかけてこないような人生をおくっているっていうのに。美術展や何かの予約だって、あの四角にお目にかかりたくないから、できるだけ取らないように不自由しているのにっ！」

……まあ……そう、だよね。まさか、家まで、この謎の四角が追っかけてくることは……想定していなかった。

でも。

言っているんだよなあ、この出版社は。

いや。

この出版社だけの話ならまだいいわ。

おそらくは。

日本全国が、この謎の四角を何とかしろって言っているんだろうなあ……。

(ま。この問題は……何とかなった。

この陽子さんの状態を見ていた正彦さんが、「俺がそのQRコード、読みこんでやろうか？」って言ってくれたんだけれど……大島正彦のスマホでこれ読んで、原陽子のインボイス対応をやるって、何かとても変だと思ったので、陽子さん、いろんな感情を飲み込んで、何とかこう断言。

「い、いや、大丈夫……じゃないかと……思う。これ、この謎の四角以外に、なんかパソコン上の住所みたいなものも書いてあるから。それで何とかやってみる」

「え？　その手紙寄越したのって……○○社、だろ？　なら、神保町の」

「じゃなくて、パソコン上の……なんか、エイチ、ティ、ティ……なんとかかんとかっていう奴」

「あ、アドレスな。……本当に、できるのかおまえ」

って、正彦さんの台詞は、大概失礼なんだが……この〝失礼〟が〝失礼〟にならないのが、陽子さん。

実際、このアドレスを打とうとする際に、何回陽子さん、パソコン相手に怒鳴ったことか。

「スラッシュ！　スラッシュって、何、なにそれ、どこにあるのっ！　そんなキー、そもそもパソコンにあるのっ！（あります）」

「何だこれ、何だこの記号、こんなもん、なんて呼んだらいいのっ！　こんなキー、パソコンにあるのっ！（あります）」

陽子さん、何度泣きそうになったことか。

そもそもこのひとは、ただ日本語の文章を打つ為だけにパソコンを使っている。だから、日本語なら、ほぼブラインドタッチで打てる。その速さは、それなりである。——日本語を打つだけなら、このひと、一日に原稿用紙にして百枚や二百枚は打てる——。けれど……普通の日本語を書いている時には、スラッシュとかハイフンとかアンダーバーとかセミコロンなんかは、絶対に出てこないのだ。——こういうものが出てくる日本語があったら教えて欲しい——。

故に。パソコンのアドレスを打つ為には……陽子さん、目を皿のようにして自分のキーボードを一文字ずつ確認して……「ええっと……これは違う、これも違う、これは棒線なんだけど、ハイフンなんだかアンダーバーなんだか区別がつかない、区別をつける為には、一回打ってみないと……あああ、違った！」なんてことを、とにかく延々とやらないといけないのだ。アドレスって、長い奴はそれなりに長いし、こういうやり方で一文字一文字確認している陽子さんが、〝たかがアドレス〟を打つ為にかかった時間は……なんか、その……お疲れ様でした、としか言いようがないものだった。

これをして、「この問題は何とかなった」って言っていいのかどうか、ちょっと、謎だって言えば謎なんだけれど。）

☆

そして。

この謎の四角なんてまだ甘い、と、言いたげに。

ＩＴ社会は……というか、〝世界〟は、どんどん、陽子さんに迫ってきていたのだ。

そうだ。

なんか、まるでディストピアのＳＦみたいなんだけれど。（いや、陽子さん以外のひとは、あんまりそんなこと思ってはいないのかも知れないけれど。）

☆

ある日。

スポーツクラブへ行った陽子さんと正彦さんは、その受け付けの処にある表示に……硬直する。

何故って、そこには、とんでもないことが書いてあったから。

『二〇二三年七月から当クラブでは現金のお支払いを停止します』

いや。正確な文面は、もう、あまりにショックでよく覚えていないんだけれど……でも、意味としては、そんなこと。

って！

って、え？

現金のお支払いができなくなったら……えーとあの……どうやってお支払い、したらいいの？　まさか、お支払い無しで、只でサービスを致しますって意味じゃ……こりゃ、絶対に、ない、よね？

「これ……旦那……どういう意味だと思う？」

「今、まさに陽子が思っているであろう、そういう意味だ」

「……って……って」

　その表示を見て、陽子さんと正彦さんがあわあわしているのを見て、スポーツクラブの受け付けのひと、気をきかせてか（あるいは、問い合わせるひとがある程度の数いるのか）、ボードを見せてくれる。そこには、『現金のお支払いがなくなったあとで使えるもの』として、いくつもの〝モノ〟が書いてあった。……ただ……問題なのは……その大半が、陽子さんにも正彦さんにも判らないものだったので。

「ＰａｙＰａｙって……何」

「俺に聞くな」

「他の奴に至っては、聞いたことすらないようなモノだよ？　……これ、何」

「俺に聞くな」

「あ、Ｓｕｉｃａがある！　これは知ってる。これは、電車に乗る時に使っている奴だよね、あれのことでいいの？」

「俺に聞くな」

「クレジットカードは……これは、旦那、持っているよね？」

「一応、あることはある。会社やめてから使っていないけど。……つーか、クレジットカードは、陽子だって、持ってたんじゃないか？　いや、過去形で聞いているのは、それ、今では絶対にないだろうって確信しているからなんだけど」

「うん、そのとおり。四十年以上前にね、初めての海外旅行をする時、ひとに勧められてクレジットカード、作ったの。海外で何かあって、現金やトラベラーズチェックがなくなった時、絶対あった方がいいからって。……でも、考えてみれば、クレジットカード盗られてしまったら……つーか、現金やトラベラーズチェックやクレジットカードがはいっているお財布盗られてしまったら、それって意味がないとは思うんだけれどね」

「……今は、そんな話をしていない」

「うん。ま、それで、二十代で一回作ったクレジットカードだったんだけれど、結局使わなかったんだよね。そのあと、何年か、クレジットカード会社だか銀行だか、どっちかは知らないけど、クレジットカードが書き留めで送られてきて、使わないの判っているし、使わないクレジットカードが生きているのはまずいと思ったから、来た瞬間に叩き割っていたんだけれど」

……使わないカードなら、停止手続きをとればいいんじゃないのか。来た瞬間に叩き割るのはいかがなものかと正彦さんは思ったんだが……陽子さん相手に、こんなこと言ってもしようがないっていうのも、同時に判っていたので。

「したら、いつの間にか、送ってこなくなった。……いや、勝手に送ってくるのやめるっていうことはないのか、としたら、どこかの時点で、〝クレジットカード送るのやめましょうか〟って聞かれたのかも知れない。もう覚えていないけれど」

……まあ……陽子さんの場合……〝そうだろうね〟としか、言いようがない。

「で、つまり、纏《まと》めると」

あんまり纏めたくはないのだが。

「俺のクレジットカードは、今でも生きている。もう三年以上使っていないけれど、何十年も使っていない訳じゃないから、多分、生きている。俺とおまえが持っているＳｕｉｃａは生きている。今でも二人共電車に乗るから、これ、使っているんで。……けど……それ以外のものは……」

「そもそも、ＰａｙＰａｙとかあとのものも何だか判らないし」

「……これは……まずい、わな。俺達、このスポーツクラブで現金を使う必要があった時……その瞬間に、硬直してしまうんでは？」

そうなのである。そういう話になってしまうのである。ただ、まあ、普通スポーツクラブでは、現金を使う必要性はない。会費は銀行引き落としだし、ウェアやタオルを借りる時、現金は必要になるんだけど、正彦さんも陽子さんも、そういうものを借りられる特約をクラブと結んでいる。あとは、お水やスポーツドリンクを買う為の自動販売機があるっちゃあるんだが、さすがにこれは、現金対応ができるって説明もして貰ったし。

けれど……。

この二人、スポーツクラブで現金を使うことがあったのだ。二カ月に一回くらいなんだけれど、それでも、あったのだ。そして、これだけは、止める訳にはいかない。

「整体がね……」

そうなんである。このスポーツクラブに属する整体。これ、正彦さんは心から愛していて、経済事情が許すのなら毎日でも通いたいくらいで、でも、さすがにそれはできかねるので、二カ月に一回くらい通っている整体。また、陽子さんの方は、気を抜くと足が攣《つ》ってしまったりこむら返りを起こしたりしてしまうのだ、できるだけ積極的に通いたい整体。(……もっとも……整体の先生に言われて、どうやるのか毎回教えてもらっているストレッチを、実は全然できていないので、ちょっと整体に行く敷居は高いのだが。)

そして。

この整体のお支払いが、それまでは、現金だったのだ。

けれど、この表示によれば。

これが、現金ではできなくなるっていうことらしいのだ。

「……ど……どーすんの、これ。これはもう、私達、二度とここの整体には行けないっていう話になるの?」

「……いや、Ｓｕｉｃａがある。これ、俺もおまえも持っているだろ? 整体の料金、これで支払えばいいんだ」

……確かに。これはそう思って、何の問題もないような気はする。気はするんだけれど……でも、陽子さん、〝これには絶対にどこかに問題がある〟って、心のどこかで思っていた。

そして実際に……〝そう、なった〟。

その日。

正彦さんと陽子さんは、ふたりそろって、整体の施術を受けた。

二人共結構凄いいきおいで体が疲れていたし、陽子さんに至っては、前日に左足のふくらはぎが攣ってしまって眠れなくなってしまったので、この施術で体が楽になったのは、本当によかった。

で、この整体の料金なのだが。一時間、六千円である。正彦さんは、「俺、ほんとに体が辛《つら》いから一時間半にして」って言って、九千円になった。合わせて一万五千円。消費税含めて、一万六千五百円。

この二人にとって、Ｓｕｉｃａって、交通費を払う為のものである。だから、一万円を超すお金を、ここにチャージすることは今までに一回もなくて……スポーツクラブへの支出の為に、初めてＳｕｉｃａに二万円をチャージしようとして……そこで、初めて判ったこと。

「おいっ、陽子っ！」

「はい、何？」

「Ｓｕｉｃａって……これって……西武線の切符売り場では二万円以上のチャージができない」

「はいい？」

「二万円以上いれようとしても、はいらない」

……………。

ま。

スポーツクラブの整体で、二万を超すことはあんまりなさそうだったから。だから、これは、これでもいいのかも知れないんだけれど。（実際、その時の支払いは、これで何とかなった。）

とは言うものの。さすがに、二万円以上使えないカードのみを支払いに当てるのは……怖い。

陽子さんも正彦さんも、一回で二万円以上の支払いを要求されるものは、あまり買わないようにしているんだけれど……でも……時と場合によっては、二万円を超える支払いが発生してしまう可能性はあるでしょ？　でもって、そういう時に備えて、陽子さんは余計なお金を、お財布じゃなくて、いつも携帯しているぬいぐるみの中なんかにこっそり忍ばせているんだけれど——昔のお話なんかにあるじゃない。「いざという時にはお守りの中を見てごらん」ってお母さんに言われていて、そして、ほんとに困った子供が見てみたら、お守りの中に一万円札がはいっている、とか、そういう奴。それを、陽子さんは、ぬいぐるみでやっているのである。このひとは、スマホは携帯しない癖に、ぬいぐるみはいっつも何匹か携帯しているので——、でも、それは、現金だ。ぬいが持っていてくれるのは、現金のみ、だ。そして……問題が、〝現金が使えないこと〟にあるのだとしたら……いくら、携帯ぬいの中に三万円くらいが忍ばせてあっても、それ、意味がないっていう話になってしまう。つまり、これでは、駄目だ。

ということは。

この状況を放置すると……やりたくもないのに無銭飲食になってしまう可能性がある。

それは、本当に、本当に嫌だったので……。

「結局、私ももう一回クレジットカードを作るしかないのか」

陽子さん、こんな結論に至る。

「ま……だ、な」

勿論、正彦さんもクレジットカードは持っている。けれど、それとは別に、陽子さんもクレジットカードを作らないと、現状には対応できないような気がする。陽子さんと正彦さんが別行動をとっている時には、特に。

「うちがクレジットカード使っていないのって……あれ、そもそも、いくら遣っているのか、まったく判らなくなるのが嫌だから……だから、だよな？」

「なの。結婚した当初から、私はあれを使いたくなかった。あれさえ使わなければ、一万円を遣ったら、お財布の中から一万円札が一枚なくなるのよ？　そういう状況なら私、〝今、いくら遣っていて、うちの家計にあといくら残っているのか〟、よく判るじゃない。なのに、クレジットカードは、それをまったく判らなくするのよっ」

……とは、言うものの。

最早《もはや》、事態は、クレジットカードを容認するしかないようなものになっていて……。

ここで。
陽子さんは、ため息をつきつつ、思うのだ。
ＩＴって……一体全体、何なんだろう。
ＩＴ。
頭文字だけ読んでいけば。
〝一体どうして〟の、〝Ｉ〟。
そしてそれから
〝とてつもないこんな世界になってしまったのだ〟の、〝Ｔ〟。
最早、陽子さんは、こうだとしか思えなかった。

ＩＴ社会。
これはもう……。
〝一体どうして、とてつもないこんな世界になってしまったのだ〟の、略。
ディストピア、だ、な。

まあ。
陽子さん以外のひとには、まったく違う解釈もあるのかも知れないんだけれど……陽子さんにしてみれば、こう思うしかなかった。

第十五章　落ち武者狩りのごと蝦蛄《しゃこ》の殻を剝《は》ぐ

二〇二三年。

この年は、陽子さんにとっても正彦さんにとっても（というか、ほぼすべての日本国民にとって）、特別な年になった。

実の処、相変わらずコロナはそれなりに流行していたんだけれど、コロナの分類が変わった。インフルエンザと同じ扱いになったのである。また、同時に、マスク着用は個人の裁量に任されることになった。

……これには、陽子さん、思うことがない訳ではない。

というか……そもそも、ここに至る前のコロナの扱いが、なんかおかしかったんじゃないのかなあって、陽子さんはずっと思っている。（勿論、陽子さんは感染症や疫学《えきがく》の専門家ではないので、これは素人の勝手な思いなんだが。）

そもそもコロナって、死亡率がそんなに高い病気じゃ、ないよね？　感染率だって、際立って高いっていう訳でもない。

それが……感染症の二類に分類されていたのが、変じゃない？

感染症は、一類が一番酷《ひど》い奴で、そのあと、二類、三類って続くのだが、一類の感染症のトップにくるのは、エボラ出血熱である。

これは。勿論、陽子さんはエボラを実際には知らないのだが（というか、それを実際に知っている日本在住の日本人は、感染症専門医以外滅多にいないと思う）、凄い病気だ。（だから、逆にそれを題材にした小説が沢山あって、ひたすら本を読んでいる陽子さん、エボラを題材にした小説を何冊も読んでいて、それで妙にこれに詳しかったのだ。）発生場所にもよるんだが、致死率が九十パーセント超えなんて奴もある。こりゃもう、罹《かか》ったが最後、運がいいと生き残れる、そんな凄い病気だ。（要するに、ひとは、エボラ出血熱に感染してしまったら、大体、お亡くなりになってしまうんだよね。いや、勿論、もっと致死率が低いエボラの株だってあるんだけれどね。）

で、その後に、クリミア・コンゴ出血熱なんかが続き、やがて、ペストが来る。（こちらもまた、やたら小説になっている。）

全部、凄い病気だ。

罹ったが最後、生き残れるのかどうかは、患者本人の体力によってしまう部分がかなり大きい。

そして、コロナは、二類ね。（勿論、他にもいろいろあるんだけれど。）

三類には、コレラなんかが来る。（勿論、他にもいろいろあるんだけれど。）

この分類によれば。

コロナって、エボラ出血熱よりはましな病気で、でも、コレラより酷い病気だって分類に……なっているような感じが……する、よ、ね。

これ。

実情に本当にあっているんだろうか？


また。

一類、二類の病気を患っているひとは、行動制限と隔離をされてしまう。

これはもう、そりゃそうだ、としか言いようがない。エボラの場合、このひと達が普通に出歩くと、最悪致死率九十パーセントのウイルスが、一般のひとの間に広まってしまう可能性がある。（……ま……エボラの患者さんが、〝普通に出歩く〟ことは、体力的に無理だとは思うんだけれど。）

だから。

コロナが、二類になってしまった瞬間……コロナの患者さんは、行動制限と隔離をされることになった。けど、これ……本当に必要なことだったんだろうか。

……まあ……これはある程度状況が落ち着いてきたから言える台詞なんだろうけれど。当時はしょうがなかったとも思うんだけれど……。

しかもまた。

このコロナ期間中、実際に陽子さんの友達がコロナになってしまったことがあった。ただ、彼女はそんなに病態が重くなかったし、その頃にはすでにコロナ病棟が一杯だったので、家での自主隔離になった。――要するに、外出をしないで家で寝ているだけにしろって話ね――。そんで、回復したあとの彼女から聞いた話では……彼女の処には、都から〝コロナセット〟みたいな段ボール箱が送られてきたらしくて、それにはいっていたのは、飲料水とレトルトお粥《かゆ》、その他もろもろインスタント食品。

聞いた瞬間、陽子さん、思った。

嫌だ。

風邪で寝ている時（インフルエンザを風邪の重い奴だと考え、コロナはそのインフルの更に重い奴だと思った場合……コロナって、〝とても重い風邪〟だよねって、当時の陽子さんは思っていた）、水、は、いい。水、は、欲しい。その他水分を補給するのに必要な〝水関係、および水以外の飲料水に当たるもの〟、これは全部、ありがたい。けど、それ以外のものは……。

〝風邪〟で寝込んでいる時、レトルトのお粥は……嫌、かなあ。聞いた瞬間、陽子さんはこう思ったのだった。（いや、他に食べるものがなかったらしょうがないんだろうけれど。一人暮らしで寝込んでいたなら、これは本当にありがたいんだろうけれど。でも、もし、正彦さんが風邪で寝込んだら、陽子さんは間違いなくレトルトのお粥なんか使わない。そもそも、風邪で寝込んでいるんである、食欲なんてないに決まってる。なら、白粥よりも出汁《だし》で炊いたお粥の方が絶対いいよね。で、その場合、お粥を炊く為の出汁を何でとるのか、そこから考えるべきではないのか?)

ましてインスタント食品に至っては。

絶対に使わない。

それだけは陽子さん、断言できる。

……けど……。

とは、いうものの。

お義母さんのお葬式の時の経験から、陽子さん、学んでもいる。

レトルトとかインスタント食品とか……実は、私が思っているのより、おいしいものなのかも……知れない? (この辺の処、今の処陽子さんは断固としてインスタント食品を使っていないので、実はよく判らない。)

なら、このラインナップも、あり……なの……か?

ただ。

もし、自分がコロナになって、隔離をされて、自宅から出ることができなくなって、買い物にも行けなくなって、それで、送られて来たのが、飲料水とレトルト食品とインスタント食品だったのなら。

ちょっと、嫌だ。

そして、その場合、何が欲しいのか。

生鮮食料品、主に新鮮な野菜と果物、だよなあ。

とはいえ、このどっちも、「冷蔵庫では長期保存が不可能」って結論が出てきてしまう。

ましで、冷凍なんて、無理。

一旦は、そう思いかけた陽子さんなのだが。ここで、ちょっと、考える。

……冷凍なんて……無理……？

あ。ちょっと違うかも。

ぶどうのデラウェアなんて、冷凍しておいて、氷菓みたいに食べることが可能って話を、陽子さん、聞いたことがある。それに、お義母さんのお葬式からあと、陽子さんは冷凍食品コーナーをかなり綿密にチェックするようになっていて、その中には、〝ブロッコリー〟とか〝ベリー類〟とか、〝枝豆〟とか、単体の〝モノ〟を、冷凍していて、「解凍すれば普通に使えます」って言っているものもある。それが本当なら……。

陽子さん。

ここから先、冷凍庫の中に、そういう商品をストックするようになった。


…………。

おっと。

話が何か変な方に行ってしまった。

とにかく。

二〇二三年から……日本国民の生活は、変わったのである。

☆

「陽子！　句会が……それも、Ｚｏｏｍとかじゃない、リアル句会ができるようになった！」

ある日。正彦さんが、本当に興奮して、叫ぶようにしてこんな台詞を言った時の……陽子さんの反応は。

「……ああ……それは……おめでとう……ございます」

何故か微妙におざなり。というか……なげやり。

だって、この頃正彦さんは、すでに月に五、六回くらいはＺｏｏｍの句会に参加しており、これ以上句会が増えてどうするんだよって陽子さんは思っていたから。

「俺がはいっている結社の句会は、まだ、できないんだよね。でも、有志参加のリアル句会が、今度、できるんだ！」

「……え？　結社の句会ができないっていうのは……？」

「主宰の先生が、まだ微妙にコロナ大丈夫なのかどうかって心配しているんじゃないかなって話もあるし、もっと言っちゃうと、Ｚｏｏｍ句会が、やってみたら思っていたのよりずっとよかったって話もあって……」

「やってみたら、よかった？」

「そう。例えば市ケ谷やどこかで句会やってれば、当然、参加者は東京在住のひとばっかりになるだろ？　埼玉や千葉在住のひとは、がんばれば句会に出席できるけれど、それより遠いとなると、出席はかなり困難だ」

「そりゃまあ……」

「ところが、Ｚｏｏｍ句会では、京都や青森のひとだって参加できる。それどころか、外国に住んでいる、今までは句会に出てくることなんて絶対にできなかったひとが、参加できるんだよね、あれ」

……ま……そりゃ、そうだ。

「実際、Ｚｏｏｍになってからは、仕事で海外に転勤になってしまって、ずっと句会に参加できなかった、会誌を読んでそれに投稿するしかできなかったひとが、何人も参加してくれるようになったし、同じく仕事で地方に転勤しているひとも何人も参加してくれるようになったし」

おおお。確かに。Ｚｏｏｍには、そういう利点があるわな。

「だから、まあ、Ｚｏｏｍ句会は、そのまま残す、と。でも、それとは別に、参加者が実際に会うことができる、リアル句会をやろうっていう動きが出てきたんだよっ！」

そ……そ……それは。

まあまず、陽子さんにしてみたら、「おめでとうございます」って言わなきゃいけない話かも知れないけれど……実際、言ったけれど……これ……ただ……単に……正彦さんが参加する句会の数が、どんどん増えてゆくだけだって話に……なるんじゃないのか……なあ？

「ただ。コロナの問題もあるし、結社の句会はまだみあわせる、と。でも、有志が、今度、リアル句会をやることになったんだっ！」

なんだよね？

「で、俺はそれに出る」

はい、判ってます。そうでしょう。

「んで、陽子もそれに招待されてる」

って……？

って、え？　何、で？

「だっておまえ、一応小説家じゃん」

……いや……一応じゃなくて、ちゃんとした小説家のつもり……なんだ、けど、ね。

「しかも、俺がＺｏｏｍ句会に参加した時、おまえだって参加したじゃん」

あ！　あ、あ、あ、確かに。

Ｚｏｏｍ句会は、最初の頃、句会が終わった後でＺｏｏｍ飲み会になってしまうことが結構あったのだ。（もともと、この結社の本来の句会では、終了後に二次会をやって、そこでお酒呑みながら、主宰の先生から色々なアドバイスを受けるのが恒例だったので。）そして、このＺｏｏｍ飲み会には、陽子さん、結構参加していた。というか、飲み会にはおつまみが絶対に必要でしょう。そう思ったので陽子さん、正彦さんが参加している句会が終わる頃を目指して、ひたすらおつまみを作り――いや、それ以前に。句会が終わってお酒が始まるのなら、その前に絶対に御飯だ、御飯を食べずにお酒だけ呑むだなんて、陽子さんは許さない――、飲み会に参加っていうよりは、「はい、これ作った、これ食べて」「今度はこんな料理ですよー、これ食べて」って、割り込んでいたのだ。勿論これは、Ｚｏｏｍのカメラには全部映ってしまう。結果として、陽子さん、Ｚｏｏｍ飲み会に参加していたって言えば……していたのかな、という状況に、なってしまっていた。――というか……ほぼ、割り込んでいたんだよね――)

「この間のクリスマスの時のＺｏｏｍ句会なんて、あれはもう、もろに〝参加〟としか言いようがないものだったんじゃないかと」

……た……確かに。

あの時は、結構うまくローストチキンが焼けたので、陽子さん、見せびらかしたい気持ちがちょっとあり、Ｚｏｏｍに参加して、「はい、ローストチキン、作ってみました」なんて、画面上でローストチキン見せびらかして、自慢してしまったのだった……。

「その前におまえ、〝あの、あなたはひょっとして作家の原陽子さん？〟って聞かれたら、いつも〝はい、原陽子です〟って名乗ってた、だろ？」

……あ……あ……はい。いやだって、そんな処で嘘ついたってしょうがないっていうか……。

「その時、〝あ、私は原さんの本読んでます〟〝原さんの作品好きです〟とかっていうひとがいたら、全部、にこにこ対応していた、だろ？」

あ……あ……はい。

「という訳で。おまえは、うちの結社では、俺の妻じゃなくて、いや、俺の妻なんだけれど、それより比重として、作家の〝原陽子〟になっているんだよ」

「あ……なんかごめん」

「いや、それはいいんだよ。もともと俺、小説家であるおまえの紹介で、おまえの担当編集のひとを介して、それでこの結社にはいったんだから。……ただ、〝そういう理由で〟おまえも今回の句会に招待されている……んじゃないかと、俺は思っている」

……え？

え？……あっ！

〝そういう理由〟？

成程。下手に私が小説家だって言ってしまったせいで、しかも、私のお話を好きでいてくれる方が何人かいるおかげで、それで私は、なんかよく判らない〝ゲスト〟として、この句会に招待されてしまった訳ね。それは判ったんだけれど、同時に、陽子さんには、もう絶対に譲れないこともあって。

「でも……あの……私……句は絶対に詠めない、よ……」

そう。ここだけは、譲れない。

正彦さんにつられて。俳句という文学形態が判るにつれ。陽子さんにも判ったことがあった。

俳句。

多分……私とは……絶対に、相いれない。相性が悪いにも程がある。

自分が作っている〝お話〟がどういうものであるのか。陽子さんは、こんなことを思っていた。

私は、多分、〝構成〟がとても好きな作家なのだ。というか、〝構成が命である〟っていうお話を書きたい、そんなタイプの作家なのだ。

うん。

それまで陽子さんが作ったお話は、読者には違う意見があるかも知れないけれど、少なくとも作っている陽子さんにとっては、そういうもの。結果としてまったく違うものができてしまった可能性はあっても、少なくとも作っている陽子さんは、そう思って作っている。〝詩情〟なんてもの、あってくれたら確かにそっちの方がいいんだけれど、別になくてもまったく構わない。構成がちゃんとしているものを、構成がきれいなものを、とにかく陽子さんは作りたいのだ。読者には、基本的に〝構成〟を楽しんで欲しいのだ。そして、〝構成〟がすべてなのならば、私のお話にとっては、〝説明〟は、必須。（いや、説明をしなくても〝構成〟を理解して貰えるのなら、それはそれでいいんだけれど。……大体の場合、そんな幸運はないよな。どうしても、どこかで〝説明〟をしたくなるよな。）

ところが。

〝俳句〟というのは、〝説明してはいけない〟っていう文学形態なのだ。

ありえない。

いや、俳句っていう文学形態があるっていうことは、判る。

正彦さんに付き合って、いろいろ俳句を鑑賞してみて、これがとても面白いものだっていうことも判っている。

そうだ。読むだけなら、いいのだ。好きな俳句とか、「あ、この句って素晴らしいんじゃない？」って思う俳句も、多々、ある。

けれど。

陽子さんは、作家としてのあり方から言って、説明を絶対にしたいひとなのだ。いや、勿論、エンターテインメントである以上、説明が表だって出てきちゃったら興を削《そ》ぐ、故に説明は説明だって判らないようにしたい、そういう理解は、陽子さんにだってある。とはいうものの、〝説明をしてはいけない〟という選択肢は、陽子さんにしてみれば、〝あり得ない〟。だから、できるだけ、「これが説明だ」って判らないようにして、本文の中に説明を施す。会話に紛れて説明を施す。

陽子さんはこんな努力を日々しているっていうのに……〝俳句〟は、助詞の使い方、「てにをは」までを、「これは説明的だから駄目」って言ってしまう文学形態なのだ。

その上。

俳句を脇から見ていて、陽子さんには判った。

陽子さんというのは、ひたすら饒舌《じょうぜつ》に、いろんなことを描きたいタイプの書き手だったのだ。

「これは、××である」、煎《せん》じ詰めれば、たったこれだけで済む筈の事象を、手をかえ品をかえ、ひたすら描写し尽くす。こんな作業が、とても好きなタイプの書き手だったのだ。

「これは××である」、そんなことを、十七音どころじゃないや、四百字詰め原稿用紙で十枚くらい書きたくなる、そんなタイプの作家だったのだ。……いや……エンターテインメントって、そんな傾向、あるんじゃない？　余計なことをひたすら書いているケース、多いよね？　しかも、お話によっては、そこが読み処になっていたりもする。

（勿論。エンターテインメントを書いている作家の方で、俳句を詠む方はいらっしゃる。それは当然だと陽子さんも思う。実際に、俳句っていうのは素敵な文学形態なのだ。ただ……これはもう、指向が違うというか、資質が違うというか……。）

うん。これはもう。

どっちがいいとか悪いとか、どっちが優れているとかいないとか、そういう話ではない。

相性が悪い。

ひたすら、そうとしか、言いようがない。

だから。

これだけは陽子さん、譲れない。

「あの……私、絶対に俳句は、詠めないからね。だから、句会に招待されても、出席できないと思うの」

そうしたら。正彦さんは、こんな風に言葉を継いだのだ。

「あ、多分、おまえをゲストにって招待してくれた有志のひとも、それは判っていると思う。だから、句会に参加しても、おまえは句を詠まなくてもいいって言ってくれている」

……って？　え？

「……あの……句会に参加して、句を詠まないって……それじゃ、私、何をすればいいの？というか、句を詠む為に参加するのが〝句会〟でしょ？　最初っから句を詠まないって決まっているひとが参加して、それじゃそのひと、何やるの」

「選句して欲しいって。……句を読んで、この句が好き、とか、この句が素晴らしい、とか、そういうことを言って欲しいみたいなんだけれど……」

……まあ……確かに。それは、できる。そもそも陽子さん、正彦さんの縁で主宰の先生にお会いして、その方がやっている〝猫俳句〟コンテストの審査員を、「俳人ではない、小説家で、猫好きとして」務めた経験だってある。選評だって、書いてしまった。

それに。

ここまで言われてしまえば、陽子さんにも欲が出てくる。

そもそも、旦那がここまでいれこんでいるのだ、句会に興味はあった。

その上、おつまみ及び御飯作り要員としてだが、Ｚｏｏｍ句会の二次会には何回も出席していたのだ。そこで知り合った方々と、実際に会ってお話しできるっていうのは、かなり魅力的だった。

「……本当に……句を詠まなくても……私、参加して、いいの……かな？」

「あ、ただ。句は詠まなくてもいいんだけれど、選句だけはして、そして、〝原陽子賞〟みたいなものをやるから、本にサインしてくれって」

「え！　ちょっと待って、それは余計できない。だって私、俳句のことなんてまったく判らないんだよ？　賞なんて、出していいものじゃないでしょう」

「だから、本当の賞じゃなくて。しゃれみたいなもので。〝今回の句会で原陽子が一番好きな俳句です〟ってな賞ってことで」

「……そ……そんなもん……〝賞〟って言っていいの？」

「まあ、賞品がおまえのサイン本だってことになっているから……その程度のことなら、いいんじゃないの？」

……いいのかな。

本当にそんなこと、やってもいいのかな。

でも。

実は陽子さん、ずっとずっと、句会に参加してみたかった。（勿論、自分では句を詠めないから、参加できないと思っていた。）旦那がここまでいれこんでいるのだ、それに、Ｚｏｏｍでしゃべったりしているのだ、旦那の句友の方にも実際にお目にかかっておしゃべりしてみたかった、このリアル句会が終わった後には、二次会があるそうだから、そんな方々とお食事なんて一緒にしてみたかった。

で。

で、つい。

「ほんとに、私が参加してもいいのかなあ」

この台詞を言った瞬間。これはもう、ほぼ、「私も参加したいんです」って言っているのと同義なので。

陽子さん、正彦さんにとってもほんとに久しぶりのリアル句会に、お邪魔してしまうことになったのだ……。

☆

「うわあ。前に、あなたが結社に参加する時のお試し句会に、私もお邪魔したじゃない、その時以来の、リアル句会だあ……」

この日。

陽子さんは、正彦さんより二時間くらい遅れて、この句会に参加した。(これは、陽子さんが〝遅れて〟来たんじゃなくて、〝正彦さんが早く来てしまった〟という話である。この句会、開始前に、別の俳句イベントがあって、勿論正彦さんは、それに参加したのだ――どんだけ俳句ばっかりやっているんだよ正彦さん――。でも、さすがに陽子さんはそれに参加する訳にはいかず、正彦さんよりは二時間くらい遅れて家を出たのだ。）

そして、それまで、Ｚｏｏｍでお目にかかっていたひと達に挨拶をしたり、そもそも正彦さんをこの結社に招待してくれた担当編集の方と久しぶりに会ったり、色々社交をこなして。で、そんなことをしていたら。

「原さんにも、句会気分を味わっていただこうと思いまして……清書、お願いします」

って？

陽子さんに渡されたのは、ちょっと大きな短冊《たんざく》みたいなもの三枚。

これ、何かって言えば……参加者が詠んだ俳句は、集められてアトランダムに、どの句を詠んだのが誰だか判らない形で並べられるんだけれど（だから、みなさま、三枚の短冊に自分の句を書いて提出するのね。全部集まった処で、短冊をごちゃごちゃに混ぜてしまえば、それが誰の句だか、ほぼ確実に判らなくなる）……ずっと同じ結社に属していれば、結構、筆跡って覚えられてしまうんだよね。だから、句会によっては、集められた句を、アトランダムに他のひとが清書して、それをコピーして選句用紙を作っている句会もあるのだ。今回の句会は、そんなもの。ということは、三句、句を提出した参加者は、同じく三句、他人の句を清書することになる。これを、陽子さんもやることになって。

「え……」

え、え、え。いいのか、そんなこと、私がやっていいのか？

陽子さんがこう思ったのは、〝俳句〟的なことではなくて……〝字〟的なこと。

これから、私が、自分に渡されたアトランダム三句を清書する。そして、みんなが清書したものを繋ぎあわせてコピーして、みなさまに配る。それを基にして、選句をする。……けど……私……そんなに字、うまくないよ？　（いや、これは、謙遜にもなっていない。もっと正直に言うのなら「私……字、とても下手だよ？」になる。）

陽子さん、横目で、隣にいる正彦さんのことを見る。

この瞬間……正彦さんが、只今三冊目のペン習字の練習帳にとりかかっている理由が……嫌っていう程、陽子さんには、判った。

こういう作業が必須なら……そりゃ……正彦さん、絶対にペン習字をやる、よね。やらざるを得ない、よね。やらない訳にはいかないよね。

で、横目で陽子さんが自分のことを見ているのが判った処で、正彦さん。

「大丈夫だ。みんな、慣れているから、字のうまい下手で句を選ばないから」

……そう……心から、願う……しか、ないよね。

それに。

客観的に言ってみれば、三冊目のペン習字をやっている正彦さんに比べて……陽子さんの字は、うまい訳でも何でもないけど……とにかく、ちゃんと読める、よ、ね？　なら……なら、これでいいと思っていただくしかない。

とにかく、陽子さんは、自分に与えられた三枚の短冊に俳句を清書する。

ちょっと……祈り、ながら。

神様。

私はできるだけ綺麗に、これらの句を清書するつもりなんですけれど……私の字が下手なせいで、この句を詠んだひとが、不当に低い評価をされませんように。もし、そんなことになってしまったら、私、そのひとに対して、申し訳ないとか、そんな言葉では言い表せない程、酷いことをしてしまうって話になってしまいます。

で。

こんなことを思いながら。

陽子さんは、誰だか判らないひとの俳句を清書する。

しばらく時間がたった処で、みんなが清書した俳句が並んでいる、コピーされた紙が配られる。

そして。

これを見た瞬間。

陽子さんは、二つの意味で、息を呑んでしまう。

☆

と、言うのは。

まず、その一。

この結社って……すっごい、字がうまい方が多いんだな。見ただけで判る。

二人程、抜きんでている字を書いているひとがいる。

確か、この結社には、プロの書家の方がいらっしゃるって聞いたような覚えがあるんだが……そのプロの書家の方、今回の句会には参加していない筈で……ということは、素人さんで、この字、か。

これはなあ。

俳句がどうのこうのの前に……この〝字〟だけで素晴らしいわ。こんな〝字〟で書かれてしまえば、どんな俳句だって二割増しで素晴らしく思えてしまう。

しかし。とは言うものの。

陽子さんは、絶対に、この俳句を、字が素晴らしいからって選ぶ訳にはいかない。(だって、陽子さん、他人様の句を、清書したんだもん。自分が清書した句は、間違いなく陽子さんのせいで、情けない字になっている筈。それを思えば、〝字〟で選句をする訳には絶対にいかない。)

とはいうものの、〝字〟が素晴らしいっていう理由で、不当にこの俳句を低く評価する訳にもいかない。それはもう、逆の意味で、不公平だ。

と、いうことは……。

「印刷した字。印刷した字」

もう、陽子さんにしてみれば、こう、唱えるしか、ない。

「いいかあ、私。私、思うのよ。ここにあるのは、素晴らしい字ではなく、駄目な字でもなく、〝印刷した〟字。パソコンの画面に浮かんでいる、あの、〝字〟なんだ。そう思って、すべての評価を……」

陽子さん。必死になって、そこに書いてあるすべての俳句を、自分のパソコンの画面上にある、印刷した字として、評価しようとする。

で、まあ。

なんか、やっと、できたような気が、した。

とにかく。

〝字〟の素晴らしさとはまったく別に、そこにある俳句、そのすべてを鑑賞して……。

陽子さんが、今回の句会で、一番好きな句。

これを選んでみた。

これでオールOKだと思った。

でも。

そうしたら、二番目の問題が、いきなり陽子さんに襲いかかってきたのだ。

「……うん、いろいろ考えた結果、今回の句会で、私が一番好きなのは、この句だよね」

と、いう句を、陽子さんはやっと選びおえた。でも。

「原陽子賞って、しゃれだから。とは言うものの……私が選んだ句は、ほんとにいい句だから、これが今回の句会の第一席や二席を取っている可能性は……あるよなあ。ということは、私、念の為に、二番目や三番目の句も、視野にいれておいた方がいい……の……か……なあ」

これは本当にそのとおりで。陽子さんが最初に選んだ句は、無事にこの句会での賞をとってしまった。

と、なると。

しゃれの賞である陽子さん、他の候補を考えざるを得ない訳で……いや、その前に。

もっと、凄い問題が、発生したのだ。

その、問題。

これはとても簡単なことで。

この句会には、当たり前だけれど、正彦さんも参加している。

つまり、陽子さん、正彦さんが参加している句会で、自分の名前がついている賞を選ばなければいけなくなった訳だ。

参加前には。

陽子さんはこの事態を舐めていた。

いや、正彦さんの俳句は、絶対、自分には判る、そんな気持ちになっていたのだ。そんないわれのない確信があった。

だから。

自分が、『原陽子賞』を選ぶに際して、正彦さんの句は、間違いなくその候補からはずせる筈。そう思っていたから、正彦さんが参加している句会で、『原陽子賞』なんてものをやってもいいと思ったのだ。

いや、だって、そりゃ、そうでしょう？

さすがに。

原陽子賞って名前の賞で、正彦さんがそれを取ってしまったら……〝まずい〟のとはちょっと違うよね、〝変だ〟もちょっと違う、〝ずるい〟はもう絶対に違うんだがどう違うのか説明が難しい。

このあたり……本当に説明が難しいのだが……。

とにかく。


あ。

正しい言葉が判った。


みっともない。

私が、しゃれで参加させていただいた句会で、しゃれで選んでいる賞を、私の夫が取ってしまったら。

これはもう……〝みっともない〟としか、言いようがない。

だから、絶対にそんな事態には陥りたくはなかったし、この句会に参加するまでは、自信を持ってそんな事態は起こり得ないって思っていたのだが……今。

今、句会に参加しているみなさまの句を全部読んでみて、それも、一回ではなく、二回も三回も読んでみて……この〝自信〟が、揺らいだ。

ど、ど、どうしよう。

私、旦那の句がどれだか、判らない。


このひと。うちの旦那。

本当に、俳句に関しては、精進しているのだ。

最初の頃はほんとに下手だったのに。

だって、一番最初の、旦那の一番の自信句って、「くらげ出て海水浴はお盆まで」なんだもん。この〝句〟を弾《はじ》くことなんて、どんな選者だってできる。

けれど。

いつの間にか、旦那、同人のひと達と比べて、「どの句が旦那の句だか判別ができない」くらいには、うまくなっていたのだ。

で。

で、どうしよう？

まさか。まさか、いくらしゃれだって、原陽子賞に、うちの旦那を選ぶ訳にはいかない。けれど。

どの句が、正彦さんの句であるのか……陽子さんには、判らないのだ。

ということは……確率的には相当低いのだが……偶然、陽子さんが、正彦さんの句を、選んでしまう可能性は……皆無では、ない。

うわあああああっ。

どうしよう。

そんなみっともないこと、絶対にやりたくはない。

かといって、どうやったらそれを回避できるのか、それがまったく陽子さんには判らない。

…………。

どうしよう。

本当に……どうしよう……。

ＥＮＤＩＮＧ　霾や明和九年の庚申塔

句会に出席して。

とにかく自分が一推しの句を選ばなきゃいけなくなった陽子さん、その一句だけは、素直に選べた。まあ、全部読んで、「私はこれが一番好き」って句は、すぐに選べたから。また、その句のテイストから言って、「これは正彦さんが詠んだ句ではない」ってことも、確信できたから。

でも。その句が、この会で最優秀として選ばれてしまう可能性はかなり高く（実際にそうなった）、ということは、念の為に他の句も選んでおかないといけないよね？　なのに……この句会に出されている句で、「これは正彦さんの句だな」って思えたのは、ひとつだけだったのだ。（正彦さんは、時々、「こんな句を詠んでみたんだけれど、表現として、こっちとあっちとどっちがいい？」って、二つ並べたものを陽子さんに聞くことがあって、その句は、偶然にも過去に陽子さんが聞かれた句であったので、「ああ、これが旦那の句」って確信できたのだ。）

今回の句会。正彦さんが提出している句は、三つある筈。

ということは……あと二つ、この句の山の中には正彦さんの句が混じっている筈で……そして、それがどれだか、陽子さんにはまったく判らない。判らないのは怖い。下手すると、私は、自分の旦那の句を、『原陽子賞』として選んでしまう可能性がある。そしてそれは……嫌だあっ！　というか、やめてー！　というか、みっともないいいー！

かといって。ここまできて、「選句やめます」って言う訳にはいかないし（そんな迷惑な）、でも、まさか旦那の句を自分の名前のついた賞として選ぶのは絶対に嫌で、どうしたらいいのか判らなくなった陽子さんだったのだが……。

もう、これは。

しょうがない、誠心誠意、自分の好きな句を選ぶしかないのかな。

陽子さんが、あまりにもどうしようもなくなって、硬直してしまった処で至った境地がこれだったのだが（いや、最初からその境地に達しろよ）、陽子さんがこんな境地に達した処で。

今度は、また、別な問題が立ち上がってきてしまったのだ。

（どんだけ問題が立ち上がるんだよ句会！）

靏や明和九年の庚申塔《こうしん》

……もの凄く達筆な字である。この字だけで素晴らしい句に思える。いや、でも、句としての評価は字でやってはいけない訳で……って、問題は、そんな処に、ない。

これ。
この句。
……陽子さん、読めなかったのである。

☆

霾や。

問題は、この言葉に尽きる。
これ、どう読めばいいんだろう。

まず、判ることは、この「霾や」は、季語だよねってことだ。
だって、明和は年号だし、九年はその年代だし、庚申は、後に〝塔〟がついているんだ、要するに庚申信仰の塔だよね。この辺のものは、多分、季語にならないと思う。(でも、絶対に季語にならない筈の〝季節に関係がないもの〟を、なんか勝手に〝季語〟にしてしまうものが俳句だっていう理解が、只今の陽子さんにはあるので……この辺、ちょっと、微妙なのだが。だって、〝夜食〟が秋の季語だって言われた瞬間……陽子さん、俳句関係者に殴りかかりたくなったんだもん。何故？ 何故、〝夜食〟が、秋の季語？ 夜食なんて、オールシーズン絶対にあるものであって、これが秋の季語である必然性がまったく判らない。いや、どうしても季節が欲しいのなら、「夜食食べてるのって、受験生かな？」って理解があるじゃない、それなら、受験直前の冬の季語であって当然でしょうがよって、陽子さんは思っている。これが〝秋〟の季語である必然性を、どうか陽子さんにも判るように、俳句関係者には説明して欲しいものだ。――まあ、秋の夜長で、小腹が空いて、夜食をとっているのかも知れないのだが――。）

そして、この「霾」は、声にだして読んだ場合、多分四文字。〝霾や〟で、五文字になる。そうじゃないと、俳句の音律的に、変。

でも……これ、どう読めばいいんだろうか？

雨冠がついているんだよね、ということは、天候に関係があることだ、きっと。

で……下の部首は……んー……無理して読めば、音読みで、〝り〟？

けど、どうも季語らしいし、音として四文字になるらしいし……なら、これは、訓読みされている筈。

天候に関係があって、〝り〟って読めるような漢字の訓読み、それで四文字になるものって……何？

雨降るや。

……違うだろうな。〝雨〟の音読みは、〝う〟だ。その前に、〝雨〟はさすがに季語にならないのでは？　だって絶対、オールシーズン降っている。――まあ、〝夕立〟とか〝春雨〟とか、季節が限定できる〝雨〟もない訳じゃないけどね――。

星照るや。

……違うだろうな。その場合、雨冠はきっとつかない。(雨が降っていれば星は見えない。)

雪降るや。

……違うだろうな。その場合、雨冠はつきそうなんだけれど、〝雪〟っていう漢字が厳然としてあって、しかもその音読みは〝せつ〟だ。それに、どう考えても、〝雪〟は只今の季節にそぐわない。

と……こうなると。

判らない。

これはほんとに、どうやっても判らなかったので、陽子さん、この字については、「もう読めない」って思うことにした。だから、必然的に、この句についても無視。作者の方には誠に申し訳ない話なんだけれど、今回の句会で好きな句を上から考えてみた時、この句は、上位には入っていなかったので、ま、これはこれでしょうがないって思うことにした。(いや、そもそも読めないんだから、上位にはいっているもいないもないのだが、他に好きだなって思った句がいくつかあったので、これを無視することにしたのだった、陽子さん。)

で。

この瞬間、なんか、陽子さん、天啓のようなものに〝打たれて〟しまったのだ。

あ。

あ、あああああ……。

☆

陽子さんが家を出る時。旦那は、他の俳句関係のイベントに出席する為、ずっと早くに家を出てきてしまっていて……そして、陽子さんのパソコンの上には、何故か、本が積んであったのだ。

正彦さん所有の漢和辞典と歳時記。

何でこんなもんが自分のパソコンの上に積んであるのかなあって、これがほんとに陽子さんには謎で、だから陽子さん、この本を無視して、その本に手を触れず、今回の句会に参加したのだが。（陽子さんのパソコンの上に何かを載せる。これって、外出する正彦さんが、陽子さんに何かを伝えたい時、よくやっている手法なのだ。一番ありがちなのは、買い物メモなんかがおいてある奴。これは、「このメモに書いてあるものを買っといてね」って意味。または、時々、陽子さんの眼鏡がパソコンの上に置いてあったりもする。——仕事が終わって、晩酌をした後、陽子さん、眼鏡をはずして、そしてそれがどこにあるんだか判らなくなることが時々あるのだ。そういう時、眼鏡を発見した正彦さんは、それを陽子さんのパソコンの上に置いておいてくれる。——）

今になって、やっと、判った。

旦那は、私の為に、これらの本を私のパソコンの上に積んでくれていたのだ。

うん、だって、そう。

今、ここに、漢和辞典があれば。

この〝謎〟の〝靇〟って字は、きっと、読める。雨冠だってことまで判っているんだ、この字、漢和辞典さえあれば、絶対に特定できる。特定できれば、意味だって判るし、その前に、読み方が判る。

そして。〝読み方〟さえ判れば、その上、そこに歳時記があるのなら、今度は、それがどんな季語なのか、歳時記で調べることができる。

あああ！

旦那。

瞬時、陽子さん、思ってしまった。

旦那！

私は今、あなたの〝愛〟を感じているよ。

あなたは、私の為に、漢和辞典と歳時記を私のパソコンの上に積んでくれたんだよね。けど。

迂遠《うえん》にも、程っていうものが、あるだろー！

せめて。せめて、説明を。

〝句会〟には、漢和辞典と歳時記が絶対に必要だから、これ、もってゆけっていう、説明を。それさえして貰えていれば、私だってこれらの本、今回の句会に持ってきていたのに。そうしたら、この〝読めない〟字だって、〝読めた〟筈なのに。

……ああ。

でも。

俳句って、「説明しちゃいけない文学形態」なんだっけか。

あああああ。

やめろ。

これは、やめろ。

俳句に問題があるとは思わないけれど、日常生活で、〝説明しちゃいけない形態〟があったら、それは〝問題〟だ。

日常生活で、何か言いたいことがあるのなら、それは、絶対に、説明、しろっ！

☆

と、まあ。

陽子さんが悩んでいる間にも、粛々として、句会は進む。

句会参加者の全員が、選句をした後で（一番良いと思われる句を特選として選び、それ以外に、並選を二つ選び、特選を二点、並選を一点とする）、主催者がこれを集計して、この句会での優秀句が選ばれた。（陽子さんが最初に選んだ〝原陽子賞〟候補の句は、まさにこのトップであったので、陽子さん、「他に候補になる句を選んでおいてほんとによかった……」って、心から安堵したものだった。）

で、特選に選ばれた句を、点数の多い順番にスタッフが読み上げて。

「今回特選として複数の方に選ばれたのは、○○番の句です。これを特選に選んだのは、何とかさん、かんとかさん……」

で、この句を特選に選んだ方々が、かわりばんこにこの〝句〟のいい処を説明する。（鑑賞、と言うらしい。俳句は、勿論、作るのも大切なんだけれど、ちゃんと鑑賞することも大切らしい。）

これが全部終わった処で、「それではこの句の作者は誰ですか？」って話になり、ここで、作者が名乗りをあげる。作者による、その句の説明が行われる。


そんなことを繰り返しているうちに。

やがて、「次の得点は、○○番の句です。これを特選に選んだのは……」

って話になり、この瞬間、陽子さんは、緊張した。

というのは、○○番の句。

まさに、これこそが、陽子さんが読めなかった句だったので……。

霾や

これ、何て読むんだろう。

ほんとにこれが疑問だったたし、心からこの答を知りたかったので、陽子さんは、このひとの〝鑑賞〟に注目する。

「つちふるや」

あ。

そう読むのか、この〝霾《つちふる》〟っていう漢字は。けど、それは、どういう意味だ？

「明和九年の庚申塔」

☆

「霾や明和九年の庚申塔。霾というのは、春の季語で、大陸から黄砂が西風に乗って日本列島にやってくることです」

あ、ああ、黄砂、なのね。あれなら〝降ってくるもの〟だから、成程、雨冠かあ。

「また、明和九年というのは、〝明和の大火〟が起こった年です」

と、言われても。陽子さんは、〝明和の大火〟ってものを、知らない。（いや、普通、知らないだろう。）

「ですので、ここで詠まれている〝庚申塔〟は……」

って、陽子さん、もう、このひとの鑑賞を聞いちゃいない。もっとずっと、驚いていることがある。

明和九年というのは、明和の大火が起こった年です。

何故。何故、これを、今、この俳句を鑑賞している、この〝ひと〟が、知っている、のだ？

　このひと、明和……オタク？　オタクである以上、明和のことはみんな知っている、そんなひと？

　……な、訳はないのであって。

（いや。ひょっとしてひょっとしたら、明和オタクというひとは、いるのかも知れない。……けど……ほぼ、間違いなく……このひとは、そういう〝ひと〟ではない、と、陽子さんは思う。歴史オタクはいるだろうし、江戸オタクだっているだろうけれど、限定・明和オタクっていうひとは……さすがにごく少数ではないかって、陽子さんは思っているし、そんなひとが偶然にもこの句会に参加している可能性は……低いとしか言いようがない……。）

　ということは。

　うん。

　この句を読んだあと。

　調べたんだろうなあ……このひと。

　ここで初めて。

　自分以外の人々が、常時スマホを携帯している理由が……やっと、判ったのである、陽子さん。

　ああぁ！　そうかあっ！　スマホがあると、そういうこと、その場でただちに調べられるのかあ。

　みなさん、句会に歳時記を持ってくるように、漢和辞典を持ってくるように、スマホやタブレットを持ってきているのかあっ。（いや、多分、陽子さん以外のひとは、句会じゃなくてもスマホを持って歩いているんじゃないかとは思うんだが……。）んで、明和九年をスマホで検索すると、大火があったことが判って、それが判ると、するすると他のことも類推できる（ん、じゃないかなあ、と、陽子さん思う。）

（多分。庚申塔とか庚申信仰なんかも、スマホで調べれば判る。だから、このひとはそれについても色々と説明をしてくれる。陽子さんは、ざっくりと、〝庚申信仰〟ってものがあったってことを知っていただけだったから、これもまた、ふむふむふむって思いながら聞いていた。）

そう思うと。

おお。

凄いじゃん、スマホ。

成程、みなさんが携帯する訳だ。

（で。ここで、スマホについて感動はするものの、それでも絶対に自分はスマホを携帯したいと思わない、それが陽子さんなのである。）


で。

で、で、でっ！　でっ。

この句を特選に選んだひとの鑑賞が終わった処で。句会の当然の流れとして。

「この句を詠んだひとは誰ですか」って話になる。

そして、そうなった瞬間、当然、この句を詠んだひとが、名乗りをあげる。

「はい。風成です」

で！

で！　その、手を挙げたひとを見て、陽子さん、卒倒しそうになる。

だって。

手を挙げたのは……正彦さん、だったから。（ちなみに、風成は正彦さんの俳号。まず何でも形からはいる正彦さん、俳句を始めた時に、勝手に俳号なんかつけちゃったのだ。）

☆

え、え、ええええっ？

この句って、旦那が詠んだの？　うちの旦那が、詠んだの？　本当に？

「えーと、うちの近所の公園には、庚申塔がありまして、それがいい感じだったので、これを詠んでみたいなって思いまして。でも、それは、実は、明和は明和でも九年のものではなかったんです。ですが、明和について調べてみたら、九年に大火があったことが判って。なら、これ、明和九年の庚申塔ってやった方がいいかなって思って」

うわあああ。

これは……〝お話を作るひと〟としては、とても正しい。勿論、史実をもとにしている〝実話〟としては絶対に正しくないんだけれど、〝史実〟をもとにしていない、〝お話を作るひと〟にとってみたら、絶対に正しい感覚なのだ。もし、陽子さんが、こんな状況に立ち至ってしまったら……間違いなく陽子さんも書いてしまうよね、〝明和九年の庚申塔〟。だって、その方が、他の年の庚申塔より、絶対にお話が面白くなりそうな予感がするもん。というか、伏線として、面白くなりそうなものを、沢山ちりばめるのが、序盤の〝お話〟の作法だもん。

（それに。陽子さんの家の近所の庚申塔は明和九年のものではなかったにしろ、明和九年の庚申塔が、どこかにあるかもしれないって、これは絶対に、誰にも否定できないんじゃないかと思う。ということは、〝創作〟として、これは、言ってしまって〝あり〟だ。）

「それで、〝明和九年の庚申塔〟って書いてみました。その方が、なんか、俳句としての広がりがあるんじゃないかと思えたので……」

まあ。

実際に、広がりが、あったよね。本当に広がった。明和の大火についての鑑賞を述べてくれた句友のひとがいた。そこにはきっと、現実とは違う〝俳句〟としての広がりがあった。

この瞬間。

陽子さんは思った。

正彦さん。

こと〝俳句〟に関しては、すでに陽子さんの手が届かない処にいる。

と、いうか……まったくの素人で、俳句のことなんて判らず、ただ、俳句のことを横目で見ているだけの陽子さんとは、すでに違う地平にいる。

どっちが上でも下でもない。

でも、多分、陽子さんと正彦さんは、こと〝俳句〟に関する限り、まったく違う処に存在しているのだ。

だって。

陽子さんが知らない（どころじゃない、〝読めない〟）季語を実際に使いこなしていて、それで俳句を作っているんだもの、正彦さん。

しかも、それは〝広がり〟がある俳句だ。

それまでは。

まあ、俳句と小説では、ものが全然違うんだけれど、同じ文芸をやるものとして、陽子さんは正彦さんのことを、微妙に〝生あたたかい〟気持ちで見ていたのだ。だって、陽子さんは、もう四十年以上も、この世界でプロとして生きてきたんだし、それに対して正彦さんは、まさにこの数年、俳句を始めたばかりの新人。だから、もう、「ああ、なんか、うちの旦那も頑張っているよなー」っていうような……なんか、〝生あたたかい〟気持ちで。微妙に、上から目線で。

でも。

この見方はもう違うんだなって、この時、陽子さん、心から実感した。

下手、上手って区別はあるけれど。

長年やってきた、ちょっと前から始めたばかり、そんな区別はあるけれど。

これで正彦さんのことを、「ああ、このひとは〝俳人〟なんだな」だなんて思ってしまったら、おそらくは俳句界のひと達から文句の山がきてしまうかも知れない、それを判っていても、陽子さんは、思ってしまった。

もう私には、多分、正彦さんの句を、良い、悪いっていうことは、できないんだな。

これは――この感覚は、とても、単純なこと。

陽子さんは、別に正彦さんではなくても、他の誰にも。

自分の書くお話を、〝良い〟〝悪い〟って言って欲しくない。これはもう、先輩のプロ作家の誰にも、言って欲しくはない。〝好きだ〟〝嫌いだ〟、〝面白い〟〝面白くない〟は、勿論、誰だって言っていい。でも、〝良い〟〝悪い〟は、違う。

だって、お話の〝良い〟〝悪い〟を判断するのは……どんな先輩であってもどんなに尊敬する作家であっても……違う……んじゃないかなって……陽子さんは、思っている。うん、陽子さんにとって、本当に尊重するべき、自分のお話を読んでくださる、自分の作品を評価してくださる、読者の方ですら、ない。

本当の意味で。お話の〝良い〟〝悪い〟を判断できるのは、お話の神様だけだ。つまり、人間には、できない。陽子さんは、そう思っている。

〝お話〟というのは……もう存在するだけで、超絶的な治外特権なのだ。作られたその瞬間から、〝お話〟は、人間社会には属していない。だってあれ、ひとに対して書かれていないじゃない、本質的に。

あれは、お話の神様に対して、「もうお話を書きたくてしょうがない」変な人間である陽子さんが、あるいは他の作家のみなさまが、書きつらねているものなのだ。(少なくとも陽子さんにとっては。……ただ……こういうスタンスをとっているひとは、あんまりいないのかなあって、陽子さんも判ってはいるのだが。)

勿論。

当たり前なんだが、それとは別に〝評価〟っていうものはあるし、それは当然だ。

プロの評論家や作家や編集者や、賞の選考委員なんかのひとは、特定のお話を評価する。陽子さんだって新人賞の選考なんていうのをやったことがある、その場合は、「このお話はよい」「あんまりよくない」って評価をしてしまう。

けれど、陽子さんにとって、それは〝本質的〟なお話の評価ではない。

日本語が下手、とか、このひとはほんとに文章がうまい、とか、作者の言いたいことがよく判る、とか、作者が何を言いたいのかまったく判らない、とか、あまりにも誤字脱字が多い、とか、こりゃうっとりする程綺麗な文章、とか、どう読んでいても先が判ってしまうお話だ、とか、まさかこんな展開になるとは想像もしていなかった素晴らしい展開だ、とか。

陽子さんが……そして、多分、すべてのひとが評価しているのは、そういうものだ。

　そして、これは、多分、〝お話〟の評価のあり方として正しいんだろうけれど……けれど、それでも。これは〝お話〟の、絶対評価では、ないって、陽子さんは思っている。

　……相対評価？

　っていうか、文章力や構成力や登場人物造形なんかについて、優劣をつけているだけ？

　そしてそれは、陽子さんの心の中では、〝お話〟の絶対評価ではない。


　……うん。

　ちょっと言い方、変なんだけれど。

　〝お話至上主義〟。

　陽子さんがとっているのは、おそらくはこんな立場だ。

　だから、〝お話〟に、優劣をつけることは、陽子さんにはできない。それができるのは〝お話の神様〟だけだ。陽子さんにできるのは、自分の好みに則って、読んでいるお話に、相対評価として優劣をつけるだけ。（それに別に陽子さん、賞の選考でもしていない限り、読んだお話に優劣をつけたい気分は、まったくない。読んで、自分が「好きだな」って思ったお話はずっと覚えていて、次にその作者の新刊が出たら買うし、読んで、自分が「好きじゃないな」って思ったお話もずっと覚えていて、その場合、そのひとの新刊は買わない。

……って、ああ、これが普通の読者だよね。普通の読者は、普通にこういうことをやっているよね。）

で。

多分。

俳句には〝俳句の神様〟がいるんだろうと陽子さんは思っている。

どんな句がいい句であるのか、それを決めることができるのは、〝俳句の神様〟だけだ。

だから、正彦さんの句がいいのかどうか、ここから先は……陽子さん、絶対に、口にしないだろう。


だって。陽子さんは、思ってしまったのだから。


私が、〝お話の神様〟に対してお話を書いているように、旦那は、自分自身が〝俳句の神様〟だって思っているのかどうかは判らない、でも、そういう〝存在〟に対して、俳句を詠んでいるんだから。そこまでの覚悟が旦那にあるのかどうかは判らないんだけれど……でも、そういう処まで、旦那は、行っているんだろうなあって、思ったから。

これは。

勿論、俳句をやっている方々には、認められない意見かも知れない。

この程度の俳句を詠んでみて、それでいっぱしの顔するなよって言われたら、多分、正彦さんは一も二もなく頷くだろうし、陽子さんも「そーだろーなー」って思う。この、俳句をやっている方々の意見は、間違いなく正しいと思う。

でも。

でも、陽子さんは、こう思ってしまったのだ。

句会。

とっても楽しかったし、その後の食事会もとっても楽しかったんだけれど……これが終わった時、陽子さん、一抹の寂しさを感じてもいた。

だって、旦那が成長しているんだもん。

このひとは、いつの間にか、私が何だかんだ言うことができない、〝俳句の世界のひと〟になっちゃったんだなあって、実感して。

☆

さて。

こうして、正彦さんの定年生活は続く。

コロナは、まだまったく終息してはいないんだけれど、一応分類が変わり、人々の生活はコロナ前のものに戻りつつある。（けど、今度はインフルエンザがはやりだしたみたいだ。）

正彦さんは、いつの間にか洗濯と洗い物にどんどん長けてゆき、コロナのせいでずっとやめていたホームパーティも再開した。しかも、お客様を家に呼ぶようになった時、陽子さん、心から感動したのだ。お客様を呼ぶ前日になると、陽子さんが何も言わなくても、正彦さん、玄関とトイレを自主的に掃除してくれる！　お客様が好きでひとに料理を食べさせるのが心から好きだけど、お客様を呼ぶ前の、家中の大掃除はほんとに辛いよなーって思っていた陽子さん……もう、これが嬉しくて嬉しくて。しかも、この二年くらい、陽子さん、焦げついたお鍋を洗っていない！（全部正彦さんがいつの間にか洗ってくれている。）

今では、週に二回、スポーツクラブに、週に一回、映画か美術展に、夫婦二人で行く、こんな生活が定着している。（……週に一回は、どっちかが病院へ行かなきゃいけないんだけれどね。）

コロナのせいでもうずっと行っていないんだけれど、今年の冬は、久しぶりの旅行もしたいな。只今、大島家では、新潟に行くか青森に行くか、夫婦二人でガイドブック見ながら検討中である。（冬はきっと日本海のお魚がおいしい！　そう思っての、お魚とお酒の旅企画である。）

陽子さんは、相変わらず、基本的に本を読むか文章を書く毎日であり、正彦さんは……なんと……只今、Ｚｏｏｍを含めると、月に十回以上句会か俳句イベントに行くって毎日だ。

この後も。

こういう、幸せな日々が、一日でも長く、続いてくれますように。

陽子さん。

スポーツクラブに行かない日も、できれば一万歩以上歩くことを日課にしている。

そうなると、いきおい、家の近所を歩き回ることになり、陽子さんの家の近所には、結構あちこちにお地蔵様がおわす。

で、お地蔵様を見る度、手をあわせて。

あんまり大層なことは祈らない。

ただ。

どうか。

どうか、一日でも長く、私と旦那が、そろって、健康で元気でいられますように。

うん。

不老長寿とか、無病息災とか、そこまで大きなことは祈らないから。

どうか。

一日でも長く。

私と旦那が、そろって、健康で元気でいられますように。

いられますように。


〈FIN〉

あとがき

あとがきであります。

これは、二〇二二年七月から、二〇二三年十月まで、『webBOC』というウェブサイトで連載させていただいたお話を本にしたものです。

基本的に、『結婚物語』から始まって、『新婚物語』、『銀婚式物語』、『ダイエット物語……ただし猫』って……えーと……ほぼ、実話です。

どうしよう。実話なんだよ、ほぼ、これ。よりにもよって、旦那の健康保険がきれた翌日、旦那が〝死にそうになる〟とか、全部実話なんだから……どうしよう。本文中にも書いておりますが、「どう考えてもこれは悪い意味で〝作りすぎ〟」としか思えないエピソードが実話だったら……もう、作者としてはどうしていいのか判りません。

……まるでお話の申し子のような夫を持ってしまった自分を、お話作りとしては「お話の神様、どうもありがとうございます」って容認するしかないのか？　それにしても、うちの旦那って、どっか変ではないのか？

う、う、うーん。

（ただ。一応、〝ほぼ〟実話、ですからね。〝ほぼ〟。〝ほぼ〟がついてます、〝ほぼ〟。〝ほぼ〟、だからね、〝ほぼ〟。……って、これは主張すればする程、なんか〝ほぼ〟の効果が薄くなってゆくような気がしないでもない……。）


まあ、ただ。

コロナが酷くなった段階で、旦那が会社を辞めてくれて、私としては本当に嬉しかったです。いや、コロナがどんなに酷くなっても会社を辞められない、そんなひとにしてみたら、こんな贅沢で我が儘《まま》な話はないとは思うのですが、年とってすでにめんどくさい病気を複数抱えている、伴侶である私も含めて、あわせて月に何回も病院に通っている、そんな旦那が、〝通勤しなくてよくなった〟ことにほっとする、この気持ちは判っていただけると嬉しいです。


また。

夫婦あわせて月に何回も病院に通っている、これもなあ。

以前、義父母の介護の為に大阪に通っている時は、義父母の様々な病院通いの付き添いが本当に大変で（だって一々東京から大阪にまで行かなきゃいけないんだよ）、また、自分の親の介護を手伝っている時には（こちらは、妹が介護をしてくれていた）、「何でこんなに病院へ？」って付き添いの度に思っていたんですが……ある程度年をとってしまい、持病が複数あると、もう、絶対にこうなってしまうんだ。

このお話書きながら、「昔、病院へ通う親の付き添いが本当に面倒だったなー」って思っていた自分を、只今、反省しております。

今の処、旦那も私も、(旦那は私の付き添いをしてくれるし、私は旦那の付き添いをしている)、第三者の介助なしで通院をしておりますが、いずれ、私が旦那の付き添いをできなくなったり、旦那が私の付き添いをできなくなったら、第三者の付き添いが必要になるのでは?

……まあ……そういう日が、遠くであることを、只今の私は祈っております。

☆

ま、そういう暗い要素はおいておいて。

このお話自体は。

いやあ、これ、書いてて楽しかったです。

大抵の場合、私、どんなお話も書いていて楽しいんですが、今回、この楽しさは、一入《ひとしお》。

というのは、このお話、ある程度の部分を、正彦さんの俳句が占めておりまして、これは実際に〝俳句〟という分野に接して、それで初めて判ったのですが、私、俳句のこと書くの、好きかも。

あ、これは勿論、「私は俳句に詳しい」という意味ではなく、「私には俳句の素養がある」という意味でもなく、むしろ、その逆。

知れば知る程、私と俳句って相いれなくって、でも、旦那が俳句をやっているのを見るのが好きで、これは何だろうってうんとうーんと思ってみた結果……「まったく相いれないものを脇で見ているのは楽しい」、そんなことなの……か？

旦那の俳句について書かれた章、その章タイトルの俳句は、すべて、旦那作、です。著作権の心配をまったくしなくていいのは、楽だよね。（一応旦那には許可をとってます。）

なお。

ここで旦那が属している結社は、「蒼海俳句会」（https://soukaihaikukai.com）と言いまして、主宰は、俳人の堀本裕樹先生です。私は、この結社の句会を一回見学させていただいて、Ｚｏｏｍ句会には時々乱入しちゃって（この句会、終わった後呑み会になることが時々あって、そんな時は、料理自慢をしたい私が、自分が作った料理をみせびらかす為に乱入してる）、その後、リアルでやっている句会に一回参加させていただいて、そして、それを基にしてこのお話で書かせていただいたのですが……だから、これは、あくまでも私の感想と実感です。

できるだけちゃんと書いたつもりなのですが、句会の内容や進行について、間違いがありましたら、それは私の責任です。


それからまた。

実はうちの旦那は、「風成《ふうせい》」って俳号を持っております。

俳号。

……って？　思うひと、いるでしょ？

俳人になっている訳でもないのに、〝俳号〟って何？

……いや、作っちゃったんだよね、旦那。勝手に俳号を。

まあ、そもそも、〝作家〟なんて、自分が〝作家〟だと思えば勝手になれる。で、自分で勝手に〝作家になってしまった〟と思えば、勝手にペンネームを作るの、ＯＫ。

それを思えば、俳句初心者が勝手に自分の俳号を作っちゃって、これまたまったくＯＫだと思うんですよね。で、旦那は、作っちゃった。（このひとは、なんでもすべて形からはいるひとだから。）

堀本先生は、そういうことを怒る方ではなかったので……また、この句会には書家の方もいらしたので……旦那、「風成」の印鑑を、自分が属している句会の書家の方にお願いして、作っちゃった。

今。

年賀状なんかに、「風成」の判子をにこにこ笑いながら押している旦那を見ると……うーん、旦那が〝俳句〟という趣味を持ってくれたことは嬉しい、結果として旦那の定年後の人生が充実したのは嬉しい、けど……けど、これは、ほんとにこれでよかったのかっていう疑問が……。

……まあ、考えないことにします。

それから。コロナが一応収まった（訳ではないけれど、分類が違うようになった）頃から、私達夫婦は、またスポーツクラブ通いを再開しました。どうもある程度定期的に運動していると、血糖値や体重だけじゃなく、肝臓の各種検査の値も、いい感じになってくれるんですね。(あ、これは、私がそうであり、私が勧めたから運動を始めた旦那もそうだったたっていうだけで、すべてのひとがそうなってくれるかどうかは判らないのですが。)肝臓の検査の値を気にせずにお酒を呑みたい！　心からこう思っている私にとって、もはやスポーツクラブ通いは必須です。

それに、ウォーキングマシンで歩いている時は、私、歩きながら本が読めるんですね。んで、本さえ読んでいられれば、一時間やそこら、それ続けるのは楽勝。で……以前の作品では、「時速五・八キロまでなら本が読める」って書いたと思うのですが……時間がたったら。只今の私、時速六・七キロまでなら本が読めるんですね……。どうもこのスキル、段々上昇しているようで……こんなものが伸びていって、それに何の利点があるんだろう……。旦那は、私のこのスキル、「すっげえ！　あり得ない！」って褒めてくれるんですが、こんなもん褒められても、なあ……。

(あ。勿論。ウォーキングマシン以外の処で歩きながら本を読むのはやめましょう。歩きスマホ以上に危険です。)

☆

それでは、最後にお礼の言葉を書いて、このあとがき、おしまいにしたいと思っております。

まず、中央公論新社の田辺さんに。この方は、『銀婚式物語』からあと、ずっとこのシリーズを担当してくださっていて、本当にどうもありがとうございました。(しかも、御本人も俳句をやっている。で、旦那の俳句について、連載時に感想をくださったりして、私じゃなくて旦那が、ほんとに感謝しておりました。あ、でも、旦那をこの結社に紹介してくれた担当編集者は、田辺さんじゃないのね。どうも、俳句を嗜《たしな》んでいる編集者って、結構いるみたい。)

それから。

このお話を読んでくださった、あなたに。

読んでくださって、どうもありがとうございました。ちょっとでも楽しんでいただけたら、私は本当に嬉しいのですが。

そして、もし。もしも、少しでもこのお話がお気に召していただけたのなら。

いつの日か、また、お目にかかれますように……。

(それから。できれば、いつの日か、私はまた、このお話の続きを書きたいです。というか……旦那がねー、俳句をやっている以上、勝手に続きを作ってしまいそうな気がします。それを、書ける日がくると、嬉しいな、と。ま、そういう日がくるということは、こんな日常が続くっていう意味でもあり……これは、〝どうかこういう日常が、今も、その後も、ずっと、ずっと、続いてくださいますように〟っていう意味の、祈りでもあります。)

はい。私は、祈っております。

このお話のエンディングとちょっとかぶるのですが。

大層なことは言いません。
無病息災、とか、不老長寿とか、そこまでのことは言いませんから。
どうか。
かみさま。
私も、あなたも、うちの旦那も、他のみんなも。
多くの方が……。
一日でも長く。元気で。健康で。
日々を過ごすことが、できますように。

二〇二四年一月

新井素子

「定年物語」『ｗｅｂ　ＢＯＣ』（中央公論新社）二〇二一年七月〜二〇二三年十月連載

新井素子

1960年東京生まれ。立教大学独文科卒業。高校時代に書いた『あたしの中の……』が第１回奇想天外ＳＦ新人賞佳作となり、デビュー。81年『グリーン・レクイエム』で、82年『ネプチューン』で連続して星雲賞を、99年『チグリスとユーフラテス』で日本ＳＦ大賞を受賞した。他の作品に『……絶句』『星へ行く船』『おしまいの日』『イン・ザ・ヘブン』『銀婚式物語』『未来へ……』など多数。

定年物語《ていねんものがたり》

2024年３月10日　初版発行
2024年10月25日　再版発行

著　者　新井《あらい》 素子《もとこ》

発行者　安部 順一

発行所　中央公論新社
〒100-8152　東京都千代田区大手町1-7-1
電話　販売 03-5299-1730　編集 03-5299-1740
URL https://www.chuko.co.jp/

ＤＴＰ　ハンズ・ミケ
印　刷　大日本印刷
製　本　小泉製本

Published by CHUOKORON-SHINSHA, INC.
Printed in Japan　ISBN978-4-12-005755-7 C0093

定価はカバーに表示してあります。落丁本・乱丁本はお手数ですが小社販売部宛お送り下さい。送料小社負担にてお取り替えいたします。

新井素子の本

素子の碁

サルスベリがとまらない

『ヒカルの碁』をきっかけに、四十歳を過ぎてから夫婦で始めた囲碁。子どもの頃から親しんでいれば直感的に理解できただろう定石や用語に頭を悩ませつつ、少しずつ上達していく喜びを綴るエッセイ。囲碁が分からなくても楽しめるコラムも満載。巻末に「祝 還暦！　夫婦対談」を付す。

中公文庫